AtV

Manfred Böckl, geboren 1948 in Landau, ist erfolgreicher Autor zahlreicher Romane und Sachbücher. Er lebt im Bayerischen Wald. Im Aufbau Taschenbuch Verlag erschienen bisher *Agnes Bernauer. Hexe, Hure, Herzogin* (AtV 1290), *Jennerwein* (AtV 1291), *Mühlhiasl. Die Weissagungen des Sehers vom Rabenstein* (AtV 1292), *Die Bischöfin von Rom* (AtV 1293) und *Die Geliebte des Kaisers* (AtV 1294).

Anno 1779, im Bayerwald marodieren die Panduren, legt der Bauer Eginhart Bärnreuther die dramatische Gründungsgeschichte seines uralten Hofes in einer Chronik nieder. Diese abenteuerlichen Aufzeichnungen führen zurück ins 14. Jahrhundert: ins finstere Mittelalter.

An der Donau leben Konrad und Mariann als Leibeigene des Natternburger Ritters. Als der Burgherr bei ihrer Hochzeit sein »Recht der ersten Nacht« gegenüber Mariann geltend machen will, erschlägt Konrad einen der Waffenknechte des Ritters und flieht zusammen mit seiner jungen Frau. Im Urwaldgebiet des Arber, wohin die Macht der Feudalherren nicht reicht, kämpft das Paar ums Überleben. Die Vogelfreien behaupten sich gegenüber den Naturgewalten, stoßen auf weitere Feinde in Menschengestalt, finden aber auch Freunde. Zuletzt haben sie sich mit ihrem Rodungshof Bärnreuth eine neue Heimat geschaffen.

Manfred Böckl schildert in diesem spannenden historischen Roman über das dunkle Mittelalter den Kampf der einfachen Leute um das nackte Überleben.

Manfred Böckl

Die Leibeigenen

Roman

Aufbau Taschenbuch Verlag

ISBN 3-7466-1295-0

1. Auflage 2004

Umschlaggestaltung Simone Leitenberger
unter Verwendung eines Ausschnitts aus dem Gemälde
»Bildnis des Marsilio Casotto und seiner Frau«
von Lorenzo Lotto, 1523
Druck GGP Media, Pößneck
Printed in Germany

www.aufbau-taschenbuch.de

I

Aus der A.D. 1779 aufgeschriebenen Hofchronik des Eginhart Bärnreuther, Bauer auf Bärnreuth:
»Ist geschehen vor mehr als vierhundert Jahr, daß der Ahn Konrad an ein und demselben Tag kopulieret ward mit seinem Weib Mariann, einen Knecht des Natternburgers erschlug und landflüchtig werden mußt samt seinem Weib.«

In dieser Sommernacht tanzten die derben Weiber und die zusammengebuckelten Männer des kleinen Dorfes Stauff. Sie stampften den Boden unter der Linde im Reigen, so daß die klobigen Holzschuhe auf dem festgetretenen Lehm knallten. Die Burschen juchzten, wenn sich die Leinenröcke der Weiber im böhmischen Wirbler bauschten. Der Zigeuner, der aus der Straubinger Gegend das Donautal heruntergekommen war, ließ seine dreisaitige Fidel wilder und wilder wimmern, je mehr Bier und Branntwein ihm die Bauern spendierten.

Auf dem Anger, auf roh zusammengehauenen Holzbänken, hockten die Alten des Dorfes beisammen, die Gesichter rot vom Schnaps, die knotigen Hände auf die Schenkel gestemmt. Wohlwollend betrachteten sie die Tänzer, hielten sich aber selbst lieber an die bauchigen Tonflaschen und die fetten Speckseiten, an denen heute kein Mangel herrschte. Ihre Bärte glänzten von Speichel und Schmalz, und mitten unter den Alten lag, hingestreckt wie ein brauner Hügel, der wandernde Pfaffe aus Metten, welcher Stunden zuvor das Brautpaar zusammengegeben hatte.

Der Mönch war schwerer betrunken als alle anderen; er gehörte zu denen, die hauptsächlich wegen der schäumenden Bierbitschen und der saftigen Kapaune auf der Klostertafel die Kutte angezogen hatten, und es mochte ihn wohl auch verdrießen, daß der Abt ihn stets nur zu den ärmlichen Hochzeiten der Leibeigenen sandte. Deswegen hatte er sich, nachdem das Sakrament vollzogen war, besoffen und sich den Wanst vollgeschlagen, wohl wissend, daß keiner der einfältigen Dörfler es wagen würde, ihn deswegen zu tadeln. Und es war wirklich so, daß die Leibeigenen es sich zur Ehre rechneten, daß der geweihte Mann ihren einfachen Genüssen so kräftig zusprach.

»Da, stärke dich, in des Heilands Namen«, sagte der Viertelhübner Jörg und reichte dem Mönch seinen eigenen Bierkrug. »Sollst in Metten nicht erzählen können, daß die Eigenleute von Stauff Geizhälse wären. Sollst dir hier ein Gutes antun und später Fürbitt einlegen für uns Stauffer in deiner Klosterkirche.«

»Gott gesegne es«, murmelte der Mönch, einen schweren Rülpser mühsam unterdrückend, und soff die Bierbitsche auf einen Zug zur Hälfte leer. Dann stellte er den hölzernen Krug mit zittrigen Händen ins Gras, stemmte sich auf den Ellenbogen in eine halb sitzende Stellung hoch, ließ seinen verschwommenen Blick über die johlende Menge auf dem Tanzplatz schweifen, um endlich mit lauter Stimme zu fordern: »Holt mir noch einmal das Brautpaar her. Hab' den Kopulierten noch einen guten Rat mitzugeben auf ihren Lebensweg.«

Er rülpste nun doch, fuhr aber sofort den Viertelhübner noch entschlossener an: »Na mach, nimm die Beine in die Hand, denn meine Belehrung kann nicht warten, weil sie mir gewissermaßen in diesem Augenblick vom Heiligen Geist selbst eingegeben wurde.«

»Wohl, ich lauf' schon«, erwiderte gehorsam der Viertelhübner, während der Mönch wieder die Bierbitsche ergriff, damit ihn der Heilige Geist ja nicht verlassen sollte. Der Bote des frommen Mannes bahnte sich schwankend seinen Weg durch die Tanzenden. Als er bis zur Dorflinde durchgedrungen war, entdeckte er das Brautpaar.

Mariann und Konrad, denen dieser ausgelassene Tag vielleicht für ein ganzes Leben genügen mußte, denn sie würden später nichts kennen als harte Arbeit, qualvolle Kindsbetten und die Angst vor dem Natternburger Ritter, drehten sich weltvergessen in einer böhmischen Polka. Konrad, ein magerer, knochiger Bursche mit länglichem, sonnenverbranntem Gesicht und kräftiger Nase, hatte sein frisch angetrautes Weib um die vollen Hüften genommen und gab Mariann so Halt bei dem schnellen Rundtanz. Seine auffallend hellblauen Augen blitzten und schienen nichts anderes zu sehen als das etwas derbe und dennoch liebliche Gesicht seiner Braut, und Mariann spürte diesen Blick und verstand ihn, und ein Widerschein von Konrads Glück leuchtete aus ihren eigenen braunen Augen.

Sie hatte ihre runden Arme um Konrads Hals geschlungen, obwohl sie sich dabei kräftig strecken mußte, aber das wollte sie ja: zu ihm aufsehen können, und als der Zigeuner nun seiner Fidel einen schmelzenden Triller entlockte, da ging ein fröhliches Lächeln über ihr einfaches Gesicht, und sie zwang Konrad in einen noch schnelleren Wirbel, so daß ihr rabenschwarzes Haar wild unter der Brautkrone flatterte.

»Ich liebe dich!« rief Mariann ihrem Bräutigam durch das Jauchzen der Fidel zu, und dabei drückte sie sich eng an Konrad, damit er ihre Brüste spüren konnte, denn sie wollte nun bald mit ihm allein in der Hütte und im Brautbett sein. Mariann sehnte sich danach, ihrem Konrad endlich als sein angetrautes Weib zu gehören, und je näher die Mitternacht heranrückte, um so mehr wuchs diese Sehnsucht noch.

»Ich liebe dich«, antwortete Konrad und drückte ihr einen Kuß auf die vollen Lippen. Er wollte Mariann noch mehr sagen, aber da war der Viertelhübner herangekommen und stoppte den Rundtanz des Paars, indem er Konrad einfach am Arm packte.

Mit gerunzelter Stirn blieb der junge Mann stehen, den Arm um Marianns Schultern gelegt. »Was willst? Warum mußt uns gerade jetzt stören?« fragte er, fast unwirsch, den Älteren.

»Zum Pfaffen sollt ihr kommen. Er hat euch noch etwas zu sagen«, richtete der Viertelhübner seinen Auftrag aus.

»So – und was will der Pfaff? Der ist doch schon so besoffen, daß er nicht mehr stehen kann«, versetzte Konrad. »Möchte er uns etwa eine Predigt über das Saufen halten?« Er machte Anstalten, Mariann erneut in den Rundtanz zu schwenken.

Doch die junge Frau sperrte sich. »Wenn der Mönch uns zu sich befiehlt, dann müssen wir gehorchen«, sagte sie ängstlich. »Einen heiligen Mann darf man nicht verärgern.

»Richtig, das meine ich auch«, stimmte der Viertelhübner zu.

»Heiliger Mann – daß ich nicht lache«, murmelte Konrad, aber nach einem bittenden Blick von Mariann gab er nach. »Also, dann gehen wir halt«, sagte er, nahm die Hand seiner Frau und folgte mit ihr dem Viertelhübner, der bereits in Richtung auf den Anger vorausschritt.

»Domnicus vovisbum«, lallte der betrunkene Mönch, als das Brautpaar vor ihm stand. Aber dann nahm er sich zusammen und begann leidlich klar zu sprechen. »Seid nun vor Gott und den Menschen ein rechtmäßiges Ehepaar«, sagte er mit fetter Stimme, »und sollt dem Herrgott dankbar dafür sein. Müßt eure Pflicht gegenüber ihm erfüllen, aber ...«, und nun sprach er bedeutend lauter, »... auch gegenüber der Obrigkeit gibt es Pflichten! Ihr alle hier in diesem armseligen Stauff gehört dem Ritter von der Natternburg, und dem habt ihr zu fronen, bis ihr zusammenbrecht.«

Der Mönch schwankte auf seinen aufgestützten Ellenbogen, warf einen wirren Blick in die Runde, erspähte den Bierkrug und trank. Konrad musterte den Geschorenen mit unverhohlenem Abscheu, aber der Mönch bemerkte es in seinem Rausch nicht.

»Jedes Jahr zu Martini sendet der Natternburger ein Dutzend Gäns' und ein halb Dutzend Fettschweine ins Kloster«, fuhr er fort, »dazu Braugerste, Salz und Wein. Und das alles tut er nicht, weil er dem Kloster lehenspflichtig wäre, sondern allein um seines Seelenheils willen und damit wir Mönche das Wort Gottes besser predigen können.«

»Freilich – und wir Dorfleute müssen uns die frommen Spenden für das Kloster aus den Rippen schneiden«, flüsterte Konrad seiner Mariann zu, verstummte aber, als er ihren erschrokkenen Blick bemerkte.

Der Mönch hatte nichts gehört, schien aber Konrads ablehnende Haltung zu spüren, denn er schrie den jungen Mann an: »Jawohl, ich weiß schon, daß ihr Bauersleute aufsässig und unbotmäßig seid. Wollt euren Lehenspflichten nicht genügen und seid so hochfahrend geworden, daß ihr mit dem Schwert am Gürtel auf eure geborgten Felder rennt, wo das Waffentragen doch allein den Rittern und ihren Söldnern erlaubt ist.« Die Stimme des Mönchs überschlug sich fast. »Aber vor dem Ritter müßt ihr auf dem Bauch kriechen«, schrie er in seinem sinnlosen Rausch. »Wenn der Natternburger euch befiehlt, daß ihr ihm die Füße leckt, dann müßt ihr das freudig tun, denn das ist die gottgewollte Weltordnung: Der Adlige sitzt in aller Pracht auf seiner Burg, und ihr Bauernpack müßt kuschen!«

»Jawohl«, schrie der betrunkene Pfaffe, »und wenn der Natternburger von euch verlangt, daß ihr in den Hungerturm springt, dann müßt ihr das auch tun. Denn er ist der Herr, und ihr seid nur das Gescherr ...«

»Und du bist ein Bauchgötz und eine Schande für das Kleid, das du trägst«, brach es da aus Konrad heraus. »Ist etwa unser Herr Jesus auch Burgherr gewesen und hat seine Leibeigenen geschunden, wie?«

»Das ist Gotteslästerung«, schrillte der Pfaffe und versuchte auf die Beine zu kommen, um auf Konrad loszugehen. Doch einige der Eigenleute, die dem Wortwechsel mit verängstigten Gesichtern gefolgt waren, drängten sich schnell zwischen Konrad und den Mönch, und einer reichte dem unwürdigen Gottesmann eine Branntweinflasche, was diesen den Streit auch sofort vergessen ließ. Er nahm einen großen Schluck und fiel dann bewußtlos zurück.

»Du hättest dich und Mariann um ein Haar um Kopf und Kragen geredet«, wandte sich der Viertelhübner an Konrad. »Die Pfaffen und die Adligen stecken doch alle unter einer Decke, und der da bringt dich schneller an den Galgen, als du denkst. – Der Mönch war ja zuerst ganz kommod, und wir freuten uns, als er so fleißig mit uns Bauern aß und trank. Aber jetzt ist er gefährlich, und du solltest dein Mundwerk im Zaum halten, auch wenn du recht hast und viele von uns so denken wie du. Aber wir Leibeigenen müssen das Maul halten zu diesen Dingen, das ist nun mal so auf der Welt.«

»Dann ist diese Welt falsch eingerichtet«, versetzte Konrad mit verbissenem Gesicht, das so gar nicht zu seiner Rolle als Bräutigam passen wollte. »Und diesen Pfaffen fürchte ich, bei Gott, nicht. Der ist so voll, daß er sich morgen an nichts mehr erinnern kann, was heute gesagt wurde …«

In diesem Moment jubelte die Fidel des Zigeuners erneut auf, und Mariann drängte sich an Konrad. Sie wollte die beklemmende Auseinandersetzung so schnell wie möglich vergessen, sie wollte zurück auf den Tanzboden. Konrads Gesicht entspannte sich. Er nahm Marianns Arm und wollte eben mit seiner Frau weggehen, als die Fidel des Zigeuners plötzlich mit einem erschrockenen Mißton verstummte.

Auch auf dem Anger und dem Tanzplatz wurde es still. Die Dörfler schauten ängstlich um sich, als erwarteten sie ein plötzlich hereinbrechendes Unglück, und dann hörten sie es alle: das rhythmische Getrappel galoppierender Pferde, das sich, aus der Richtung der Natternburg kommend, schnell dem Dorf näherte.

Vergessen war die Festfreude; man sah überall nur noch bleiche Gesichter, gespenstisch beleuchtet vom Schein der Pechfackeln. Denn die Stauffer wußten es alle: Nichts Gutes pflegte von der Natternburg in ihr Dorf zu kommen. Und schon zweimal nicht um Mitternacht. Und dreimal nicht auf galoppierenden Streitrossen.

Sie spähten mit verkniffenen Mündern und hart gewordenen Muskelsträngen an den Kiefern nach Norden, wo der breite Donaustrom floß und dahinter das gefährliche, düstere Waldgebirge lag, noch diesseits des Stroms aber der massige, gestreckte Kegel des Natternbergs, auf dem sich, wuchtig und abweisend, die Natternburg erhob.

Jetzt allerdings war der Bergrücken nur als tintenschwarzer Schatten gegen den vom Vollmond in einen trügerischen Schein getauchten Himmel zu erkennen, aber um so bedrohlicher wirkte die geduckte Silhouette, und das sich rasch nähernde Hufgetrappel kam den Stauffern vor, als schlüge der Teufel selbst die Kriegstrommel – wußten sie doch alle, daß der Gottseibeiuns vor Urzeiten höchstpersönlich den Natternberg mitten in das fruchtbare Donautal geschleudert hatte. Und nun schien der Teufel in der Gestalt der dahinjagenden Reiter erneut aus der so plötzlich schaurig gewordenen Nacht aufzutauchen ...

Konrad hatte seine Braut eng an sich gezogen und spürte, wie sie vor Angst zitterte. Die Dörfler wichen langsam zur Kapelle zurück, den einzigen Schutz suchend, den sie kannten: den bei Gott. Der schwarzlockige Zigeunerfidler warf sich sein Instrument auf den Rücken, packte seinen dürftigen Schnappsack und verschwand wie ein Schatten in der Dunkelheit. Die Eltern von Braut und Bräutigam drängten sich durch die Menge und gesellten sich zu ihren Kindern.

»Ich fürchte mich«, flüsterte Mariann.

»Nur ruhig«, tröstete sie ihr Vater. »Vielleicht unternimmt der Natternburger nur eine nächtliche Jagd.«

»Das glaub' ich nicht«, mischte sich die Brautmutter ein. »Ich spür's, das gilt uns und keinem anderen Wild.«

Konrads Hand tastete unwillkürlich nach dem Griff des

Hirschfängers, den er am rohledernen Gürtel trug. Sein Vater sah es und legte ihm erschrocken die Hand auf den Arm.

Ganz allein auf dem Anger liegend, ein brauner unförmiger Hügel, schnarchte und röchelte der Mönch aus Metten in seinem besinnungslosen Rausch.

Das Hufgetrappel war nun so nahe, daß die Erde erzitterte.

Und dann waren sie heran und tauchten auf aus der Nacht, kalt beschienen vom trügerischen Mondlicht: drei Reiter auf schäumenden, starkknochigen Rössern, mit eisernen Brustharnischen, geschweifte Sturmhauben auf den zottigen Schädeln; drei bärtige Haudegen, deren Augen wild im Fackellicht glühten.

»Knechte des Natternburgers«, flüsterte die Brautmutter entsetzt, packte Marianns Arm und wollte sie näher an die Kapelle zerren. Aber es ging nicht, denn dort drängten sich schon die anderen Dörfler, verschreckt und kopflos wie eine Herde Schafe.

Die drei Reiter preschten auf den Tanzboden vor der Kapelle und parierten ihre Gäule so hart durch, daß der festgebackene Lehm von den schlagenden Hufen tief aufgerissen wurde. Die Dörfler drückten sich in Panik noch näher zusammen, ein paar Weiber schrien grell. Nur Konrad blieb eisern stehen, als der Anführer der Burgknechte sein Roß hart vor ihm steigen ließ.

Scharf faßten sich die beiden Männer, der Söldner und der Leibeigene, ins Auge. Dann, als das Roß des Burgknechts die Hufe wieder auf der Erde hatte, richtete dieser sich herausfordernd im Sattel auf und brüllte mit weinschwangerem Atem über den engen Dorfplatz: »Hoho, Hochzeit feiert ihr, Dörper, Bauernfünfer! Habt's gar lustig hier, wie man sieht. Schwelgt in Branntwein, Bier und Braten. Und bald will der Bräutigam sein Vöglein aufs Lotterbett zerren, nicht wahr ...«

Er brach ab und ließ sein Roß tänzeln, während seine beiden Begleiter mit steinernen Gesichtern hinter ihm hielten und die Dörfler ihn noch angstvoller als zuvor anstarrten.

Und wieder brüllte der Burgknecht los, lauter und gemeiner noch als zuvor. »Ihr habt aber den Natternburger, meinen ritterlichen Herrn, vergessen über eurer lustigen Kopulation. Hat's euch denn der Pfaffe nicht gesteckt, daß der Ritter die schöne Braut für diese Nacht auf seine Burg bestellen ließ?«

»Der Pfaffe ist seit Stunden so betrunken, daß er nicht mehr aus den Augen schauen kann«, rief einer, der ein wenig kecker war als die anderen, aus dem Hintergrund.

»Ja, die Mönche wissen schon zu leben«, versetzte der Burgknecht lachend. »Ich gönne ihm seinen Rausch. Aber mein Herr tobt und ruft nach der jungen Braut ...«

Marianns dünner, zittriger Schrei hing qualvoll in der Nacht. Konrad umschlang sie mit beiden Armen und biß die Zähne aufeinander, daß sie knirschten.

Der Söldner scherte sich nicht darum. »Ihr wißt es alle«, schrie er, »daß ein leibeigenes Weib in seiner Hochzeitsnacht dem Burgherrn gehört. Das ist ein guter alter Brauch und dient dazu, daß das dumme Volk seinen Ritter lieben und achten lernt. – Wir sind hier, um die Braut auf die Natternburg zu bringen!«

Er beugte sich vom Roß herunter und griff nach Marianns Schulter, wobei er hinzufügte: »Am besten ist es, du kommst freiwillig mit, mein schönes Vögelchen. Dann kann ich dich unbeschädigt bei meinem Herrn abliefern. Wehrst du dich freilich, werde ich dich trotzdem auf die Burg schleppen, aber du wirst dann ziemlich zerzaust oben ankommen. Und jetzt los! Aufs Roß mit dir, denn mein Ritter wartet nicht gerne.«

Der Soldknecht zerrte die fassungslose Mariann gegen den schaumbespritzten Bug seines Gauls. So derb war der Griff, daß ihr Mieder an der Schulter knallend aufplatzte.

»Nein!« schrie Mariann in höchster Angst.

»Los, komm schon! Zier dich doch nicht so, du Dörperhur'«, herrschte der Söldner sie an und packte ihren Arm noch fester.

Aber da löste sich ein wilder, hemmungsloser Schrei aus der

Kehle Konrads, und der junge Mann wußte nicht mehr, was er tat, als seine Faust krachend in das Gesicht des sich tief aus dem Sattel beugenden Burgknechts schlug, so daß dieser augenblicklich den Halt verlor und eisenklirrend zur Erde stürzte. Und er fiel so unglücklich, daß sein Helmrand sich an einem Stein verfing, ihm den Schädel in den Nacken drückte und ihm mit einem Knirschen wie von brechenden Ästen das Genick brach.

Einen Atemzug lang herrschte Totenstille auf dem Dorfplatz. Aber dann schrie einer der Gewappneten gellend: »Mord und Blut!« Er zog das Schwert und sprengte gegen Konrad und Mariann an. Die Klinge blitzte im Mondlicht, aber sie traf ihr Ziel nicht, denn Konrad hatte sich gedankenschnell in den Sattel des ledigen Rosses geworfen, hatte Mariann vor sich quer über den Pferdehals gezerrt und galoppierte, als das Schwert niedersauste, mit einem jähen Sprung des Hengstes an.

Der Schlamm, welcher in den Muldungen der Dorfstraße stand, barst schmatzend, als Konrad nach Norden, der Donau zu, davonpreschte. Ohne Sporen und mit der Last von Marianns hilflosem Körper vor sich konnte der Leibeigene das Pferd nur schlecht lenken. Aber er trieb das Roß durch Fersenschläge und heisere Zurufe an, so gut er es vermochte – und betete dabei, daß die Richtung stimmte, daß es ihm gelingen möge, das Sumpfland der Donaumarschen zu erreichen, jenen Dschungel aus Schilf, Erlen und Altwassern, der allein ihnen hier weit und breit eine kleine Aussicht auf Rettung bot.

Während das Roß durch Schlammpfützen und über kantiges Gestein jagte, nahmen die beiden Burgknechte die Verfolgung auf. Ihrem Kameraden, der den Hals gebrochen hatte, gönnten sie keinen Blick mehr; sie achteten auch nicht auf das Geschrei der Dörfler, sondern drängten ihre Rösser, die angesichts des Toten wild die Augen verdrehten, durch die kreischende Menge, setzten sie mit brutalem Sporenschlag in Galopp und preschten Konrad nach in die unwirkliche Mondnacht.

Vor der Kapelle im Dorf brach Marianns Mutter in den Armen ihres Mannes zusammen. »Wir sehen die Jungen nicht wieder«, stöhnte sie. »Die Büttel werden sie fangen, und der Natternburger wird sie hängen! Heilige Muttergottes, hilf, weil du ja selbst ein Kind großgezogen hast. Aber nein«, sie schrie, » sogar du kannst hier nicht helfen ...«

Ein röchelndes Schluchzen würgte ihr die Stimme ab. Und keiner der Dörfler hätte ein Wort des Trostes zu sagen gewußt. Denn sie alle kannten die eiserne Faust des Burgherrn, und sie machten sich deswegen keine Illusionen.

Dennoch sollte für Konrad und Mariann Hilfe kommen, und vielleicht war es wirklich eine göttliche Macht, welche den dahinrasenden Rappen gegen eine im Dunkeln unsichtbare Baumwurzel prellen und ihn sich erschrocken bäumen ließ.

Konrad verlor den Sattel und stürzte, Mariann unwillkürlich mit sich reißend. Unterholz brach neben dem schmalen Weg, als Marianns und Konrads Körper hineinkrachten, dann peitschten die Zweige wieder über ihnen zusammen, und sie rochen, trotz ihrer Angst, den schweren Duft vermoderten, vorjährigen Laubs. Gesichter und Arme begannen ihnen von den Striemen zu brennen, die ihnen beim Sturz Haselnuß und Ginster gerissen hatten; sie drückten sich eng aneinander und wagten kaum zu atmen.

Sie befürchteten, daß nun jeden Augenblick die Verfolger mit blanken Schwertern über sie kommen müßten – aber dann hörten sie den davonpreschenden Rappen, der sie bis hierher getragen hatte. Seiner Last ledig, ging der Hengst durch – und zwar in östlicher Richtung, wo ein Weideweg in den Korngäu hinausführte.

Fast gleichzeitig waren die beiden Verfolger heran, und sie bemerkten nicht, daß der Rappe nun ledig galoppierte; sie konnten nicht mehr von ihm erkennen als einen unförmigen Schatten, und dem jagten sie nach. Der Lärm der Hufschläge wurde leiser, bis zuletzt nur noch ein dumpfes Vibrato die Ruhe der Nacht störte. Mariann und Konrad, in ihr Nest aus abgebrochenen Zweigen und altem Laub geduckt, konnten es kaum fassen.

Endlich flüsterte Mariann: »Sie sind weg. Wir können zurück ins Dorf.«

»Nein!« Konrads Stimme klang fremd. »Nach Stauff dürfen wir nie wieder. Schon morgen hätten uns die Büttel des Natternburgers gefangengesetzt. Sie werden schnell merken, daß sie ein lediges Roß verfolgen. – Nein, Mariann, wir müssen weit fort von hier. Dorthin, wo die Macht des Natternburgers nichts mehr gilt. Denn wir werden uns unser Lebtag vor seiner Rachsucht verbergen müssen.«

»Aber meine Eltern – und die deinigen!« stöhnte Mariann. »Wir werden sie dann nie wiedersehen ...«

»Willst du, daß sie mit uns zusammen im Hungerturm verschmachten müssen, wenn man uns bei ihnen einfängt?« versetzte Konrad zähneknirschend. »Nein, Mariann, es ist schon so: Wir dürfen sie nicht mehr kennen und sie uns nicht. Nur so können sie vielleicht dem Zorn des wilden Wolfs auf der Natternburg entgehen. – Wir sind jetzt vogelfrei und müssen's tragen. Verbrecher sind wir geworden und Landflüchtige.«

»Aber du hast doch nur mich, dein ehelich angetrautes Weib, schützen wollen und hast mich gut geschützt«, sagte Mariann leise und beherrscht. Mit der unerklärlichen seelischen Kraft einer Frau hatte sie in diesem Augenblick ihr Schicksal auf sich genommen. »Wohin sollen wir gehen, Konrad?«

»Es gibt nur einen Weg«, antwortete der junge Mann nach kurzem Nachdenken. »Wir müssen über den Strom und dann ins Waldgebirge. Dorthin, wo weder die Grafen von Bogen noch die Degenberger Herren, noch die Klöster bisher den Wald ausgerodet haben. Ich weiß allerdings selbst nicht, wie weit wir in die Wildnis dringen müssen aber dort, in den dunklen Forsten, liegt unsere einzige Rettung.« Konrads Stimme wurde lauter, und er packte mit schmerzhaftem Griff Mariann Arme. »Ich werde dir nichts bieten können, Weib, nur Not, Gefahren und dazu den reißenden Bären, der um unsere Hütte schleichen wird, und den tückischen Luchs, der in den Baumkronen auf uns lauert. Ich weiß nicht einmal, ob wir überleben können dort drinnen im Urwald. Das muß ich dir jetzt ein für allemal sagen …«

»Hunger und Not, Luchs und Bär sind mir lieber«, unterbrach Mariann ihn, »als daß der Natternburger mich auf sein Lager hätte zerren dürfen. Und lieber komme ich im wilden Wald um, als daß ich im Hungerturm auf der Natternburg verschmachte. Ich folge dir, Konrad, wohin du mich auch führst, und wenn wir die Eltern auch nicht mehr sehen können, so können wir doch für sie beten.«

»Dann komm, in Gottes Namen«, antwortete Konrad. »Die Nacht dauert nur noch ein paar Stunden, und bis dahin müssen wir jenseits des Donaustroms sein.«

Sie krochen aus dem Gestrüpp, klopften sich das vermoderte Laub von den Kleidern und liefen los. Die Richtung zur Donau war nicht zu verfehlen; im Norden, über dem breiten Strom, wirkte die Mondnacht dunstiger. Und im Westen zeigte ihnen der gestreckte Hügel des Natternbergs den Weg. Wie ein drohender Schatten lag er vor dem Himmel, massig im Tal, zackig und unruhig oben, wo die Burg aufragte. Sie duckten sich, als sie am Burgberg vorbeirannten, aber niemand entdeckte sie, und dann öffnete sich der Horizont wieder, der Boden wurde weicher und die Erlen zahlreicher; die Donau mit ihren Tümpeln, Sümpfen und Altwassern war nicht mehr weit.

II

Aus der Chronik des Eginhart Bärnreuther, Bauer auf Bärnreuth: *»Sind der Ahn Konrad und sein Weib Mariann mit eines klostereigenen Fischers Hülf über den Strom gekommen. Und haben neuerliche Hülf gefunden bei armen Häuselleuten im Vorwald, wo Konrad konnt eine Saufedern erlangen.«*

Sie erreichten den Strom im ersten fahlen Schein der Morgendämmerung. Und beide wußten, daß sie nun Grenzland betreten hatten. Die Donau, die sich dunstig aus Nordwesten, wo der Himmel noch dunkel war, heranwälzte, war ihnen beiden fremd. Mariann und Konrad waren aus ihrem Dorf nie herausgekommen; sie hatten nur andere vom großen Strom erzählen hören und ab und zu seinen silbrigen Schein wahrgenommen, wenn sie auf der Natternburg gefront hatten, von wo aus man den Gäu nach allen Himmelsrichtungen hin meilenweit überblicken konnte. Doch sie kannten bis jetzt nicht den schweren Ruch nach Fisch und Schlamm, sie hatten nie das Flüstern der Binsen im flachen Uferwasser vernommen, und so näherten sie sich nun fast ängstlich dem breiten Gewässer. Marianns und Konrads Körper waren wund und zerschlagen. Sie hatten sich ihren Weg durch das ruppige Auengehölz bis hierher ans eigentliche Ufer mühsam erkämpfen müssen. Durch breite Gürtel von Schilf waren sie gebrochen, dessen lanzettförmige Blätter ihnen die Haut blutig geschnitten hatten. Sie hatten grundlose Altwasser auf Biberpfaden umgangen und waren durch schleimige, abgestorbene Tümpel gewatet, deren totes Wasser grünlich schillerte und süßlich nach Verwesung roch.

Auf einem gefällten Baumstamm waren sie über einen breiten Graben gekrochen, in dem es ungut von schwarzen Aalen wimmelte, und einmal war Mariann in ein Sumpfloch getreten und darin im Handumdrehen bis zur Hüfte versunken, ehe der entsetzte Konrad sie mit einem verzweifelten Ruck wieder auf festes Land zerren konnte.

Der Strom wußte sich zu schützen und schien längst nicht jeden an seinem Ufer dulden zu wollen. Doch nun, da Mariann und Konrad sich durchgekämpft hatten, bot er einen so prächtigen Anblick, als wolle er sie für alle Mühsal entschädigen. Das Zwielicht zwischen Nacht und Tag waberte geheimnisvoll über dem ruhig strömenden Wasser. Schilffelder wisperten im eben aufkommenden Morgenwind. In einer Bucht sprang ein schwerer Weißfisch und zauberte zitternde Ringe auf die Wasseroberfläche. Ein Wildentenpärchen strich läutend unter einer Erle ein. Und der Morgennebel ließ diese vielfältigen Bilder verschwinden und wieder entstehen, gerade so, als habe er Freude an diesem geheimnisvollen Spiel.

Verzaubert standen Konrad und Mariann ein paar Minuten lang da, so dicht am Wasser, daß die ausufernden Wellen ihre Zehen berührten, aber schnell kehrten sie in die Wirklichkeit zurück, und Konrad faßte seine Zweifel in den Worten zusammen: »Ich weiß nicht, wie wir da hinüberkommen sollen, es sei denn, wir suchen einen gestürzten Baum, schleppen ihn ins Wasser und vertrauen unser Leben Gott an.«

Mariann schauderte unwillkürlich zurück. Sie konnte, ebenso wie Konrad, nicht schwimmen. Und wenn der Baum sich im Wasser drehen würde und sie sich nicht mehr auf dem Stamm halten konnten, dann würden sie beide jämmerlich ersaufen müssen.

»Gehen wir lieber flußaufwärts, nach Metten«, sagte Mariann. »Ich habe einmal gehört, daß es dort eine Fähre geben soll.

»Und Klosterknechte auch«, versetzte Konrad, »die uns sofort als Landflüchtige erkennen und an den Natternburger ausliefern würden.«

Mariann senkte den Kopf und schwieg beschämt. Ihr schwarzes Haar wehte leicht im Morgenwind, spielte um ihr gutes, junges Gesicht. Mariann war schmutzig und übernächtig – und doch war sie Konrad nie schöner vorgekommen als gerade in dieser Stunde. Denn sie war ihm durch alle Schwierigkeiten gefolgt, sie hatte sich nicht von ihm abgewendet, weil er einen Menschen getötet hatte, sie hatte ihm gezeigt, daß sie zu ihm hielt, so, wie sie es sich gegenseitig vor dem Mönch versprochen hatten. Konrad seufzte und zog sein junges Weib in seine Arme. Mariann roch nach Schweiß und Schlamm; ihre Brautkrone hatte sie auf der Flucht verloren. Ihr Haar kitzelte zart Konrads Hals, als er sie küßte. Ihre Lippen waren zerbissen und rauh. Dennoch hatte Konrad von ihr noch nie so viel empfangen wie in diesem einen Kuß. Sie verschmolzen miteinander und drängten sich aneinander und vergaßen ihre Not, als sie so im Uferschlamm standen und das Wasser ihre nackten Zehen leckte.

Als Konrad sich von Mariann löste und aufschaute und seinen Blick wie ein Erwachender über den Strom wandern ließ, als erblicke er die Welt zum erstenmal, sah er, wie flußaufwärts etwas geschwungen und feuchtglänzend aus dem treibenden Nebel brach. Konrad erstarrte augenblicklich und machte Mariann durch ein leises Zeichen auf die Erscheinung aufmerksam. Gleich darauf huschten sie beide erschrocken in den bergenden Schilfgürtel zurück.

Draußen auf dem Strom schälte sich aus dem Morgennebel nun eine Zille, und sie wurde genau in jenem Augenblick ganz sichtbar, als der erste Sonnenstrahl flach und von den Wellen gebrochen über das Wasser wanderte.

Plattbordig und verhalten glucksend kam das Boot näher, und die beiden jungen Leute im Schilf konnten nun auch den Mann erkennen, der im stumpfen Heck der Zille kniete und beinahe andächtig die meterlange Stake an der niedrigen Bordwand entlangführte. Vor ihm, in der Mitte des Bootes, lag auf der einzigen Bank ein hanffarbener Haufen, ein maschiges Gewirr, in dem es ab und zu silbrig aufblitzte.

»Ein Fischer«, flüsterte Konrad. »Und ein Boot. – Was meinst du, sollen wir es wagen und ihn anrufen? Wenn es ein Leibeigener ist wie wir, wird er uns vielleicht helfen.«

Wiederum bewies Mariann ihre Unerschrockenheit, indem sie sich aufrichtete. »He!« rief sie gerade so laut über das Wasser hin, daß der Mann im Boot sie hören konnte.

Der Fischer schien nicht einmal überrascht. Er warf lediglich einen kurzen Blick auf Mariann, deren Leib bis zur Brust vom Schilf verdeckt war, nickte, als neben ihr Konrads Oberkörper auftauchte, und stemmte die Stake mit einer eleganten Bewegung stärker gegen den Zillenrand. Das flache Boot beschrieb einen leichten Bogen und trieb dann direkt auf das Uferstück zu, wo Mariann und Konrad warteten. Sie traten wieder ins Freie und gingen bis dorthin, wo das Wasser den Uferschlamm leckte, und wenig später lief auch die Zille, schmatzend im Schlamm, mit dem flachen Bug auf, drehte sich gemächlich in der Strömung und legte sich schließlich längs ans Ufer.

Der Fischer blieb im Boot, hielt es mit Hilfe der Stake an der Stelle und musterte stumm die beiden jungen Menschen. Er trug nichts als einen zerschlissenen, rupfenfarbenen Leinenkittel, an dem getrocknete Fischschuppen klebten. Die nackten Füße, die auf dem Bootsboden wurzelten, waren von dicken Adersträngen gezeichnet und – ebenso wie Arme und Gesicht – von der Sonne verbrannt und vom Wind gegerbt. Ein dunkler Bart, schon von weißen Fäden durchzogen, wucherte dem Mann über Wangen, Kinn und Hals und gab ihm ein grimmiges Aussehen, doch die Augen des Fischers blickten klar und blau, und es lag kein Mißtrauen in ihnen, eher eine Art von kindlicher Unschuld, dazu etwas von stiller, in sich ruhender Weisheit.

Sein Blick glitt von Mariann zu Konrad und wieder zurück, dann sagte er leise: »Ihr habt mich gerufen. Was kann ich für euch tun?«

»Wir suchen einen, der uns über den Strom bringt und später

nicht darüber redet«, antwortete Konrad, ebenfalls leise – und sich mit diesem einen Satz dem Fischer ganz und gar ausliefernd. Aber er vertraute diesen kindlichen blauen Augen.

»Tu es um der Muttergottes willen«, setzte Mariann hinzu.

Der Fischer nickte. »Steigt ein«, sagte er einfach.

Er drückte die Stake fester gegen die Bordwand, während Mariann und Konrad in die Zille kletterten und sich auf den wasserüberschwappten Holzboden kauerten. Als sie Halt gefunden hatten, hob er die Stake über ihre Köpfe hinweg und stemmte sie in den Uferschlick. Schmatzend löste sich der Bootskörper vom Schlamm, und die Zille glitt in einem sanften Bogen auf den Strom hinaus.

Sie kamen an einer erlenbestandenen Landzunge vorbei, und erst, als die Bäume sie gegen die Sicht vom Natternberger Ufer her schützten, sprach der Fischer wieder: »Ich bin von Metten, ein Leibeigener des Klosters. Ehe es Tag wurde, bin ich dort losgefahren, um Barben zu fangen. Aber kurz zuvor traf ein Bote des Natternburgers im Kloster ein und meldete, daß diese Nacht ein Knecht des Ritters erschlagen wurde. Der Natternburger hat befohlen, daß die Fähre zu Metten Tag und Nacht bewacht werden muß. Er sagt, der muß hängen, der den Knecht getötet hat.« Er blickte Konrad an. »Du bist es gewesen, ich weiß es.«

Konrad wurde blaß, ebenso Mariann. Aber dann rief die junge Frau erregt: »Der Natternburger wollte mich auf sein Lotterbett schleppen lassen. Er verlangte das von mir, was nur meinem Ehemann gehört. Ich bin stolz auf Konrad, weil er den Büttel umgebracht hat. Ich weiß, das ist eine Sünde, aber ich kann's nicht anders sagen. Und jetzt kannst du uns an den Ritter oder das Kloster ausliefern, wenn du es übers Herz bringst, Fischer.«

Etwas wie der kaum sichtbare Schein eines Lächelns glitt über das verwitterte Gesicht des Metteners. »Wenn ich euch auch an das andere Stromufer bringen kann, so seid ihr deswegen noch lange nicht in Sicherheit«, sagte er. »Dort drüben sitzt der

Ecker Freiherr auf seiner Burg, und auch nachher noch gibt's Festungen der Degenberger und der Nußburger. Die Boten des Natternburgers sind bestimmt längst unterwegs, und all diese adligen Herren werden zusammenhelfen, um euch zu jagen und zu packen und zuletzt an den Galgen zu bringen. Wird eine große Jagd anheben, hier, in den Waldbergen über der Donau. Dürft nicht einem jeden trauen. Und wenn, dann nur den armen Leuten wie mir.«

»Wir danken dir«, sagte Mariann mit zuckenden Lippen.

»Müßt euch möglichst überhaupt vor den Menschen verbergen«, fuhr der Fischer fort. »Ihr müßt euch durch das Waldgebirge schleichen, so weit es von den Rittern und Klöstern gerodet ist. Solange ihr noch einen ausgeschlagenen Fleck am Horizont seht, dürft ihr euch herum nicht sicher fühlen. Erst dann, wenn es nichts mehr um euch gibt als nur den Wald und den Wald ganz allein, dann befindet ihr euch in freiem Land, in dem nicht einmal der Herzog etwas zu sagen hat. Aber das wird auch ein wildes Land sein, das vielleicht noch keines Menschen Fuß betreten hat und von dem viele abends am Herdfeuer nur ängstlich zu flüstern wagen. Bär, Wolf und Luchs herrschen dort und die Waldgeister ...«

Der Fischer hatte die Zille nun beinahe an das andere Ufer gebracht und schickte sich schon zur Landung an, aber als er Mariann erschrockenes Gesicht sah, fügte er noch hinzu: »Ich sage euch das nicht, um euch noch mehr Angst einzujagen, als ihr eh schon habt. Ich sag's euch, weil ihr's wissen müßt. Wer nicht weiß, was ihn im tiefen Waldgebirge, dem bohemischen Land zu, erwartet, der kann sich nicht wappnen gegen die vielfältigen Gefahren, und der geht zugrunde, der überlebt vielleicht keinen einzigen Tag. Deswegen hab' ich's euch gesagt, denn ich wünsche euch, daß ihr lebt. Denn ich hätte den Burgknecht auch erschlagen, wenn er mir über mein liebes Weib gekommen wäre. – So, und da sind wir nun auf dem Deckendorfer Ufer ...«

Geschickt trieb der Fischer die Zille in einen dichten Schilfgürtel, der sie vor neugierigen Blicken schützte. Aber sie selbst konnten das Land, das sich, zuerst noch flach, dann hügelig und dicht bewaldet, vor ihnen ausbreitete, gut erkennen. Der Wald lag dunkel und morgendunstig über den wippenden Spitzen der Binsenlanzen, und an einer Stelle stieg der dünne Rauchfaden eines Kohlenmeilers in den zartgrauen Himmel. Ein wenig weiter rechts, noch im Donautal, war die herzogliche Stadt Deckendorf zu erkennen, umkränzt von einem gedrungenen Mauerring, über dessen Zinnen sich die steilen Giebel der Bürgerhäuser erhoben.

Mariann und Konrad schickten sich an, ans Ufer zu steigen, doch der Fischer hielt sie noch zurück. »Wagt euch auf keinen Fall in die Stadt«, warnte er. »Schleicht euch linker Hand an Deckendorf vorbei und versucht so schnell als möglich den dichten Wald zu gewinnen. Und dann wandert nach Norden – immer weiter nach Norden.«

»Wir werden dir nie vergessen, was du für uns getan hast«, antwortete Mariann und strich sich das rabenschwarze Haar an den Schläfen zurück. »Sag uns deinen Namen noch, damit wir stets an dich denken können.«

»Ulf heiße ich«, versetzte der Bärtige, »und nun geht mit Gott. Ich muß zurück auf den Strom, denn heute mittag will der Mettener Abt frische Barben auf seiner Tafel sehen, und wenn ich sie ihm nicht bringe, straft er mich hart. – Ja, es ist ein Kreuz mit den Mächtigen. Sie schinden uns arme Leute, wo sie nur können.« Ein Lächeln glitt über sein Gesicht, als er Konrad die schwielige Hand auf die Schulter legte und hinzufügte: »Aber ihr geht in die Freiheit – wenn ihr nur am Leben bleibt. Und wenn ihr es schafft, euch im tiefen Wald festzusetzen, dann wird es keinen Ritter mehr für euch geben und keinen Abt, die euch das Blut aus dem Leib saugen. Habt auch nicht zuviel Angst in den Wäldern, denn ich sage euch: Bär und Luchs können nicht so grausam sein wie die adligen und kirchlichen Herren ...«

Konrad faßte die Hand Ulfs und drückte sie kräftig, ohne jedoch zu antworten. Aber er und Mariann wußten jetzt, warum der Klosterfischer ihnen geholfen hatte, obwohl er dabei sein eigenes Leben aufs Spiel gesetzt hatte. Die Herren konnten ihren Leibeigenen das Schmalz vom Brot und die letzte Sau aus dem Koben stehlen, aber gegen den Anstand der kleinen Leute und die simple Nächstenliebe, die sie untereinander pflegten, konnten sie nichts ausrichten. Und als er das begriff, da fühlte Konrad sich zum erstenmal seit der Flucht aus Stauff nicht mehr verloren, ja, er fühlte sich jetzt sogar auf eine unbestimmte Weise sicher und geborgen.

Er ließ die Hand Ulfs los und legte seinen Arm um Marianns Schultern. »Komm«, sagte er zu seinem jungen Weib. »Wir müssen gehen.« Er half Mariann an Land und sprang selbst nach, und im gleichen Augenblick drückte der Fischer die Zille, ohne noch ein Wort zu sagen, zurück in den Strom. Das Schilf schlug über dem Heck des Kahns zusammen. Konrad und Mariann wollten sich schon abwenden, doch da kam etwas in hohem Bogen über die Binsen geflogen und landete direkt vor Marianns Füßen. Die junge Frau bückte sich und hob den Gegenstand auf, um ihn dann Konrad zu zeigen.

»Gott segne den Fischer«, murmelte der Landflüchtige.

Denn Ulf hatte ihnen zum Abschied sein eigenes Roggenbrot geschenkt ...

Sie kauten heißhungrig das dunkle Brot, während sie sich durch den Auwald schlugen. Das einfache Mahl, das sie im Gehen einnahmen, das ihnen sämig die Kehlen labte, gab ihnen schnell neue Kraft. Und es war keine halbe Stunde vergangen, da lag die Stadt bereits schräg hinter ihnen, und vor ihnen hob sich das Land aus dem Stromtal, bildete die ersten Hügel und warf aus dem Vorgebirge ein zweites Gebirge riesiger, mooszottiger Bäume auf. Sie drangen ein in den mächtigen Wald und suchten sich ihren Weg bergauf. Die Luft war hier ganz anders als unten im Donautal: reiner und frischer, und jeder Atemzug prickelte den Flüchtigen belebend in den Adern. Das Grün des Laubs schien Marianns und Konrads Glieder kühl zu umschmeicheln; der Wald empfing sie freundlich, doch die Erde machte es ihnen auch hart.

Das Aufsteigen wurde mühsamer und mühsamer. Es gab Mulden im Waldboden, in denen das fallende Herbstlaub hundert Jahre oder länger verrottet war. In solche Löcher konnten Konrad und Mariann bis zu den Hüften oder tiefer einsinken und mußten sich wieder auf festen Boden schaufeln. An anderen Stellen verbargen sich kantige Felstrümmer unter dem Laub und prellten und rissen ihnen die Knöchel. Manchmal versperrten riesige Findlinge den Weg ganz, und dann mußten sie, sich gegenseitig stützend, über den moosglitschigen Granit klettern, während Käfer und Asseln, die in den Gesteinsritzen hausten, erschrocken flüchteten. Zweige peitschten ihnen in die Gesichter, Staunzen saugten ihnen die nackte Haut blutig, aber unverdrossen drangen sie weiter vor. Sie rasteten nicht, bis die Sonne direkt über ihren Köpfen stand und ihre Strahlen senkrecht durch das zitternde Laub der Rüstern und Buchen flirrten und die Tannennadeln geheimnisvoll aufleuchten ließen.

Erst dann warf sich Mariann erschöpft zu Füßen eines Granitklotzes ins Moos, umklammerte kauernd ihre nackten, zerschundenen Füße und sagte: »Jetzt kann ich nicht mehr.«

»Ja, du mußt ausruhen und etwas gegen Hunger und Durst tun«, antwortete Konrad. »Warte. Ich bin bald zurück.«

Mariann streckte sich mit geschlossenen Augen auf dem Moos aus. Konrad verschwand seitwärts unter den Bäumen.

Doch schon nach wenigen Minuten war er wieder da. Er hatte seinen Kittel ausgezogen und trug ihn nun als unförmig geschwollenes Bündel um den Hals. In beiden Händen hielt er vorsichtig einen riesigen Baumschwamm, den gemuldeten Trichter nach oben, den er nun neben Mariann niedersetzte. Die junge

Frau, die sich etwas erholt hatte, schlug die Augen auf. Sie weiteten sich entzückt, als sie das frische Quellwasser erblickte, das Konrad in dem Baumschwamm herangebracht hatte.

»Für dich«, sagte der junge Mann liebevoll. »Trink, es wird dir guttun.«

Dankbar schlürfte Mariann mit durstigen Zügen das eiskalte Wasser. Sie lebte dabei augenblicklich wieder auf. »Und was hast du da in deinem Kittel?« fragte sie neugierig.

Lachend faltete Konrad das Bündel auseinander und schüttete seinen Inhalt auf den Moosteppich. Es waren braune Maronen und edle hellere Herrenpilze, buttergelbe Rehgeißen und Birkenpilze mit samtiger Kappe, dazwischen leuchteten Waldhimbeeren, drei oder vier Hände voll.

»Wir brauchen vorerst nicht zu verhungern«, sagte Konrad fröhlich. »Der Wald sorgt für uns. Er ist freundlich, nicht so, wie der Fischer gesagt hat. Pilze und Beeren gibt's im Überfluß, und Wasser wie dieses haben wir in Stauff nie getrunken.«

Begeistert fuhr er fort: »Ich habe an der Quelle dort drüben auch Wildfährten entdeckt, von Hase, Reh und Sau. – Aber jetzt iß und trink. Ich kann noch mehr holen, wenn dir das hier nicht auslangt.«

Mariann ließ sich nicht lange bitten, sondern griff hungrig zu, und Konrad folgte ihrem Beispiel. Sie verschlangen die würzigen Pilze roh und süßten sie sich mit den saftigen Beeren. Als ihr Hunger gestillt war, wurden sie übermütig. Konrad hielt Marianns Kopf in seinem Schoß und fütterte sie mit den letzten Himbeeren. Sie wehrte sich zum Schein; ihr Mund war vom blutroten Saft verschmiert, aber sie lachte, und ihre Augen und Zähne blitzten.

Und dann geschah es, daß Marianns Augen dunkel wurden, nicht mehr lustig strahlten, sondern verschleiert zu glänzen begannen wie Waldseen. Sie schlang ihre zerstochenen und zerkratzten Arme um Konrads Nacken und zog den Mann zu sich hinunter auf das duftige Moosbett. In einem wilden Kuß zerquetschten sie die letzte Himbeere zwischen ihren hungrigen Lippen – aber das merkten sie schon nicht mehr, denn in diesen Augenblicken gab es nur noch sie beide, und sie wurden eins, und der Moosteppich zu Füßen des Granitklotzes ersetzte ihnen schließlich an diesem hellen Mittag das Hochzeitsbett, das man ihnen in der Nacht zuvor geraubt hatte …

Als Mariann und Konrad wieder klar denken konnten, stand die Sonne tief und leuchtete schon rötlich zwischen den Stämmen der Baumriesen.

»Wir müssen weiter«, murmelte Konrad. »Die Schergen des Natternburgers …«

Aber Mariann legte ihm die Hand auf den Mund, brachte ihn so zum Verstummen und sagte: »Heute nacht wollen wir hierbleiben. Das Moospolster da ist zu unserem Hochzeitsbett geworden, und der Felsklotz hat uns beschirmt. Es wird uns nichts geschehen, auch wenn wir noch nicht weit von der Donau sind. Ich weiß es!«

Da konnte Konrad nicht widersprechen, und es wäre ihm ja auch selbst schwergefallen, gerade diesen Platz so schnell wieder zu verlassen. Also richtete er sich träge auf und sagte nur noch: »Dann werde ich noch einmal Beeren und Pilze sammeln, ehe die Nacht einbricht. Und du kannst inzwischen Tannenzweige suchen für unser Bett. Morgen aber, bei Sonnenaufgang, müssen wir weiter.«

Sie hielten ihr Nachtmahl, als die Sonne eben sank, dann streckten sie sich unter den Tannenzweigen aus, die Mariann gesammelt hatte. Sie hielten sich aneinander fest, denn in der Dunkelheit wurde der Wald auf geheimnisvolle Weise lebendig. Es rauschte, flatterte und zischelte im Gezweig und im Geäst; sie hörten den klagenden Schrei des Uhus, das schwere Flattern von Eulen, die neugierig heran- und wieder abstrichen, und einmal – allerdings in der Ferne – das giftige Fauchen eines Luchses.

Und so begannen sie zu ahnen, wie der Wald wirklich war: Daß er Geborgenheit und Nahrung bot, aber auch Gefahren und Furcht in seinen unendlichen Tiefen drohten. Ein Quell mochte kristallklar und voller Lebenslust über Moospolster rieseln, aber es gab auch das Raubtier, das um diese Quelle schlich. Und damit würden Mariann und Konrad nun leben müssen: mit der Schönheit und mit der Angst gleichermaßen.

Als das erste Sonnenlicht sie weckte, war ihnen nichts Böses geschehen. Konrad sprang auf und reckte sich. »Heute wollen wir den ganzen Tag wandern«, rief er. »Fühlst du dich ebenfalls so frisch wie ich?«

»Ja«, antwortete Mariann, strich sich das verwirrte Haar aus der Stirn und dehnte die volle Brust. »Der Schlaf in diesem Wald war wie ein Jungbrunnen. Ich werde heute rennen wie ein Reh, so daß du mich gar nicht mehr einholen kannst.«

»Bist ja auch so schlank und hübsch wie ein Reh«, antwortete Konrad lachend. »Aber mit dir Schritt halten werde ich doch, das wirst du schon sehen. Jetzt laß uns frühstücken. Komm, wir laufen zur Quelle, dort gibt's noch Himbeeren in Hülle und Fülle.«

Hand in Hand rannten sie durch den von Vogelgezwitscher erfüllten Wald, warfen sich neben dem Quell auf die Knie und schlürften durstig das eiskalte Wasser. Sie meinten, nie einen besseren Trunk getan zu haben, und die frischen Waldhimbeeren schmeckten ihnen noch leckerer als am Tag zuvor.

Dann waren sie bereit für den langen Wandertag, zerstreuten ihr Lager, damit es nicht vielleicht einem Jäger auffiel, der hier streifen mochte, und gleich darauf hatte der dichte Wald die beiden jungen Menschen auch schon verschluckt.

Der Weg war ebenso beschwerlich wie am Tag zuvor, aber heute bezwangen sie ihn leichter. Sie begannen sich an die steilen und unvermittelten Hindernisse zu gewöhnen. Gegen Mittag gerieten sie an eine Rodung, wurden aber rechtzeitig durch das Hallen der Axtschläge gewarnt und konnten den Platz ungefährdet in weitem Bogen umgehen, ohne daß irgend jemand sie bemerkt hätte.

»Das müssen Lehensleute vom Kloster Metten oder Hörige eines Ritters sein, die hier neuen Lebensraum schaffen«, sagte Konrad, als sie weit genug entfernt waren. »Der Fischer Ulf hat ja erzählt, daß sie hier draußen überall den Wald ausreuthen.«

»Vielleicht hätten sie gar ein Stück Brot für uns gehabt«, meinte Mariann. »Mich hungert schon wieder ganz fürchterlich.«

»Wir durften uns nicht zeigen«, erwiderte Konrad. »Du weißt, daß der Fischer uns gewarnt hat. Wenn es nur Leibeigene wären, dann hätten wir wahrscheinlich nichts zu befürchten. Aber es könnte auch ein Adels- oder Klostervogt bei ihnen sein, und wenn ein solcher uns erwischte, dann würde es uns schlimm ergehen. – Gegen den Hunger können wir aber auch selbst etwas tun. Schau, da drüben steht ein ganzer Haufen Rehgeißen. Die werden uns ja fürs erste genügen.«

»Wir sollten aber später auch Brot und Fleisch haben«, sagte Mariann, als sie die würzigen Pilze brachen und gleich aus der Hand verzehrten. »Du hast doch ein Gewaffen.« Sie deutete auf Konrads Hirschfänger, den er bei der Flucht hatte retten können. »Meinst du nicht, daß du damit irgendein Wild erlegen kannst?«

Konrad lachte. »Das Kurzschwert ist doch nur dazu da, um einen Hirschen ganz abzutun, wenn er schon von einem Pfeil oder Bolzen getroffen ist und hilflos an der Erde liegt«, sagte er. »Aber ich hab's mir selbst schon überlegt, daß ich jagen muß. Freilich brauche ich dazu Pfeil und Bogen, aber das kann ich alles anfertigen, wenn wir erst einmal einen Platz gefunden haben, wo wir uns sicher fühlen dürfen.«

»Du wirst es bestimmt schaffen«, antwortete Mariann. »Du wirst noch ein guter Jäger werden.« Vertrauensvoll strahlte sie ihren Mann an. »Und ich werd' eine gute Hausfrau. Ich werde für uns Kleider aus Rindenfasern machen und das Herdfeuer Tag und Nacht am Leben erhalten. Aber du mußt für uns eine Hütte bauen.«

»Ja, und es muß eine Quelle gleich daneben sein«, stimmte Konrad zu. »Die soll eine Einfassung aus schönen glatten Steinen bekommen ...«

Und während sie nun rasch weiterwanderten, ereiferten sie sich immer mehr und schmiedeten die schönsten Pläne, wie sie sich ihr Leben im Wald einrichten wollten. Sie waren glücklich, auch wenn sie sich im Moment von rohen Pilzen und Beeren ernähren mußten. Aber sie fühlten sich stark genug, die Zukunft zu meistern, und da sie jung waren, konnten sie ihre unterschwelligen Ängste einfach verdrängen.

Um die Mitte des Nachmittags freilich erlebten sie einen großen Schrecken. Sie drückten sich gerade durch einen Windbruch, in dem Birken- und Kiefernstämme in einem entsetzlichen Chaos durcheinandergeworfen worden waren. Insektenschwärme summten und wirbelten über dem toten, zersplitterten Holz, und die beiden jungen Leute hatten so sehr mit ihrem Vorwärtskommen zu tun, daß sie gar nicht bemerkten, daß sie nicht allein hier waren. Der Waldschrat stand unvermittelt vor ihnen, als sie ein Gestrüpp aus Haselsträuchern auseinanderdrückten.

Jedenfalls sah er aus wie ein Waldschrat. Er war fast zwei Köpfe kleiner als Konrad, und der Bart, der ihm über Gesicht und Brust wucherte, ließ nur die blinzelnden Augen und eine knollige Nase frei. Auf dem verfilzten Haarschopf trug das Geschöpf einen verwitterten Baumschwamm als Hut, und sein einziges Gewandstück bestand aus einem Kittel von grobem Rindenstoff ohne Ärmel oder Gürtel. In der Hand trug der Kerl eine Art Lanze mit derbem, handgeschnitztem Schaft und einem breiten Eisenblatt, dessen Schneiden gefährlich scharf blitzten.

So stand er da und starrte Mariann und Konrad an, als sie aus den Haselsträuchern auftauchten. Er sagte kein Wort. Die beiden jungen Leute prallten erschrocken zurück, und Mariann machte sogar Anstalten, die Flucht zu ergreifen. Doch Konrad hielt sie am Arm zurück, schluckte und wandte sich an den seltsamen Gesellen: »Alle guten Geister loben Gott, den Herrn – wer bist du, ein Troll oder ein Mensch?«

In der Bartwirrnis des Unbekannten zuckte es, und als er lautlos lachte, ließ er erstaunlich weiße Zähne sehen. Dann antwortete er kichernd: »Das behauptet ja auch mein Weib immer, daß ich wie ein Schrat ausschaue – aber ich bin trotzdem ein Mensch. Gernot der Köhler heiß' ich und bin dem Ritter von Eck zinspflichtig. Aber ab und zu hab' ich auch eine andere Beschäftigung.« Nun grinste er über das ganze Gesicht.

Auch Konrad lachte und erwiderte: »Freilich, diese andere Beschäftigung glaube ich schon zu erraten.« Er deutete auf den seltsamen Spieß Gernots. »Mit der Saufeder da wirst du ja wohl kaum die Kohlen in deinem Meiler umschichten, oder irre ich mich?«

»Ihr schaut beide nicht aus wie Adelsknechte, eher wie Leute, die Unglück gehabt haben und sich auf der Flucht befinden«, sagte der Köhler, »und deswegen will ich vor euch auch keine Geheimnisse haben. Mit der Saufeder da werde ich den Wildschweinen zuweilen recht gefährlich, wovon freilich die Jäger des Eckers nichts wissen dürfen. Es ist aber so, daß halt auch die kleinen Leute leben müssen, und da pfeift man eben ab und zu auf das Gesetz, auch wenn das Wildern Kopf und Kragen kosten kann.«

»Du mußt viel Vertrauen zu uns haben, weil du uns das sagst«, warf Mariann ein, die nun überhaupt keine Angst mehr vor dem wilden Kerl empfand. »Hast du nicht bedacht, daß wir dich vielleicht verraten könnten?«

»Du nicht – und der da auch nicht«, erwiderte der Köhler. »Das seh' ich an euren verarbeiteten Händen, den armseligen

Kleidern und euren Augen. Ihr seid Leibeigene wie ich, euch traue ich. Aber ich wüßte trotzdem gern, was ihr hier im wilden Wald treibt.«

Konrad warf Mariann einen fragenden Blick zu, und als sie ihm zunickte, antwortete er offen: »Wir sind Flüchtige und stehen mit den Herren auf Kriegsfuß wie du. Von drüberhalb der Donau, aus einem Dorf des Natternburgers, kommen wir – und damit du's gleich weißt: Ich hab' einen Knecht des Ritters erschlagen, weil er mir meine frisch angetraute Mariann auf die Burg verschleppen wollte. In derselben Nacht sind wir geflohen und suchen nun hier im Wald einen Ort, an dem wir uns sicher fühlen können.«

»Da müßt ihr noch weit wandern«, sagte der Köhler. »Ich will euch aber mit Rat und Tat helfen, wenn ich auch deinen Namen erfahren darf.«

»Konrad heiß' ich«, antwortete dieser.

»Gut, Konrad und Mariann«, erwiderte der Köhler. »Dann kommt ihr erst einmal mit mir. Ich besitze zwar nur eine arme Hütte, aber mein Weib wird sich über Gäste freuen, und ausreichend Ziegenkäse und Brot für unseresgleichen haben wir allemal noch. An Fleisch wird's freilich mangeln, denn ihr habt mir die Wildsau verjagt, hinter der ich her war. Entkommen wird sie mir aber trotzdem nicht. Kriege ich sie heute nicht, dann eben morgen oder übermorgen. Man lernt Geduld, wenn man jahraus, jahrein am Meiler arbeitet. Aber nun kommt ...«

Damit wandte sich der Köhler um und drückte sich in das Gestrüpp, welches die Lichtung umgab. Konrad und Mariann folgten ihm ohne Scheu. Sie hatten Vertrauen zu dem Wildbart gefaßt. Im Verlauf der nächsten beiden Stunden hatten sie allerdings Mühe, mit ihm Schritt zu halten, denn Gernot war das Wandern im dichten Urwald von Kindheit an gewohnt, während die beiden aus dem Donautal diese Kunst erst erlernen mußten. Dennoch hielten sie, wenn auch schwer atmend,

Schritt und gelangten endlich auf eine kleine Rodung am Südhang eines stumpfhäuptigen Berges. Der Köhler blieb stehen und sagte stolz: »Das ist meine Heimstatt.«

Mariann und Konrad erblickten eine windschiefe Hütte aus grob zugehauenen Baumstämmen, deren Zwischenräume mit Graswasen verstopft waren. Wie ein Schwalbennest klebte sie am Berghang. Gleich daneben murmelte eine Quelle in einem Ring zusammengetragener Granitfindlinge. Etwas unterhalb, wo das Gras besonders saftig war, weideten vier oder fünf Ziegen. Oberhalb der Hütte, schon wieder am Waldrand, war eine Reihe von bienenkorbähnlichen Kohlenmeilern aufgeschichtet, aus deren Spitzen helle Rauchfäden fast durchsichtig in den Sommerhimmel stiegen.

Als Gernot und seine Begleiter sich der Hütte näherten, schoß hinter einem Brennholzstapel ein gelber, wolfsähnlicher Hund hervor und begann wütend zu bellen.

Mit einem barschen Zuruf brachte ihn Gernot zum Schweigen, und das nur halbgezähmte Vieh verschwand knurrend wieder in seinem Schlupf. Dafür öffnete sich aber nun die in ledernen Angeln hängende Hüttentür, und ein großes Weib trat über die Schwelle, die Augen gegen das Sonnenlicht mit der Hand beschattend.

»Gäste bringe ich dir, Mirl«, rief der kleinwüchsige Köhler fröhlich zu seinem grobschlächtigen Ehegemahl hinüber. »Hab' das junge Blut im Wald aufgetan und hergeführt, weil die beiden unsere Hilfe brauchen. Aber sag mir erst, ob sich ein Gefolgsmann des gottverfluchten Ecker Ritters hier hat sehen lassen, während ich nicht da war.«

»Der Muttergottes sei Dank – es war kein solcher Hundsfott hier«, erwiderte die Köhlerin, um dann neugierig hinzuzusetzen: »Aber was sind das für Leute, die du anbringst?«

»Laß uns erst in die Hütte, dann werden sie es dir selber erzählen«, antwortete Gernot. »Ist nicht gut, wenn über diese

Dinge im Freien gesprochen wird, wo die Bäume vielleicht doch Ohren haben.« Damit gab er Mariann und Konrad ein Zeichen, zum Haus zu gehen. Schweigend, aber mit einem neugierigen Funkeln in den dunklen Augen, machte die Köhlerin ihnen auf der Schwelle Platz.

Die Hütte war armselig und primitiv eingerichtet. Das Herdfeuer brannte in einer aus lehmverschmierten Steinen gebildeten Mulde; die Bettstatt der Köhlersleute bestand aus nichts weiter als fächerförmig gelegten Tannenzweigen, der Tisch und ein paar Schemel waren aus groben Holzklötzen gehauen, und das graue Geschirr war offensichtlich ohne Töpferscheibe von Hand geformt und notdürftig draußen im Kohlenmeiler gebrannt.

Mirl, die Köhlerin, wies auf die ungeschlachten Schemel; Mariann und Konrad setzten sich. Der Köhler selbst stellte seine Saufeder in die Ecke, wo noch eine zweite lehnte, und warf sich auf das Lager aus Tannenzweigen. Sein Weib blieb in der Hüttenmitte stehen und forderte nun die Gäste auf: »Erzählt! Ich möchte wissen, wen mir der Gernot da angeschleppt hat.« Es klang unfreundlich, war aber sicher nicht so gemeint, denn Mirl schenkte Mariann bei diesen Worten so etwas wie ein derbes Lächeln.

Und Mariann, welche die Erfahrung gemacht hatte, daß man solch unwirschen Menschen wie der Köhlerin immer trauen kann, weil sie sich geben, wie sie eben sind, berichtete frisch von der Leber weg, was sie und Konrad in Stauff durch die Knechte des Natternburgers hatten erdulden müssen, wie Konrad in seiner Not den Kriegsmann erschlagen hatte und wie sie hatten flüchten müssen.

»Da habt ihr ja Schlimmes mitgemacht«, sagte die Köhlerin mitleidig, als die junge Frau geendet hatte. Sie warf ihrem Mann einen fast liebevollen Blick zu. »Hast recht daran getan, daß du das junge Blut hergebracht hast«, bestätigte sie. »Aber jetzt müßt ihr erst einmal was in den Leib bekommen.« Und damit machte sie sich am Herd zu schaffen, wärmte Ziegenmilch in einem irdenen Hafen, schnitt schwere Kanten von einem Laib dunklen Roggenbrots und dünnere Scheiben von einem ungefügen Block scharf duftenden Ziegenkäses.

Konrad und Mariann, die schon lange nichts Deftiges mehr in den Magen bekommen hatten, hauten kräftig ein, und weder der Köhler noch sein Weib störten sie, bis sie das nahrhafte Mahl aufseufzend beendeten.

Erst dann nahm Mirl wieder das Wort, so wie es hier in der Hütte auch ihr gutes Recht war. »Und was habt ihr jetzt vor?« wollte sie wissen. »Wohin wollt ihr gehen, um euch vor der Rache des Natternburgers zu retten?«

»So tief in den Wald, daß kein Ritter und kein Klosterherr dort mehr etwas zu sagen hat«, antwortete Konrad.

»Ich hab' sie schon gewarnt, das wird eine lange und gefährliche Wanderung«, mischte sich Gernot ein. »Denn hier heraußen bei uns, so nahe am Donaustrom, ist der Forst längst unter den großen Herren aufgeteilt, auch wenn der Wald noch nicht überall ausgereuthet ist, aber das wird auch in tausend Jahren nicht der Fall sein. Immerhin jedoch streifen hier die ritterlichen und klösterlichen Jäger und manchmal auch die Adligen selbst, wenn es sie nach Hirsch- oder Bärenbraten gelüstet.«

»Nein, hier wärt ihr nicht sicher«, stimmte die Köhlerin zu und starrte nachdenklich ins Herdfeuer. »Aber ...«

»Was ist? Weißt du uns denn einen sicheren Ort?« fiel Konrad ihr ins Wort.

»Könnte schon sein«, murmelte Mirl, um dann, mehr an ihren Gatten gewandt, zögernd zu erzählen: »Du weißt doch noch, Gernot, daß vor fünf oder sechs Sommern mein ungebärdiger Bruder, der Erwein, so weit nach Norden wanderte, daß er dann fast nicht mehr zurückgefunden hätte?«

»Der verrückte Kerl, ja«, versetzte der Köhler. »Hätte leicht böse ausgehen können, damals.«

»Er hat einen Schutzengel gehabt«, bestätigte Mirl, dann wandte sie sich direkt an Konrad und Mariann, die gespannt jedem ihrer Worte lauschten: »Der Erwein ist, ganz wie ihr vor kurzem noch, ein armer lehenspflichtiger Bauer in der Gegend von Weißenstein, dem Degenberger hörig. Das Land, das er bestellt, ernährt die Seinen hinten und vorne nicht. Deswegen muß er, genau wie mein Alter, ab und zu auf die Jagd gehen. So eine Wildsau oder ein Hirsch reichen lang im Winter …

Jedenfalls, damals vor fünf oder sechs Jahren, war mein Bruder von Weißenstein aus immer nach Norden gewandert, einen ganzen Tag lang, und am Abend spürte er tatsächlich einen feisten Hirschen auf. Er schoß einen Pfeil ab, traf das Wild aber nicht tödlich. Der Hirsch flüchtete, der untergehenden Sonne entgegen, und mein Bruder folgte ihm. Aber dann kam die Nacht, und Erwein mußte sie in einem zusammengescharrten Reisighaufen verbringen. Am nächsten Morgen nahm er die Fährte des verwundeten Hirschen erneut auf. Die Hetze ging wiederum den ganzen Tag durch einen solch wilden Wald, wie ihn mein Bruder noch nie gesehen hatte. Er blieb dem schweißenden Hirsch auf der Spur, konnte ihn aber auch an diesem Tag nicht erwischen.

Erst am nächsten Vormittag stellte er ihn, brachte ihn mit einem zweiten Pfeilschuß zur Strecke – und stellte fest, daß er sich hoffnungslos verirrt hatte. Es gab nicht die kleinste Spur eines Menschen in diesem Urwald; keine Rodung, keinen Meiler, keine Feuerstelle. Aber die Waldbäume waren so riesig, daß sie den Himmel verschatteten, und die Wildspuren so zahlreich, daß bestimmt noch niemals ein Jäger in diese Gegend gekommen war.«

Gespannt lauschten Mariann und Konrad der Erzählung der Köhlerin, und Mariann griff in ihrer Erregung nun sogar nach der Hand Konrads und umklammerte sie schutzsuchend wie ein Kind.

»Erwein waidete den Hirschen aus«, berichtete Mirl weiter, »packte sich, was er von dem Fleisch tragen konnte, auf die Schultern und wußte keinen anderen Weg, aus dem wilden Urwald wieder herauszukommen, als sich einfach nach der Sonne zu richten und nach Süden zu gehen. Aber das Licht, das nur mühsam durch die dichten Baumkronen drang, muß ihn genarrt haben, oder ein Waldgeist führte Erwein irre – denn nachdem er Stunden marschiert war, gelangte er an einen See, den er ebenfalls noch nie im Leben gesehen hatte.«

Mariann bekreuzigte sich unwillkürlich und starrte die Erzählerin ängstlich an. Sie hatte aber auch allen Grund dazu, denn Mirl fuhr fort: »Es war das ein schwarzes Gewässer unterhalb einer fürchterlichen Steilwand, mitten im Urwald. Wie ein totes Auge schimmerte unbewegt die Wasserfläche, und die bärtigen Fichten spiegelten sich über der bodenlosen Tiefe.

Die Neugier trieb meinen Bruder bis ans Ufer. Er legte seine Beute ab und wollte sich einen Trunk aus dem dunklen See schöpfen. Aber als seine Hand den Wasserspiegel berührte, da fuhr sie erschrocken zurück. Die Flut des dunklen Sees war so eiskalt wie der Tod. Und während Erwein erschrocken am Ufer stand, bemerkte er auch, daß in diesem See kein einziger Fisch nach einer Fliege schnappte oder heimlich unter dem Schilf gründelte, statt dessen aber trieben große Pflanzeninseln auf dem Wasser, als schöbe ein unsichtbarer Nöck sie hin und her.

Da hielt es meinen Bruder keinen Augenblick länger an dem unheimlichen Ort. Er packte sein Fleisch wieder auf die Schultern und rannte davon, als sei der Teufel hinter ihm her. Einen vollen Tag noch mußte er sich durch den Urwald kämpfen, ehe der Forst lichter wurde und Erwein die erste von Menschenhand geschaffene Rodung erreichte. Die Leute, die dort lebten, sagten ihm dann, er müsse am Arbersee unterhalb der großen Steilwand gewesen sein, und sie wüßten durch die Sagen der Alten von diesem dunklen Gewässer. Doch habe sich seit Generationen niemand von ihrem Hof mehr dort hinaufgewagt, denn die Sagen behaupteten auch, der See sei verhext und stelle eine Grenzmarke dar, über die hinaus der Wald niemals wirklich gerodet werden könne.

Dann zeigten sie Erwein den Weg zurück nach Weißenstein, und es stellte sich heraus, daß er viel weiter nach Westen geraten war, als er angenommen hatte. Am nächsten Tag erreichte mein Bruder wieder seinen Hof, tat aber einen Schwur, nie wieder Gott zu versuchen und so weit nach Norden zu wandern, denn, so sagt er, dort sei die Welt zu Ende, und Menschen hätten dort nichts zu suchen.«

»Und es ist seitdem wirklich nie wieder jemand dort oben gewesen?« wollte Konrad wissen, der die Erregung, die ihn gepackt hatte, nur schlecht verbergen konnte.

»Die Waldleute meiden diese Gegend wie den Teufel«, bestätigte die Köhlerin. »Deswegen habe ich euch die Geschichte ja auch erzählt. Wenn ihr dorthin gelangen könntet, dann bräuchtet ihr keinen Ritter und keinen Büttel mehr zu fürchten. Im Urwald um den Arbersee wärt ihr in Sicherheit.«

»Gott bewahre! Du sagtest doch, der See sei verhext!« rief Mariann erschrocken. »Und nun willst du uns dorthin schicken und uns wohl gar dem Teufel in die Fänge spielen!«

Da schlug die Köhlerin eine verächtliche Lache auf. »Der Teufel sitzt auf den Burgen und manchmal auch in den Klöstern«, sagte sie. »Der sitzt dort, wo wir Leibeigenen geschunden und bis aufs Blut ausgesäckelt werden. Der sitzt dort, wo der Prälat von unserem Herrn Jesus predigt und gleichzeitig Haus und Hof seines schwächeren Nachbarn mit dem blanken Schwert an sich bringt. Ich hab' aber noch nie gehört, daß der Baalsbub sich in einem kalten See verschloffen hätte ...«

»Aber die Inseln, die dort über das Wasser fahren!« warf Mariann, immer noch ängstlich, ein.

»Die treibt der Wind«, behauptete die Köhlerin unerschrokken. »Ebenso wie die Boote auf dem Donaustrom, die du ja wohl schon gesehen hast. – Nein, Kinder, ich sag's euch, den See und den Urwald braucht ihr nicht zu fürchten – und den Teufel auch nicht, wenn ihr nur ein gottgefälliges Leben führt. Aber ihr wärt sicher dort, denn andere Menschen werden sich kaum in diese Gegend wagen.«

Mariann und Konrad schwiegen nun nachdenklich, wobei Mariann immer noch den sehnigen Arm ihres Gemahls umklammert hielt, als fände sie so Schutz und Trost.

Aber der Köhler sagte: »Mein Weib hat recht. Der See mag unheimlich sein, doch gefährlich wird er euch wohl kaum werden. Und ihr bräuchtet ja auch nicht direkt am Ufer zu siedeln. Könntet einen guten Abstand zwischen eurer Rodung und dem dunklen Wasser lassen. Freilich drohen euch dort oben mancherlei andere Gefahren. Ihr müßt dem Wald einen Acker abringen, und dabei kann euch leicht ein Baum erschlagen. Ihr müßt die erste Ernte hochbringen, und wenn ihr es nicht schafft, könnt ihr im Winter darauf verhungern. Und ihr müßt euch gegen die wilden Tiere schützen, sonst schlägt euch ein Bär oder reißt euch ein Wolf. Und trotzdem meine ich: Wagt es und siedelt am Arbersee. Einen besseren Rat können mein Weib und ich euch nicht geben.«

Konrad zögerte immer noch, aber dann sprang er plötzlich auf, seine Augen blitzten herausfordernd, und er rief: »Wir wollen es wagen, Mariann! Die Mirl hat recht. Schlimmer als der Urwald und das wilde Getier sind allemal die Ritter und ihre Blutsknechte, und denen wollen wir doch gewiß nicht in die Klauen fallen. Und wenn unsere Freunde meinen, daß es solches Gesindel im Norden nicht gibt, dann wollen wir die anderen Gefahren schon ertragen. Wir gehen zu jenem dunklen See und suchen uns ein Stück Land dort.«

»Du hast soeben bewiesen, daß du den Mut besitzt, den man

dazu braucht«, sagte Gernot. »Aber wie steht's mit dir, Mariann? Wirst du deinem Mann nach Norden folgen?«

»Ich habe Angst«, bekannte die junge Frau, »aber mehr als den Urwald fürchte ich die Rache des Natternburgers. Wenn der uns erwischt, werden wir im Hungerturm verrotten, aber an jenem dunklen See sterben wir wenigstens unter Gottes freiem Himmel, wenn's ganz schlimm kommt. – Ja, Konrad, ich folge dir, so wie das Weib seinem angetrauten Mann folgen soll.«

»Kannst stolz sein auf deine junge Frau. Die hat das Herz auf dem rechten Fleck«, lobte die Köhlerin, wobei ihre Stimme ungewohnt weich klang. Konrad aber nahm seine Mariann in die Arme, drückte sie fest an sich und küßte sie dankbar.

Denn in der geheimsten Tiefe seines Herzens sehnte er sich nach den Abenteuern, die in den unerforschten Wäldern auf sie warteten, und er wäre enttäuscht gewesen, wenn Mariann ihn davon abgehalten hätte, zu jenem dunklen See zu gehen. Aber er nahm sich auch vor, so gut für sie zu sorgen, wie er konnte, und notfalls mit seinem Leben das ihrige zu schützen. Doch das sagte er ihr nicht, um sie nicht unnötig zu ängstigen.

Es war der Köhler, der die Spannung der letzten halben Stunde löste, indem er aus einem verborgenen Winkel zwischen Herd und Hüttenwand eine bauchige Flasche hervorsuchte und sie Konrad anbot. »Das ist Branntwein, und heute dürfen wir uns wohl einen Schluck gönnen«, sagte er. »Ich trinke auf euren Mut, Konrad und Mariann, sobald ihr mir eurerseits Bescheid getan habt. Und ich wünsche euch, daß Gottes Segen auf eurer Rodung ruhen möge.«

Konrad und Mariann nippten nur an dem scharfen Schnaps, aber Gernot tat einen tiefen Zug, bis ihm sein Weib die Flasche entriß, um selbst auch noch etwas zu bekommen.

Dann, als der Schnaps wieder in seinem Versteck verwahrt war, ergriff der Köhler eine seiner beiden Saufedern, strich fast zärtlich über das messerscharfe Lanzenblatt und reichte sie Konrad hin.

»Da«, sagte er, »ein besseres Gewaffen gibt es nicht im Urwald. Der Spieß wird dir mehr nützen als dein Hirschfänger, der freilich auch nicht zu verachten ist. Wenn du dir später noch Pfeil und Bogen anfertigst, dann bist du für die Jagd ausgezeichnet gerüstet.«

»Aber das kann ich doch nicht annehmen. Die Saufeder ist ein Heidengeld wert«, sperrte sich Konrad, während seine Faust jedoch gierig den Lanzenschaft umspannte. »Das Blatt ist ja in Passau geschmiedet, wie der eingeschlagene Wolf beweist, und das sind die besten Waffen, die es in unserem Land gibt.«

»Wirst auch eine gute Klinge brauchen«, erwiderte der Köhler. »Und kannst sie auch ruhig von mir annehmen. Ich habe ja noch die andere da. – Jedenfalls lasse ich euch ohne den Spieß nicht losziehen. Es würde mir später doch nur das Gewissen belasten.«

Da gab Konrad nach, und seine Augen strahlten, denn nun fühlte er sich den Gefahren des Urwalds schon viel besser gewachsen. Am liebsten hätte er, den schweren Spieß in der Faust, auf der Stelle die Wanderung fortgesetzt.

Doch das war nicht möglich, denn draußen begann es bereits dunkel zu werden. Mariann und Konrad nahmen deswegen dankbar das Nachtlager an, das die Köhlersleute ihnen anboten.

III

Aus der Chronik des Eginhart Bärnreuther, Bauer auf Bärnreuth:
»Haben der Ahn Konrad und sein Weib Mariann nach mannigfaltigen Fährnissen den dunklen Berg erreicht. Und haben sich dortselbst ihre erste eheliche Wohnstatt errichtet.«

Das erste Morgenlicht lag zittrig auf Berg und Wald, als Mariann und Konrad, noch fröstelnd, aus der Hütte des Köhlers traten. Mirl hängte der jungen Frau, die sie wegen ihres Mutes mittlerweile ins Herz geschlossen hatte, einen Leinensack mit Brot und Käse über die Schulter. Als Mariann bescheiden abwehren wollte, sagte die Köhlerin: »Nimm's nur, ihr werdet's sehr gut brauchen können. Und mein Alter soll euch noch bis hinauf in die Weißensteiner Gegend begleiten. Könnt euch dadurch wohl manchen Irrweg sparen.«

Die Köhlerin und ihr Mann mußten das in der Nacht abgesprochen haben, denn ohne weitere Umstände ergriff Gernot einen derben Knotenstock und pfiff seinem Wolfshund, der sich heute den Fremden gegenüber nicht mehr so ablehnend gebärdete wie am Vortag, denn sie hatten unter dem Dach seines Herrn geschlafen. Dann wandte sich Gernot an Konrad und Mariann und sagte: »Kommt! Wir wollen keinen langen Abschied machen, denn der Weg ist weit.«

Dankbar drückten die beiden jungen Leute noch einmal Mirls Hand, dann warf Konrad seine Saufeder über die Schulter und folgte zusammen mit seinem Weib dem Köhler, der bereits nach Norden davonschritt. Der Wolfshund hielt sich hart neben ihm, die Nase am Boden, die Ohren aufmerksam gespitzt, als wisse er ganz genau, daß sein Herr ihn heute nicht bloß zu einem harmlosen Pirschgang gerufen hatte.

Und dann umgab sie wieder der Wald, scheinbar endlos nach

allen Seiten sich dehnend, von Nebelschwaden durchflutet zu dieser frühen Stunde, während gleichzeitig aus den Baumwipfeln die Stimmen zahlloser Vögel erklangen, welche begeistert den neuen Morgen begrüßten.

Im Handumdrehen waren die Füße der Wanderer naß vom Tau, Farnwedel klatschten ihnen um die Knie, und manchmal wateten sie darin wie in einem fiedrigen Meer. Schwere Spinnennetze glänzten silbrig im dünnen Morgenlicht und erschienen durchsichtiger und feiner, je kräftiger die Sonne schien und den Nachttau von dem wundersamen Gespinst leckte.

Gernot folgte beständig einem gewundenen Tal, hielt sich freilich nicht ganz auf dessen Grund, denn dort gluckste und gurgelte ein Bach, der weiter drinnen im Gebirge entspringen mußte, und die Talsohle war deshalb morastig und kaum begehbar. Das Laufen auf dem schrägen Talrand war anstrengend für Mariann und Konrad, aber sie hatten das Gefühl, heute schneller voranzukommen als am Vortag, als sie keinen Führer gehabt hatten. Denn der Köhler Gernot schien hier jeden Findling und jeden Strauch zu kennen, nicht einmal zögerte er, und so drangen sie im Lauf des Vormittags eine beträchtliche Wegstrecke nach Norden vor.

Es mochte ungefähr elf Uhr sein, denn die Sonne stand nun bereits steil, da stießen sie plötzlich auf einen Pfad, der sich von links her in das Bachtal heruntersenkte.

Gernot blieb stehen, legte den Finger auf den Mund und lauschte nach Westen. Der Wolfshund tat es ihm mit schmalen gelben Lichtern nach.

Erst als der Köhler gewiß war, daß es weit und breit keinen anderen Menschen gab, wandte er sich an seine beiden Schützlinge: »Das ist der Weg von Bischofsmais her, der hinüber nach Kirchenberg führt. Die beiden Dörfer gehören dem Bischof von Passau, der ein paar Dutzend Leibeigene und jeweils einen Vogt hergesetzt hat. – Kommt, wir wollen den Pfad schnell überqueren und uns auf der anderen Seite wieder in den Wald schlagen. Könnte leicht sein, daß ein Fuhrwerk daherkommt, das Ladung für den Passauer hat und vielleicht gar von Reisigen begleitet ist.«

Und damit war der Köhler auch schon auf und davon und drang drüben rasch in das Unterholz ein. Mariann und Konrad folgten ihm auf dem Fuß.

Dann erst wollte Konrad wissen: »Besitzt er viele Dörfer und Rodungen hier in der Gegend, der Passauer Bischof?«

»Ein Dutzend und vielleicht noch mehr«, erwiderte Gernot, wobei er sich gegen den Stamm einer Eibe lehnte, um ein wenig zu verschnaufen. Direkt über seinem Kopf wuchs ein krautiger Hexenbesen aus dem Holz. »Der Bischof hat in den letzten Jahren viel ausreuthen lassen hier herum. Er muß sein Gebiet ausweiten, denn die Ortenburger Grafen, die Falkensteiner und die Degenberger, aber auch die Herzöge von Bayern sitzen ihm schwer im Nacken. Können sich halt niemals genug in den Schlund stopfen, die hohen Herren, aber unsereiner muß ihnen die Fronarbeit machen, damit sie in ihren Rittersälen und Refektorien protzen können mit ihren neuen Ländereien.«

»Und du traust den Eigenleuten des Bischofs nicht?« fragte Mariann. »Warum? Sind doch Leibeigene wie wir alle.«

»Sind aber oft keine Leute aus dem Wald«, erwiderte der Köhler. »Der Bischof holt sich seine Lehensbauern von weither. Man sagt, daß sie sogar aus dem großen Gebirge kommen, das viele Tagereisen weit von hier im Süden liegt, und wo das Eis auf den Gipfeln das ganze Jahr über nicht schmilzt. – Können gute Leute sein oder schlechte, wer weiß. Ich denke aber, es ist besser, vorsichtig zu sein und ihnen aus dem Weg zu gehen. So, und jetzt wollen wir weiter. Eine Stunde noch, höchstens zwei, dann werden wir schon Burg und Weiler Weißenstein sehen.«

»Wohnen dort auch Leute aus den Eisbergen im Süden?« wollte Mariann, zwischen Furcht und Neugier schwankend, wissen.

»Nein«, versetzte Gernot. »Weißenstein gehört dem Degenberger, und der hat nur Bauern von Viechtach und von der Donau auf seinem Grund angesiedelt. Das sind Leute, mit denen man auskommen kann. Hab' mir ja selbst mein Weib von dort geholt. Aber auf der Burg selbst sitzt ein Dienstmann des Degenbergers samt einem Haufen von Kriegsleuten, und vor denen müssen wir auf der Hut sein.«

Gernot löste sich vom Stamm der Eibe, an dem er gelehnt hatte, dabei fiel sein Blick auf den Hexenbesen. »Kruzitürken, auch so ein Teufelszeug!« schimpfte er, und dann setzte er so schnell seinen Weg fort, daß Mariann und Konrad ihm kaum folgen konnten.

Und wieder kämpften sie sich durch das Bachtal nordwärts, schwitzten und schnauften, und als die Sonne ihren höchsten Stand erreicht hatte, ließen sie sich neben einem Haselstrauch ins Moos fallen, packten ihre Eßvorräte aus und nahmen heißhungrig ihr bescheidenes Mittagsmahl ein.

Kaum hatten sie den letzten Bissen genossen, als der Köhler schon wieder zum Weitergehen mahnte. »Um diese Tageszeit wird mein Schwager auf dem Feld sein, und wenn wir ihn dort treffen, brauchen wir uns nicht zu nahe an die Burg heranzuwagen«, erklärte Gernot seine Eile.

»Wird er uns denn überhaupt helfen?« fragte Konrad.

»Aber sicher«, versetzte Gernot. »Die Mirl läßt's ihm durch mich anschaffen, und seiner Schwester tut der Viertelhübner jeden Gefallen. Die beiden sind ein Herz und eine Seele, auch wenn mein Schwager ein noch gröberer Klotz ist als meine gute Alte. Aber jetzt kommt. Den Berg da müssen wir noch hinauf, und wenn er sich auf der anderen Seite wieder ins Tal senkt, dann können wir Weißenstein sehen.«

Der Anstieg fiel ihnen nach der Rast und dem Mittagsmahl leichter, und es war kaum eine halbe Stunde vergangen, da kam die Luft unter den Bäumen in Bewegung und fächelte ihnen belebend um die erhitzten Gesichter. Sie hatten die Kuppe des Berges erreicht. Auf der anderen Seite ging der Hang in teilweise gerodetes Land über. Als sie unter den letzten Bäumen heraustraten, konnten sie auf der anderen Seite des Tals die Burg erkennen.

Weißenstein bot einen prächtigen Anblick. Aus dem Berg, auf dem das feste Haus stand, reckte sich, wie das Rückgrat eines riesigen Drachen, ein schmaler Felsrücken heraus, in dessen Klüften und Schründen sich das Sonnenlicht tausendfach brach. Es sah fast so aus, als wären zahllose winzige Spiegel in dem Gefels verborgen, so blitzte und flirrte es.

»Was ist das?« fragte Konrad erstaunt, und Mariann setzte ebenso überrascht hinzu: »Ein Wunder! Das leuchtet ja, als würden tausend Kerzen dort drüben am hellichten Tag brennen.«

»Das ist der Pfahl«, erklärte der Köhler schmunzelnd. »Und ich gebe gerne zu, daß er einen ganz anderen Anblick bietet als einer meiner finsteren Kohlenmeiler. Ein Wunder ist es tatsächlich, dieses Leuchten und Blitzen im Fels ...«

»Aber wie entsteht es?« wollte Konrad wissen.

»Die Burg ist auf einem Quarzfelsen erbaut«, antwortete Gernot. »Ihr wißt schon, das ist das durchsichtige Gestein, aus dem die Böhmen das herrlichste Glas schmelzen.«

»Ich habe einmal Glas gesehen, als ein Prälat aus Metten Mittagsrast in unserem Dorf Stauff hielt«, sagte Mariann leise. »Rot war es wie Blut, und der Pfaffe trank goldgelben Wein daraus.«

»Ja, nur die reichen und mächtigen Herren können sich's leisten«, antwortete der Köhler. »Das böhmische Rubinglas ist noch wertvoller als Silber, und die Säumer, die es auf ihren Packtieren über die Grenze nach Bayern bringen, sind steinreiche Leute. Das eine oder andere Stuck haben sie sicher auch auf die Burg Weißenstein verkauft.«

»Die Burg jagt mir Angst ein«, murmelte Mariann schaudernd. »Der Felsen ist schön, aber das feste Haus fürchte ich.

Es erinnert mich an die Natternburg auf dem Teufelsfelsen im Donautal ...«

Konrad, der genau wußte, woran seine junge Frau in diesem Augenblick dachte, legte seinen Arm um sie und zog sie schützend an sich. Und der zutraulich gewordene Wolfshund drückte ihr, als wolle er ihr in ihrer Angst ebenfalls beistehen, die feuchte Schnauze in die Kniekehle und verharrte bewegungslos. So standen sie eine ganze Weile und betrachteten stumm die Burg.

Wuchtig wuchs der Burgkasten am nördlichen Ende des Quarzfelsens in die Höhe; ein klobiger Klotz aus behauenem Granit mit tückischen kleinen Fenstern und schwer lastendem hölzernen Dachstuhl. Von ihm aus zogen sich Schildmauern hinüber zum Felsen selbst, auf dem die eigentliche Wehranlage stand. Steil stürmten die Mauern den Quarz und umschlossen eng Roßstall, Söldnerunterkunft und Kemenate, auch den himmelstürmenden Palas mit den auskragenden Schlußsteinen, auf denen in Kriegszeiten Wehrplattformen angebracht werden konnten.

Ganz auf der südlichen Spitze des Felsens ragte der archaische Bergfried in den Himmel, der nur durch einen winzigen Schlupf in halber Höhe betreten werden konnte. Schmale Schießscharten drohten von dem Zwingturm ins Tal hinunter, und von den Zinnen wehte die Fahne in den Farben des Degenbergers. Manchmal blitzte eine Lanzenspitze im Sonnenlicht auf, und die drei Menschen am Waldrand auf der anderen Talseite wußten, daß dort oben ein Wächter seine Pflicht tat.

So drohend und prächtig die Burg auf dem Quarzfelsen lastete, so bescheiden nahmen sich die Häuser und Ställe der kleinen Leute zu ihren Füßen aus. Wie schutzsuchend duckten sie sich in den Schatten der Degenbergerfestung; ihre Strohdächer und niedrigen Holzwände wirkten armselig. Hier unten hatten die Menschen zu fronen für den Burgherrn und seine Knechte. Ihre Vorfahren hatten einst die Granitquader auf den Berg geschleppt und die Burgmauern aufgetürmt, nun unterdrückten die Quader die Menschen und ließen ihnen nur das Nötigste zum Leben.

Lange standen Mariann, Konrad und der Köhler am Waldrand, nachdenklich und gleichzeitig von einer dumpfen Wut erfüllt. Die beiden Landflüchtigen aus Stauff hatten die Bedrohung durch die Herren ihrer Lebtag lang hingenommen, sie hatten nie etwas anderes gekannt, und deshalb hatten sie sich dumpf gefügt. Doch nun, weil sie sich aus eigener Kraft die Freiheit erworben hatten, waren ihre Gedanken klarer geworden und ihr Sinn für die Ungerechtigkeit schärfer. Besonders Konrads Augen blitzten haßerfüllt nach Weißenstein hinüber. Ätzend und überdeutlich erinnerte er sich an den Vergewaltigungsversuch des Natternburgers vor drei Tagen, und wenn er jetzt gekonnt hätte – er hätte Feuer in das verhaßte Gemäuer dort drüben geschleudert, denn die Herren und ihre festen Häuser waren ihm eins geworden: Er konnte nur noch den Todfeind in ihnen sehen.

Der Köhler riß den jungen Mann schließlich aus seinem wortlosen Starren. »Am besten, ihr bleibt hier, wo der Wald euch schützt«, sagte er. »Ich gehe allein hinunter auf die Äcker und versuche meinen Schwager zu finden. Wenn es mir gelingt, dann kann Erwein euch noch ein gutes Stück weiter führen, vielleicht gar bis zu der Waldsiedlung, die er damals auf seiner Irrfahrt entdeckte. Ich selber kenne den Weg leider nur bis Weißenstein ...«

Damit verabschiedete sich Gernot von seinen beiden Schützlingen und lief leichtfüßig den Hang hinunter, ganz wie einer, der zu seinem Vergnügen unterwegs ist, um einen guten Freund zu besuchen. Niemand, der ihn beobachtete, hätte ahnen können, daß er sich eben noch mit zwei Vogelfreien durch die Wälder geschlagen hatte.

Konrad und Mariann verkrochen sich indessen zwischen den Büschen am Waldrand, und bald vergaß Konrad den verhaßten

Anblick der Burg, denn Mariann schmiegte ihren erhitzten Körper eng an ihn, dann suchten ihre Lippen seinen Mund und störten sich nicht an seinen tagealten Bartstoppeln. Konrad ließ sich fallen; er spürte entzückt die sanfte Fülle seines Weibs, und das Rauschen seines Blutes wurde mächtiger als das Brausen der Baumkronen hoch über ihren Köpfen. So gaben sie sich, geschützt durch den Wald, einander hin, und später forderte die Natur ihr Recht, und sie fielen in einen tiefen Schlaf, während ein leichter Gipfelwind ihre erhitzten Körper fächelte.

Als plötzlich ein Zweig knallend unter einem Fußtritt barst, fuhr Konrad erschrocken hoch und tastete nach seinem Hirschfänger, der irgendwo im Moos liegen mußte. Doch dann erkannte er den Köhler und einen unbekannten Mann und entspannte sich.

Auch Mariann öffnete jetzt die Augen, sah Gernot und murmelte schlaftrunken: »Du bist schon zurück?«

»Schon ist gut«, antwortete der Köhler lachend. »Ihr scheint gar nicht bemerkt zu haben, daß die Sonne inzwischen bis fast auf den Horizont hinuntergesunken ist. Habt wohl den ganzen Nachmittag verschlafen, wie es scheint.«

»Das müssen wir wohl«, sagte Mariann errötend und musterte erstaunt den Begleiter des Köhlers. Erst allmählich wurde ihr Kopf klar, und sie fragte: »Du mußt Erwein sein?«

»Wie ich leib und lebe«, erwiderte dieser in einem tiefen Baß, der so kräftig war wie der ganze Mann. Denn dieser Erwein war ein wahrer Riese von einem Kerl, mit Gliedmaßen wie ein Berserker, blitzenden grünen Augen und einem strohblonden Haarschopf, der ungekämmt nach allen Seiten stand. Er trug Kittel und Hose aus ungefärbtem Leinen. Um die Körpermitte hatte er einen breiten, rohledernen Gürtel geschlungen, in dem eine Axt steckte; seine riesigen Füße waren nackt.

Forschend musterte er Mariann und Konrad, dann nickte er, wie zu sich selbst, und sagte: »Mein Schwager da hat mir eure

Geschichte schon erzählt, und ich weiß auch, daß ihr hinauf in den wilden Böhmerwald wollt, um dort zu reuthen und zu siedeln. Ich bin der einzige in der ganzen Gegend hier, der den Weg einigermaßen kennt, und ich will euch gerne so weit führen, wie ich kann. Bis zum dunklen See und dem Arberberg kann ich euch freilich nicht bringen, denn ich habe geschworen, daß ich meinen Fuß nie wieder dorthin setze. Aber bis zur äußersten, von Menschenhand geschaffenen Rodung, gegen den Arber hin, will ich euch führen. – Seid ihr bereit?«

»Bereit? Jetzt, bei Einbruch der Nacht?« fragte Konrad erstaunt.

»Es geht nicht anders«, mischte sich der Köhler ein. »Erwein muß diese ganze Woche über Frondienst für Weißenstein tun, und da würde es auffallen, wenn er tagsüber auf dem Acker fehlen würde.«

»Ja, ich kann euch nur in der Nacht führen und muß bei Sonnenaufgang zurück sein«, sagte Erwein. »Wenn nicht, sind wir alle zusammen verraten und verkauft.«

»Du sollst dein Leben aber nicht für uns in die Schanze schlagen«, sagte Mariann leise. »Geh zurück ins Dorf! Konrad und ich werden unseren Weg allein suchen.«

»Ihr würdet euch nur hoffnungslos verirren«, versetzte der blonde Hüne. »Macht euch nur um mich keine Gedanken! Ich richte es schon so ein, daß der Fronvogt meine Abwesenheit nicht bemerkt. Aber jetzt eilt euch – die Sonne geht gleich unter.«

Mariann fügte sich und schnürte das magere Bündel mit den restlichen Lebensmitteln Mirls. Konrad warf seinen Sauspieß über die Schulter, und damit waren sie bereit.

»Wir umgehen Weißenstein oberhalb der Burg im Wald«, ordnete Erwein an. »Und du, Gernot, läufst am besten zu deinen Meilern zurück. Den weiteren Weg kennst du nicht und kannst uns deswegen auch nichts nützen.«

»Deine Schwester wird sich freuen, wenn ich so bald zurückkomme«, sagte der Köhler, dann wandte er sich Mariann und Konrad zu: »Ich wünsche euch des Herrgotts und der Muttergottes Segen auf eurem weiteren Weg. Und wenn ihr euch eingerichtet habt am Arber und euch später wieder einmal in bewohnte Gegenden wagt, dann besucht mich und mein Weib. Wir werden immer ein Nachtlager und eine Mahlzeit für euch in unserer Hütte haben. Denn uns freut's, daß ihr euch so tapfer gegen euren grausamen Burgherrn aufgelehnt habt. – Aber jetzt wollen wir schleunigst Abschied nehmen, dann tut's nicht so weh …«

Damit pfiff Gernot seinem Wolfshund, der aufgeregt um einen verlassenen Fuchsbau stöberte, winkte den anderen noch einmal zu und wanderte gleich darauf mit langen Schritten in den Wald hinein. Er würde die halbe Nacht laufen müssen, bis er seine Meiler wieder erreicht hatte.

»Und wir müssen in diese Richtung«, sagte nun der Fronbauer von Weißenstein. »Folgt mir dicht auf den Fersen und macht keinen unnötigen Lärm!«

Mariann und Konrad gehorchten wortlos und mit verkniffenen Gesichtern, denn die Trennung von dem hilfsbereiten Köhler, vor dem sie zuerst solche Angst gehabt hatten, fiel ihnen doch schwer. Bald aber brachte sie die Anstrengung des Wanderns in der nun immer stärker werdenden Dämmerung auf andere Gedanken.

Erwein führte sie in einem geschickten Bogen um den Pfahl und die Burg herum und dann auf der anderen Seite wieder durch einen Wald, welcher auf einem flachen Hügelrücken lag. Aus dem Weiler Weißenstein klang noch lange das Muhen der Rinder und das Grunzen der Schweine herüber, untermalt von den anderen Geräuschen des bäuerlichen Feierabends. Doch allmählich wurden diese Laute gedämpfter und verstummten schließlich ganz.

Im allerletzten Tageslicht stiegen sie dann in ein Flußtal hinunter, und Erwein sagte ihnen, daß dies der Regen sei und daß sie seinem Lauf nun geraume Zeit folgen müßten. Ein Stück weiter unterhalb läge der gleichnamige Ort, doch den hätten sie durch den Umweg glücklich vermeiden können.

Von da an schwiegen sie alle drei, denn es war nun ganz dunkel geworden, und der Weg an dem murmelnden Wasser entlang wurde ihnen sauer genug. Es war unheimlich hier, und immer wieder ließen fremde Geräusche Mariann und Konrad erschrocken zusammenfahren. Nachteulen strichen geisterhaft zwischen den klobigen Erlenschädeln am Flußufer dahin; dann wieder brach irgendein an der Tränke aufgescheuchtes Wild schnaufend durch das Unterholz, oder im Wasser selbst sprang klatschend ein Fisch, ein Huchen, Hecht – oder gar ein bärtiger Waller. Mehr als einmal schrie Mariann erschrocken auf, und schließlich führte Konrad sie an der Hand, um ihr so ein kleines Gefühl von Schutz zu geben.

Auf diese Weise ging es gut drei Stunden dahin, und während dieser ganzen Zeit gab der vorausschreitende Erwein außer einem gelegentlichen beruhigenden Grunzen keinen Laut von sich.

Endlich aber blieb er stehen, so daß Konrad und Mariann fast auf ihn aufgelaufen wären, und sagte: »Jetzt müssen wir das Flußbett verlassen und uns nach Norden halten. Wir werden wieder in den tiefen Wald kommen, aber der Mond geht jeden Augenblick auf, und dann wird's leichter gehen. Zwei Stunden kann ich euch noch führen; bis dahin müssen wir die Einöde erreicht haben, bei der ich damals nach meinem Abenteuer am dunklen See herausgekommen bin.«

»Meinst du, daß wir dort ein Nachtlager finden können?« fragte Mariann, die entsetzlich müde war.

»Finden könntet ihr's schon«, erwiderte der Fronbauer, »aber ich würde euch nicht raten, um eins nachzufragen. Sicher, die guten Leute dort würden euch beherbergen, doch man würde dann auch wissen, daß ihr hier oben in den Wäldern verschwunden seid und euch später vielleicht doch noch ausfindig machen können. Deswegen solltet ihr lieber im Forst schlafen, wo es auch nicht schlechter ist als in einer stickigen Hütte, und euch morgen früh ungesehen wieder davonmachen.«

Mariann seufzte, aber Konrad sagte: »Erwein hat schon recht. Wir wollen seinem guten Rat folgen und uns nicht unnötig in Gefahr begeben.«

In diesem Moment ging der Mond auf, und der Urwald schimmerte plötzlich geheimnisvoll in seinem dottergelben Schein. Jetzt konnten sie ihren Weg leichter finden, und Erwein legte wiederum ein kräftiges Tempo vor. Er hielt sich, wo er konnte, auf den Bergflanken, so daß sie steile Auf- und Abstiege möglichst vermieden.

Auf diese Weise ging es noch einmal gut zwei Stunden in nördlicher Richtung weiter, bis Erwein plötzlich stehenblieb und auf einen helleren Flecken im Wald deutete, auf dem undeutliche Konturen von Gebäuden auszumachen waren.

»Das ist der Reuthplatz, von dem ich euch erzählt habe«, sagte der Fronbauer mit gedämpfter Stimme. »Näher dürfen wir nicht heran, sonst wittert uns noch ein Hund und verrät uns. Hier im Wald seid ihr aber sicher und könnt den Morgen abwarten.«

Konrad und Mariann wußten, daß die Stunde des Abschieds von Erwein gekommen war.

Der Viertelhübner schien ihre Beklemmung zu spüren, denn er fuhr fort: »Ich hätte euch gerne noch ein Stück weiter geführt, aber ich muß mich jetzt schon sputen, wenn ich bis zur Dämmerung zurück in Weißenstein sein will. Den Weg, den ihr morgen einschlagen müßt, will ich euch aber noch genau beschreiben.«

Die beiden jungen Leute rückten näher an ihn heran, damit ihnen ja kein Wort entgehen sollte.

»Haltet euch von hier aus immer nach Norden und überschreitet den Berg dort drüben«, sagte Erwein. »Gegen Mittag werdet ihr dann einen weiten Talboden zwischen schroffen Flanken finden. Den durchquert ebenfalls und geht wieder nach Norden. Der Wald wird dann immer dichter und unwegsamer werden, aber daran dürft ihr euch nicht stören. Schlagt euch durch und denkt daran, daß euch dort droben kaum jemand wird folgen können. Und wenn ihr gut zu Fuß seid, dann werdet ihr am Abend den Arber erreichen. Ihr könnt ihn nicht verfehlen. Seine Kuppe ragt weit über die umgebenden Wälder hervor, und einige wettergepeitschte Tannen stehen dort oben, in denen Falken hausen. Seine Flanken aber und sein Fuß sind von dichtem, schützendem Forst umschlungen, und dort irgendwo sucht euch eure Heimstätte. Den dunklen See findet ihr unter einer Steilwand des Berges ...«

»Und du glaubst wirklich, daß wir dort siedeln können?« fragte Mariann ängstlich.

»Wenn ihr die Hände nicht in den Schoß legt, statt dessen kräftig zupackt, wird's schon gehen«, antwortete Erwein. »Müßt euch zunächst eine Hütte bauen, ein Stück Wald roden und ansonsten von der Jagd leben. Ihr müßt aber so schnell wie möglich Saatgut in die Erde bringen, denn nur der Acker wird euch auf die Dauer ernähren können.«

Erwein sah die betrübten Blicke der jungen Leute, nickte und sagte beruhigend: »Ich weiß, ihr habt bei eurer Flucht kein Korn mitnehmen können und habt wohl auch nicht daran gedacht, daß ihr es später einmal brauchen werdet. Aber daran soll's nicht fehlen. Wenn ihr erst gerodet habt, dann soll Konrad zu mir auf den Hof kommen. Einen Sack Roggen oder Gerste werde ich dann schon für euch übrig haben. Nur heimlich muß es geschehen, damit der Burgvogt nichts bemerkt.

Aber zuerst müßt ihr roden – und dafür lasse ich euch das hier da ...«

Mit diesen Worten langte der Viertelhübner in seinen Gürtel

und zog das Beil heraus, das er bei sich getragen hatte. »Es gehört euch, denn ohne eine Axt könnt ihr gleich aufgeben«, murmelte er. Als Konrad zum Sprechen ansetzen wollte, fügte er schnell hinzu: »Spart euch euren Dank. Ihr braucht das Beil nötiger als ich. Ich würde euch ja mehr helfen, wenn ich könnte, aber der Vogt hält uns Kleinbauern knapp. Jetzt nimm, Konrad. Ich darf keine Zeit mehr verlieren und muß mich sputen!«

Mit diesen Worten drückte er Konrad das Werkzeug in die Hand; dankbar griff der junge Mann nach dem schweren Schaft.

»Vergelt's dir Gott«, sagte Mariann leise. »Wenn wir dich und den Gernot nicht gehabt hätten, lägen wir wohl schon längst gefangen im Hungerturm.«

»Vergiß auch den Fischer nicht, der uns über den Donaustrom gebracht hat«, warf Konrad ein. »Ich hätte nicht gedacht, daß es so viele gute Menschen unter den Armen gibt.«

»Wir müssen einander beistehen – und vielleicht kommt auch für euch einmal die Zeit, da ihr einem anderen Menschen helfen könnt«, sagte Erwein. »Dann tut's mit arglosem Herzen! Und jetzt gehe ich. Gottes Segen sei mit euch! Und vergeßt nicht: Ich habe Saatgut für euch im Weißensteiner Weiler ...«

Kräftig drückte er Konrad und Mariann die Hände, nickte ihnen noch einmal zu, und dann war er wie ein Schatten im Wald verschwunden. Die beiden landflüchtigen jungen Leute waren wieder allein. Konrad zog Mariann in seine Arme und hielt die vor Erschöpfung Schwankende. »Nur einen Augenblick noch«, murmelte er. »Gleich bereite ich uns ein Bett aus Zweigen und Laub. Und dann wollen wir erst einmal schlafen. Der Erwein kann uns leid tun, wo er nun den ganzen Weg zurücklaufen muß. Da haben wir es doch noch besser.«

»Ja«, seufzte Mariann, »ich helfe dir, dann geht's schneller mit unserem Lager.« Und sie kniete nieder und scharrte einen Haufen trockenes, herb duftendes Laub zwischen den armdicken Wurzeln einer alten Eiche zusammen.

Konrad packte abgefallene Flechten und Zweige darüber, und wenig später waren sie beide, eng umschlungen, in tiefen Schlaf gefallen.

Sie ruhten nur wenige Stunden und wurden wach durch das in hundert Tonlagen erklingende Konzert der Waldvögel, welche jubelnd und so eifrig, als wollten sie ihre kleinen Kehlen sprengen, die ersten Sonnenstrahlen begrüßten.

Mit einem Ruck fuhren Konrad und Mariann hoch, schauten sich erstaunt um und begriffen, wo sie sich befanden. Gleichzeitig gingen ihre Blicke ins Tal hinunter, wo die Rodung lag, als fürchteten sie, man hätte sie bereits entdeckt. Aber im Tal, in dem noch weißer Nebel lastete, war alles ruhig. Die Rodungsbauern schienen ihr Tagwerk erst später zu beginnen.

»Sie haben wohl frische Milch und ein Herdfeuer dort unten«, sagte Mariann sehnsüchtig. »Aber uns bleibt nur ein Stück trokkenes Brot von vorgestern und eine Handvoll Käse. Der ist aber auch schon krümelig geworden.« Mit gerunzelter Stirn starrte sie auf den Inhalt ihres zusammengeschrumpften Bündels.

»Besser als nichts«, versetzte Konrad und rieb sich mit beiden Fäusten den Schlaf aus den Augen. »Wenn wir erst den Arber erreicht haben und dort in Sicherheit sind, will ich schon für frisches Fleisch sorgen. Jetzt müssen uns erst einmal Brot und Käse genügen. Komm, wir frühstücken beim Wandern, da rutscht es besser.« Er steckte Erweins Axt in den Gürtel, nahm seinen Spieß und war bereit.

Auch Mariann schien sich auf den Weg zu freuen, denn sie gab ihm die Hälfte des Proviants und lief dann munter neben ihm her. Nur eine einzige Sorge drückte sie noch. »Eine Quelle oder einen Bach müssen wir finden«, sagte sie. »Mich dürstet's fürchterlich.«

»Wirst nicht mehr lange leiden müssen«, antwortete Konrad. »Wasser gibt es hier im Waldgebirge grade genug und viel besseres als unten im Donautal. Schau, dort drüben«, er deutete in Richtung auf den Berg, den ihnen Erwein als Wegzeichen gewiesen hatte, »wächst der Farn in mannshohen Büscheln. Da gibt's sicher auch frisches Wasser.«

Und so war es auch. Sie waren kaum fünf Minuten gegangen, als sie einen Quell raunen hörten. Mit Genuß tranken sie von dem eiskalten Wasser, das aus einer schrundigen Felsspalte drang. Und nun rutschten auch Brot und Käse besser, und sie konnten sich mit neuen Kräften endgültig auf die Wanderung machen.

Im hellen Licht des Vormittags erreichten und überschritten sie den Berg, den Erwein ihnen gezeigt hatte. Als sie sich auf dem Abstieg befanden, hatten sie aber ein schlimmes Erlebnis.

Mariann war ein Stück voraus und benahm sich, weil der Tag so schön war, übermütig wie ein junges Fohlen. Sie pflückte Blumen und brachte sie Konrad, dann wieder zeigte sie ihm einen besonders schönen Grashalm oder einen seltsam geformten Stein. Und dann entdeckte sie, an einen sonnenbeschienenen Felsen gelehnt, ein Gestrüpp von Waldhimbeeren, in dem die Früchte prall und samtig rot leuchteten.

»Das gibt einen leckeren Nachtisch«, rief sie fröhlich und begann eifrig die köstlichen Früchte zu brocken. Kaum hatte sie aber eine Handvoll beisammen, als plötzlich hart neben ihr etwas raschelte, während gleichzeitig ein drohendes Zischen zu vernehmen war. Und im selben Augenblick schoß eine auf dem Rücken zackig gezeichnete Schlange aus dem Gestrüpp und auf Mariann zu.

Die junge Frau schrie, konnte aber vor Schreck kein Glied rühren. Die Schlange hingegen schnellte auf der Erde wie eine Peitschenschnur, während der dreieckige Kopf mehrmals zuckend vorstieß und beim letzten Mal die gelähmte Mariann nur noch um Haaresbreite verfehlte.

Doch da fiel ein Schatten über die junge Frau und die Kreuzotter, etwas blitzte herab – und die Klinge von Konrads Spieß trennte den Schädel des Beißwurms vom Rumpf und nagelte den sich noch heftig windenden Schlangenkörper an den Waldboden. Einen Atemzug später riß Konrad seine Mariann von dem Gesträuch weg.

Ihre Lähmung löste sich, sie warf sich an seine Brust und begann heftig zu weinen. Konrad ließ Mariann Zeit, und endlich beruhigte sie sich wieder. »Du hast mir das Leben gerettet«, sagte sie mit zittriger Stimme. »Wie ich die Otter sah, hab' ich kein Glied mehr rühren können.«

»Der Beißwurm hat dich mit seinem kalten Auge gelähmt«, antwortete Konrad, und der ausgestandene Schrecken ließ auch ihn schwer atmen. »Mein Gott, wenn ich daran denke, daß er dir sein Gift eingespritzt hätte und du gestorben wärst ...«

Er drückte sie so fest an sich, daß sie zuletzt leise vor Schmerz aufschrie. Sofort ließ er sie los. »Verzeih«, sagte er. »Ich wollte dir nicht weh tun. Ich bin nur so froh, weil ich dich gesund in meinen Armen halten kann. Aber in Zukunft mußt du vorsichtiger sein. Wir müssen leben, Mariann. Einer ohne den anderen sind wir gar nichts. Nur zu zweit können wir das schaffen, was wir uns vorgenommen haben. Die Kreuzotter hätte uns alles zerstören können.«

Sie blickten auf die Schlange, deren kopfloser Leib noch einmal am Spießschaft zuckte und dann still lag.

Konrad riß die Waffe aus der Erde, schleuderte den Schlangenkörper tief ins Gestrüpp und wischte das Lanzenblatt sauber.

»Wenn du gestorben wärst, dann hätte ich mir den Spieß da ins eigene Herz gejagt«, sagte er.

»So etwas darfst du nicht einmal denken«, schalt Mariann ihn erschrocken. »Aber ich weiß ja, wie du's meinst. Künftig werde ich jedenfalls vorsichtiger sein. Gib mir das Beil, dann werde ich mir einen Stecken von dem Busch da abhauen und in Zukunft damit in jedem Gebüsch stochern, ehe ich wieder so leichtsinnig Beeren brocke.«

»Ja, wir müssen vorsichtig sein«, bestätigte Konrad. »Das ist eine gefährliche Gegend hier, nicht so, wie bei uns daheim an der Donau, wo der Mensch die Natur schon gezähmt hat ...«

»Unser Daheim ist nun hier«, antwortete Mariann leise. »Trotz Giftwurm und Urwald. Und wir werden es uns schon einzurichten wissen. Schau nur, wie herrlich der Wald dort im Norden aussieht. Solch riesige Bäume habe ich meiner Lebtag noch nicht gesehen.«

Damit war der Schock endgültig überwunden, und sie setzten ihren Weg fort. Aber Mariann besaß nun ihren Stab gegen die Schlangen und benutzte ihn so eifrig, daß Konrad zuletzt sogar über sie lächeln mußte. Auf diese Weise gelangten sie, wie Erwein gesagt hatte, gegen Mittag zu jenem weiten Talboden zwischen steilen und schroffen Hängen.

Sie nahmen den Anblick in sich auf, und das große Tal kam ihnen so unberührt vor wie am ersten Tag von Gottes Schöpfung. Sie stiegen hinunter, fanden Wasser und suchten sich eine Mahlzeit aus Pilzen und Beeren zusammen, ebenso wie am ersten Tag ihrer Wanderung.

Am Nachmittag kletterten sie auf der anderen Seite wieder einen Berg hinauf, und der Wald wurde tatsächlich immer höher und domartiger. Die Stämme der Tannen und Eichen waren teilweise so dick, daß vier Männer sie nicht mit den Armen hätten umspannen können. Dazwischen lagen gestürzte Urwaldriesen, einige noch fest im Holz, andere bereits vermodert und so mürbe, daß sie bei der geringsten Berührung seufzend in sich zusammenfielen. Auf anderen Baumleichen, deren Verfall noch nicht so weit fortgeschritten war, hatten sich ganze Kolonien von Pilzen angesiedelt, darunter ellengroße Hutschwämme mit derber, ledriger Haut. Ameisenhaufen gab es, so hoch, daß sie Konrad gut bis zum Gürtel reichten, und dazwischen wucherten geil riesige Farnstauden.

»Es ist ein fruchtbares Land, nur wild und ungezähmt«, sagte

Mariann, als sie fast auf dem Kamm des Berges angekommen waren und der Talboden tief unter ihnen lag.

»Wir werden es schon zu zähmen wissen«, antwortete Konrad. »Du und ich – und später auch unsere Kinder.« Er griff nach Marianns Hand und half ihr die letzten Meter bis auf die Bergkuppe. Hier, wo der Wind ungehindert heranstreichen konnte, standen die Bäume dünner und waren krumm nach Westen gebeugt; in vielen Jahren ihres mühsamen Wachstums bezwungen vom scharfen böhmischen Sturm. Wetterbärte wucherten flechtig von den Stämmen – und in der Richtung, in die sie zeigten, erblickten Mariann und Konrad nun endlich ihr Ziel: den Arber mit seiner wuchtigen Kuppe, welche grau und mattgrün aus dem umgebenden Waldgebirge stieg.

Fast beklommen blieben sie stehen, denn dieser Berg unterschied sich von all den anderen, die sie auf ihrer Wanderung gesehen hatten. Er war mächtiger und ragte höher auf; er schien das Land ringsum durch seine urweltliche Kraft zu beherrschen, so weit das Auge reichte. Ausladend und gewaltig waren seine Flanken, von dichtem Urwald bedeckt, als trügen sie einen gigantischen Pelz.

Und es gab nicht das geringste Anzeichen menschlichen Lebens dort drüben. Lückenlos zeigte sich der Wald, nicht der kleinste Flecken war von Rodungsäxten freigehauen. Kein Hüttendach unterbrach das Grün und Braun des Forsts, und nirgendwo war eine noch so dünne Rauchsäule zu erkennen.

»Erwein hat nicht gelogen«, sagte Mariann leise. »Dort drüben gibt's keine Menschen. Ich spüre es ganz genau.«

»Ja, wir werden die ersten sein«, bestätigte Konrad. »Aber jetzt müssen wir zusehen, daß wir das Tal hinter uns bringen und unser Land in Besitz nehmen.« Plötzlich klang seine Stimme ganz übermütig, und er nahm Mariann um die Taille, hob sie hoch und schwenkte sie einige Male im Kreis. »Unser Land«, rief er. »Hörst du, unser Land! Wir nehmen es uns, und kein

Ritter und kein Abt kann es uns verwehren. Hier sind wir frei wie die Vögel in der Luft, frei wie der schnürende Fuchs oder der streifende Hirsch. Wir müssen's uns nur einrichten, dann können wir hier wie die Herrenleute leben. Niemand darf den Zehnten von uns verlangen, oder die verfluchte Fronarbeit, wie wir sie in Stauff leisten mußten, fordern. Unsere eigenen Herren sind wir, gerade so wie die Fürsten und Grafen.«

»Ja, so frei sind wir, daß wir nicht einmal mehr ein Abendbrot im Sack haben«, dämpfte Mariann Konrads Optimismus und löste sich lachend aus seinen Armen. »Wir werden wohl auf unserem Herrensitz gleich wieder Pilze und Beeren sammeln müssen.«

»Ach was«, sagte Konrad, »unser Tisch wird bald reichlicher gedeckt sein. Schau, hier hat ein Hirsch seine Siegel in den weichen Boden gedrückt, und dort drüben, im Morast, scheinen sich Wildsauen gewälzt zu haben. Sobald wir einen Platz gefunden haben, an dem wir siedeln können, und unsere erste Hütte steht, will ich auf die Jagd gehen und dich mit köstlichem Wildbret verwöhnen. Aber jetzt wollen wir weiter. Es ist schon so, wie Erwein gesagt hat. Bis zum Abend haben wir den Arber erreicht ...«

Er warf seinen Spieß wieder über die Schulter und machte sich an den Abstieg. Mariann folgte ihm mit neuem Schwung nach.

Wieder mußten sie sich durch den Urwald kämpfen, aber es ging nun schneller, denn die ganze Zeit über hatten sie jetzt ihr Ziel vor Augen. Sie durchwanderten einen letzten Talboden, und in der Abenddämmerung hatten sie endlich den Fuß des mächtigen Arber erreicht. Sie kamen an einer Stelle heraus, wo sich eine der Bergflanken sanft ins Tal senkte und an ihrer Westseite Schutz vor dem böhmischen Wind bot. Der Boden war fast eben hier und senkte sich nur ganz leicht nach Süden; die Erde schwarz und kräftig, wenn auch hie und da von riesigen Findlingen durchsetzt, die – vielleicht schon vor Urzeiten – vom Berg abgestürzt waren. Mehrere gigantische Tannen und Ahornbäume überschatteten den Platz, aber dazwischen gab es auch freie Flächen, die nur von Unterholz und Brombeergestrüpp bedeckt waren. Und sie hörten in der Nähe einen Bach plätschern, der weiter oben am Berg entspringen mußte.

»Mehr brauchen wir nicht, und ich denke, daß wir vorerst hierbleiben sollten«, sagte Konrad. »Später können wir ja den Berg genau erkunden, um vielleicht noch eine bessere Stelle zu finden. Aber heute nacht wollen wir zunächst einmal hier schlafen und uns morgen eine einfache Hütte dort drüben am Bach erbauen.«

»Ich wollte, die hätten wir schon heute«, antwortete Mariann. »Aber es wird ja schon dunkel, und wir können uns gerade noch ein Bett aus Laub und Zweigen zusammenscharren.«

»Das erledige ich«, sagte Konrad. »Such du inzwischen ein paar Hände voll Beeren, damit wir noch einen Bissen in den Magen bekommen.«

Wenig später war alles für die Nacht bereit. Konrad und Mariann aßen und legten sich dann, eng aneinandergeschmiegt, auf ihr dürftiges Laublager. Über ihnen ragte massig der Berg in den Nachthimmel. Es rauschte und wisperte an seinen Flanken, und zahlreiche Tierstimmen wurden im Schutz der Dunkelheit laut. Aber die beiden Menschen – die einzigen auf viele Meilen im Umkreis – ängstigten sich nicht. Sie hatten sich inzwischen an das Leben in der freien Natur gewöhnt und waren ein Teil von ihr geworden. Und so schliefen sie schnell ein und verbrachten eine ruhige und erquickende Nacht unter dem Hang des mächtigen Berges.

Mit dem ersten Sonnenstrahl waren sie bereits wieder auf den Beinen und nun voll neuem, unbändigem Tatendrang. »Heute soll unsere erste Hütte am Arber entstehen«, rief Konrad eifrig. »Wir wollen sie nur klein bauen, gerade, daß wir ein Dach über dem Kopf und eine Feuerstelle haben.«

»Später brauchen wir aber ein richtiges Haus«, forderte Mariann.

»Aber ja«, versprach Konrad. »Oder denkst du, ich will mit dir auf ewig wie ein Dachs in seinem Loch hausen?«

Damit gab sich Mariann zufrieden und sammelte erneut Beeren zum Frühstück, während Konrad schon die ersten Äste von den umstehenden Bäumen abhieb und sie als Eckpfähle für die spätere Hütte genau an der Stelle in den Boden grub, wo sie übernachtet hatten. Nach dem Frühstück halfen sie dann zusammen, und schon gegen Mittag war die Hütte bis auf das Dach fertig.

Armdicke Äste bildeten ringsum das Gerüst, dazwischen hatten sie dünnere Zweige geflochten, so daß ein notdürftiger Windschutz entstand. Anschließend richteten sie aus Ästen einen gedrungenen Giebel auf, verflochten auch diesen mit Zweigen und deckten das Dach mit frischen Tannenreisern, welche ihnen die umstehenden Baumriesen reichlich spendeten. Auf diese Weise war ein Raum von etwa drei mal zwei Metern entstanden, wo sie schlafen und sich vor dem Wetter schützen konnten.

Im Lauf des Nachmittags schleppten sie dann vom nahen Bachbett noch eine Reihe kinderkopfgroßer Steine heran, aus denen sie vor dem Eingang der Hütte eine kreisrunde Feuerstelle errichteten.

Mariann fand Zunder in der Höhle einer abgestorbenen Buche, und während sie ihn in einem Baumschwamm sammelte, schnitzte Konrad aus einem Hartholzstab und einem Brettchen aus Weichholz ein einfaches Feuerzeug. Mariann gab ein wenig Zunder in eine Mulde des Brettchens, dann drehte Konrad rasch den daraufgesetzten Stab aus hartem Holz. Er kam ins Schwitzen dabei, aber endlich fing der Zunder an zu glühen, und mit Hilfe von trockenem Laub und dürren Zweigen brachten sie ein Feuer zustande.

Als die Nacht hereinbrach, waren sie zwar hungrig wie an keinem Tag zuvor, aber ihr Herdfeuer brannte hell, und ein genügend großer Stapel Holz lag daneben bereit. Die einfache Hütte vermittelte ihnen ein Gefühl von Geborgenheit, denn sie zeigte ihnen, daß ein Anfang gemacht war, daß Mariann und Konrad begonnen hatten, dieses urwüchsige Land in Besitz zu nehmen.

So hockten sie zufrieden, wenn auch mit knurrendem Magen, am Feuer. Sie hatten den ganzen Tag nichts als wilde Brombeeren zu sich genommen.

»Morgen werden wir die Umgebung erkunden«, sagte Konrad, bereits gähnend. »In dem Bach müßte es Fische geben, und es müßte auch das eine oder andere Stück Wild zu erjagen sein. Und dann, später, möchte ich auch den See finden, von dem Erweins Schwester gesprochen hat. Aber jetzt wollen wir schlafen – die erste Nacht in unserer eigenen Hütte.«

Sie krochen hinein, während draußen das ruhig brennende Feuer sie beschützte und der Bergwald über ihnen rauschte. Und sie schliefen geborgen ein im harzigen Duft der Äste, aus denen sie ihre erste Hütte an einem einzigen Tag errichtet hatten.

IV

Aus der Chronik des Eginhart Bärnreuther, Bauer auf Bärnreuth: *»Ist der Ahn Konrad dann in eine große Gefahr geraten mit einem Petzel, konnt des Untiers aber Herr werden und fand auch Nam und Platz für den Hof.«*

Am nächsten Morgen zeigte sich das Wetter trübe. Zwar regnete es nicht, aber über dem Arbergipfel trieben schwere Wolkenbänke, und an manchen Stellen reichte der Nebel so tief herab, daß die Baumwipfel im Dunst zu schweben schienen.

Mariann schloff fröstelnd aus der Hütte und fand ihren Gemahl bereits an der Arbeit. Konrad kniete neben der Feuerstelle und blies mit vollen Backen auf ein paar dürftige Krümel Glut, die sich noch in der Asche gehalten hatten. Als die Bröckchen Funken aufwarfen, legte er ein paar trockene Zweige nach und häufte dann schwere Holzscheite darüber.

»Das brauchen wir heute«, sagte Mariann und kauerte sich neben ihn.

»Das Feuer allein tut's nicht«, erwiderte Konrad. »Wir müssen etwas haben, das uns auch von innen wärmt. Eine kräftige Fleischmahlzeit, denn die ewigen Beeren bringen uns nicht mehr lange fort. Du kannst dich heute um die Hütte kümmern. Such dir Lehm droben im Bachbett, und dann verschmier die Ritzen zwischen den Zweigen damit. Ich werde inzwischen ein Stück um den Berg pirschen und sehen, ob ich nicht ein Wild erlegen kann. Das können wir dann freilich nur am Spieß braten, denn wir besitzen nicht einen einzigen Kochtopf.«

»Wenn ich Lehm finde, kann ich uns einen formen und ihn im Feuer brennen«, rief Mariann eifrig. »Ich kann uns auch Becher machen und irdene Teller und Schüsseln.«

»Eine ausgezeichnete Idee«, lobte sie Konrad. »Du hast also

den Tag über zu tun, und ich werde jetzt gleich aufbrechen. – Wünsch mir Waidmannsheil, Schatz, wir haben's beide bitter nötig!«

»Ich wünsch dir's von Herzen«, antwortete Mariann, stellte sich auf die Zehenspitzen und gab Konrad einen Kuß. »Geh mit Gott und beeile dich! Mir läuft jetzt schon das Wasser im Mund zusammen, wenn ich an einen saftigen Hasen- oder Rehbraten denke.«

Konrad griff nach seinem Spieß und vergewisserte sich, daß er Hirschfänger und Beil am Gürtel hängen hatte. Dann drehte er sich um und ging mit langen Schritten in den Wald hinein, in die Richtung, wo ein Stück weiter oben am Berg der Bach rieselte.

Mariann schaute ihrem Mann stolz nach. Sie war überzeugt, daß Konrad nicht ohne Beute zurückkehren würde. Daß ihm möglicherweise Gefahr in dem wüsten Urwald drohen könnte, daran dachte sie nicht.

Konrad erreichte den Bach und trank gierig von dem eiskalten Wasser. Das mußte für heute zum Frühstück ausreichen, doch hungrig, wie er war, würde er um so besser jagen können. Dies war eine alte Regel, die sich sogar unter den leibeigenen Bauern seines verlorenen Heimatdorfs aus früheren Zeiten her noch erhalten hatte.

Als er den Bach überschritt, betrat Konrad völlig unbekanntes Gelände. Er folgte dem Rinnsal weiter bergauf und gelangte nach etwa einer halben Stunde an die Quelle. Durch eine Granitspalte drang sie aus dem Berg und nährte in einem Umkreis von mehreren Metern einen üppigen, saftstrotzenden Moosteppich. Aus dem dichten Buschwerk darüber strich zeternd ein Schwarm Sperlinge ab, als Konrad sich näherte, aber das war eigentlich nicht die Jagdbeute, die er suchte. Er konnte auch keine Wildspuren an dieser Stelle entdecken, und deswegen wandte er sich nach kurzem Zögern nach rechts, um entlang der Bergflanke weiter nach Norden zu pirschen.

Aber nun wurde der Weg sehr mühsam. Der Berg schien hier an seiner Ostflanke im letzten Winter schweren Stürmen und Schneebrüchen ausgesetzt gewesen zu sein, und Konrad mußte immer wieder ganze Haufen gestürzter und gesplitterter Bäume umgehen oder mühsam über die toten Stämme klettern. Je höher er kam, um so schlimmer wurde es, so daß er sich endlich entschloß, sich wieder mehr ins Tal zu halten. Er stieg also ungefähr eine Viertelstunde weit ab, und hier fiel ihm das Vorwärtskommen tatsächlich leichter.

Gierig spähte er nach Wild aus, aber er konnte nichts entdekken, und seine Enttäuschung und sein Hunger wurden so groß, daß er schließlich eine Handvoll Pfifferlinge aus dem dunklen Boden grub und sie roh verschlang. Als er dann daran dachte, daß er den ganzen Tag über nichts anderes in den Magen bekommen würde, wenn er nicht doch auf ein Wild stieß, seufzte er tief und ging verbissen weiter.

Und dann, es war beinahe schon Mittag, schien ihm plötzlich das Glück zu lächeln. Denn unmittelbar vor seinen Füßen sprang ein feister Hase aus einer Bodenfalte und wetzte hakenschlagend davon.

Konrad war so überrascht, daß er zuerst erschrocken zurückprallte. Dann aber riß er die schwere Saufeder hoch und schleuderte sie wie einen Speer in Richtung auf den flüchtenden Hasen. Doch der Wurf ging weit daneben, da das Langohr im selben Moment einen weiteren Haken schlug, und als Konrad den Spieß erreicht hatte, der sich tief in den Boden gebohrt hatte, da war ihm seine Jagdbeute längst entwischt.

Gut, daß Mariann den verunglückten Wurf nicht gesehen hat, dachte Konrad. Sie hätte mich mit Recht ausgelacht. Aber wenigstens weiß ich jetzt, daß es hier Wild gibt. Ich muß nur besser auf der Hut sein als vorhin.

Er pirschte weiter, nun jeden Augenblick bereit zum Wurf mit dem Spieß. Dabei sagte er sich aber auch, daß ein Bogen eine viel geeignetere Waffe für die Jagd wäre, und nahm sich vor, bei nächster Gelegenheit einen solchen anzufertigen.

Ein wenig später mußte Konrad erkennen, daß es noch andere Jäger als ihn hier im Urwald am Arber gab. Denn er erreichte einen Erdbuckel, auf dem ein moosbewachsener Granitfindling lag, das alles überschattet von den Ästen einer riesigen alten Wetterfichte. Zu Füßen des Felsens aber rauften sich drei langhalsige Geier um einen Haufen blutverschmierter Knochen und Fleischfetzen.

Als Konrad, von plötzlicher Wut auf die ekligen Aasfresser gepackt, näher heranging und den Schaft seines Spießes dabei ein paarmal hart gegen einen Baumstamm schlug, flatterten die Lämmergeier schwerfällig auf und strichen ins Tal hinunter ab. Konrad sah, daß sie sich um die Reste eines schon stinkig gewordenen Rehkadavers geschlagen hatten.

Auf dem Aas krochen Ameisen und summten grünschillernde Schmeißfliegen herum, aber der Jäger ließ sich von den ekelhaften Insekten nicht stören, sondern untersuchte den Rehkadaver und den Erdboden in der Umgebung ganz genau. Es mußte ein größeres Raubtier gewesen sein, das hier zugeschlagen hatte, ein Wolf oder ein Bär. Denn einzelne Knochen waren zersplittert, Schädel und Brust des Rehs fehlten ganz. Und dann entdeckte Konrad auch die Fußstapfen, die von dem Findling weg nach Norden führten. Es waren schwere, gut handtellergroße Abdrücke, welche ab und zu die Spuren von Krallen zeigten, und Konrad war sich nun sicher, daß ein Bär hiergewesen war. Im ersten Augenblick dieser Erkenntnis packte er nur seinen Spieß fester und schaute sich ängstlich um, als könne das Raubtier jeden Augenblick über ihn herfallen, doch als nichts geschah, wurde er mutiger, und die Jagdlust erwachte viel stärker als zuvor in ihm.

Er erinnerte sich an einen Bärentreiber, der vor Jahren durch das Dorf Stauff gezogen war und dort seine Kunst gezeigt hatte.

Der Bär war ihm damals gar nicht sehr groß vorgekommen, und das Tier hatte willig und fast putzig alle Befehle seines Herrn ausgeführt. Und dann erinnerte sich Konrad daran, wie der Bärentreiber das Fleisch des Raubtiers gelobt und gemeint hatte, es gäbe auf der ganzen Welt keinen größeren Leckerbissen.

In diesem Moment stand Konrads Entschluß fest. Er würde den Bären jagen, und sie würden in ihrer Hütte in fettem Braten schwelgen. Das Wasser lief Konrad im Mund zusammen, sein Magen begann wütend zu knurren, und fast im Laufschritt folgte er den Tatzenspuren tiefer in den Wald hinein.

Kaum war er ein Dutzend Schritte von dem Rehkadaver entfernt, da kamen die Geier zurück. Entzückt nahmen sie ihr grausiges Mahl wieder auf und kröpften mit blutbeschmierten Hälsen das verdorbene Fleisch.

Konrad dachte gar nicht mehr an sie. Er hatte nur noch Augen für die Bärenfährte, die so deutlich ausgeprägt war, daß er ihr mühelos nachspüren konnte. Tellerrund zeichneten sich die Abdrücke der Tatzen im weichen Waldboden ab, zusätzlich entdeckte Konrad da und dort einen abgefetzten Zweig oder ein heruntergerissenes Büschel Laub, die ihm den Weg wiesen.

So ging es fast eine Stunde auf halber Höhe des Berges hin, als die Fährte plötzlich in ein Tal hinunterführte, das hier unvermittelt in die Arberflanke gekerbt war. Konrad blieb unwillkürlich stehen, denn es war ein Platz von herber, stiller Schönheit, so daß er für einen Moment sogar auf den Bären vergaß.

Das Tal war flach und zog sich, mehrere hundert Meter lang, in mäßiger Steigung den Berg hinauf. Uralte Bäume beschatteten es an beiden Rändern, doch dazwischen, auf dem Talgrund, war der Bewuchs dünner und bestand hauptsächlich aus mäßigen Tannen und weißrindigen schlanken Birken. Ein Bach, der sich mitten im Tal zu einem ziemlich großen Weiher verbreiterte, floß da. An seinen Rändern blühten fette Sumpfdotterblumen und glänzten saftiggrün Inseln von Wasserkresse. Weiter oben aber endete das Tal vor einem Gewirr von Felsblöcken an einer Steilwand, dort erkannte Konrad nun auch den gähnenden Schlund einer Höhle – und die Bärenfährte führte direkt auf dieses schwarze Loch zu.

Konrad erinnerte sich wieder an das Wild, das er jagte, und folgte vorsichtig weiter der Spur des Petzels. Er kam zu dem Weiher und sah an dem zerwühlten Uferschlamm, daß der Bär hier gesoffen hatte. Auch frische Losung lag da – und im Wasser entdeckte Konrad ein paar schwere Karpfen, die ruhig über dem grauen Schlamm gründelten. Er merkte sich das für später, denn jetzt war ihm nicht nach Fisch zumute; er wollte den Bären.

In der Höhle wird er stecken und seinen Fraß verdauen, dachte Konrad. Ich muß hinauf – aber vorsichtig.

Witternd und angestrengt lauschend, als sei er selbst zum Tier geworden, spürte er weiter den Tatzenspuren nach. Das letzte Stück mußte er über stufenförmig angeordnete Granitplatten klettern, und dann gähnte auf einmal der Höhlenschlund etwas seitlich von ihm. Das Loch war knapp mannshoch und an den Seiten bis zur halben Höhe spiegelblank poliert. In einer Felsritze glänzte eine dunkelbraune Haargranne. Konrad wußte sofort, was das bedeutete. Generationen von Braunbären hatten, vielleicht seit Jahrhunderten, den Höhleneingang passiert und ihn mit ihren daranstreifenden Fellen glattgeputzt.

Konrad schlich noch ein paar Schritte näher heran, so daß er den Höhlenfelsen mit der ausgestreckten Hand berühren konnte, und jetzt roch er auf einmal das Raubtier. Es war ein scharfer, sämiger Geruch, der Konrads Nüstern unwillkürlich beben machte. Seine Vorfahren hatten ihn schon vor Jahrtausenden gekannt, als sie in diesem Waldland zu siedeln begonnen hatten; in dem Land, das damals noch den wilden Tieren allein gehört hatte. Sie hatten sich wohl manchen Strauß auf Leben und Tod mit dem Raubtier geliefert, als sie sich am Strom und im Urwald Lebensraum errangen, und die dunkle Erinnerung daran wurde nun in Konrads Blut schlagartig wach.

Jetzt war er wieder ganz zum Jäger geworden, der keine Zivilisation und kein Gesetz kannte, der noch nie ein Haus gebaut hatte und selbst in Höhlen lebte. Konrads Augen verengten sich zu schmalen Schlitzen, seine Lippen preßten sich hart aufeinander; sein Körper fiel in sich zusammen, duckte sich lauernd, als sei er selbst ein sprungbereites Raubtier. Er spürte die Waffe in der Hand, wurde eins mit dem scharf geschliffenen Spieß – und dann glitt er wieselflink in die Höhle.

Der schlagartig viel dicker gewordene Raubtiergeruch legte sich schwer auf seine Lungen, machte ihn aber nur noch blutgieriger. Einen Moment stand er lauernd da, bis seine Augen sich an das Halbdunkel gewöhnt hatten, dann erkannte er den Petzel in einer Bodennische der Höhlenwand. Er sah nicht groß aus, ein dunkelbrauner Fellhaufen, der sich nur undeutlich vom grauen Granit abhob, und Konrad suchte mit den Augen die Stelle zwischen den Rippen, wohin er den Spieß jagen wollte.

Schon hatte er die Waffe zurückgerissen und zum Wurf ausgeholt, da wuchs der Bär brüllend in die Höhe, gelb glühten seine Augen durch das Zwielicht, und seine Tatzen fegten sausend durch die stickige Luft. Der Petzel hatte den Erbfeind erkannt und warf sich ihm seinerseits brüllend zum Angriff entgegen. Jetzt, aufgerichtet und auf den Hinterpfoten wüst tanzend, war er fast so groß wie der Mensch, und seine fegenden Krallen waren nicht weniger gefährlich als Konrads Spießblatt.

Konrad schleuderte die Waffe nicht, sondern packte sie blitzschnell mit beiden Händen und rannte die scharfe Spitze gegen die Bärenbrust vor. Der Stoß war gut gezielt gewesen und hätte das Herz des Raubtiers durchbohren müssen, doch Konrad hatte die wirbelnden Tatzen unterschätzt. Ein Prankenhieb traf den Spießschaft hart hinter dem Blatt und lenkte den Stoß seitlich ab. Zwar biß sich die Klinge noch in das Fell des Bären, aber sie verursachte nur eine harmlose Schmarre an der Flanke, ehe der Schaft splitternd brach – und Konrad, plötzlich seiner Waffe beraubt, hilflos dastand.

Der Bär dagegen war durch die Verwundung rasend geworden. Sein pelziger Leib zog sich zusammen und streckte sich wieder, und so jagte er wie ein Dämon auf den Menschen zu. Konrad schleuderte ihm den abgebrochenen Spießschaft entgegen und floh. Doch der Bär setzte ihm so schnell nach, daß ihm kaum noch Zeit blieb, den Höhleneingang zu gewinnen. Haarscharf pfiff die Pranke des Raubtiers an seiner Schulter vorbei, als er sich draußen zur Seite warf, stürzte und auf einer der granitenen Staffeln vor der Höhle landete.

Wieder hörte er das Grellen und Fauchen des Feindes ganz nahe, und er hatte nur noch den einen Wunsch, über die Felsplatten nach unten ins Tal zu flüchten. Aber gleichzeitig wußte er, daß dies seinen Tod bedeuten würde, denn der Petzel würde im offenen Gelände schneller sein als er und würde ihn unweigerlich reißen wie jedes andere Wild. Konrad schnellte sich also seitlich weg; wo er eben noch gelegen hatte, prasselte unter dem Tatzenschlag des Braunbären Geröll zu Tal. Konrad riß sich hoch, sprang die Felswand direkt vor sich und neben dem Höhleneingang buchstäblich an, krallte Finger und Zehen in das rissige Gestein – und zog sich in Todesangst hoch.

Er fand einen Vorsprung, gut mannshoch über der Platte, auf der er eben noch gestanden hatte, und drückte sich zitternd mit dem Rücken an das Gestein.

Unten hatte sich der Bär gestreckt aufgerichtet, keinesfalls gesonnen, den Todfeind entkommen zu lassen. Seine Tatzen fegten und kratzten am Granit zu Konrads Füßen; der Mann wich ihnen mühsam und stets in der Gefahr, abzustürzen, aus. Das Gebrüll des Bären schien jetzt das ganze Tal zu erfüllen, und als sein Blick einmal kurz zum Himmel irrte, sah Konrad, wie die Geier von Süden her heranstrichen, als ahnten sie frische Beute.

Der stinkende Atem des Petzels drang Konrad scharf in die Nase; er nahm ihm fast den Atem. Und dann stemmte der Braunbär seinen gewaltigen Körper gegen die Felswand und versuchte ebenfalls nach oben zu klimmen, um dem Jäger den Garaus zu machen. Es schien nur noch eine Frage von Augenblicken zu sein, bis die fegenden Tatzen und die gelben Reißzähne Konrad erreicht haben würden.

Da, in der höchsten Not, besann der junge Mann sich auf die Waffen, die er noch bei sich trug. Mit der Linken krallte er sich in einer Schrunde der Felswand fest, mit der Rechten riß er Erweins Beil aus dem Gürtel. Dann schlug er mit der schweren Waffe in sausendem Bogen nach unten. Das Blatt biß sich in die Pranke des Bären, die nur noch einen Zoll von Konrads Fuß entfernt war. Die Schneide durchtrennte die Tatze halb und klirrte dann gegen den Stein.

Jetzt schrie der Bär; es klang beinahe menschlich. Dann rutschte er von der Granitwand ab. Wie ein Wilder drehte er sich unten im Kreis, biß sich selbst in die verwundete Pranke. Seine Augen glühten blutunterlaufen. Und dann warf er sich urplötzlich erneut gegen die Felswand und Konrad, ohne noch weiter auf seine Verletzung zu achten. Doch nun hatte der Jäger seine Angst überwunden und war von heißem Kampfwillen erfüllt. Kaum daß der Bär sich brüllend aufrichtete, kniete Konrad schon auf seinem Steinband, und als der massige Kopf in seine Reichweite geriet, da schlug Konrad, nun in besserer Stellung als zuvor, erneut zu.

Krachend sauste das Beil in den Schädel des Bären, die Hirnschale splitterte, Blut spritzte über den Beilschaft und Konrads Arm. Wieder schrie der Bär, aber dann wurde ein dumpfes Röcheln daraus. Er fiel zurück, und die Waffe löste sich von selbst aus seinem Schädel.

Während der Bär stürzte, sprang Konrad von seinem Felsen hinunter, hetzte hinter das betäubte Raubtier und schlug noch einmal zu. Und diesmal war der Streich tödlich. Das Beil traf den Halswirbel des Raubtiers und zerschmetterte ihn. Der Bär brach endgültig zusammen; im Todeskampf zuckten seine Tatzen noch ein paarmal, dann lag er still. Die Beilklinge stak so tief in der Wunde, daß Konrad all seine Kraft zusammennehmen mußte, um sie herauszureißen.

Als er es geschafft hatte, taumelte er selbst vor Erschöpfung. Aber er hatte das Raubtier gefällt; er hatte für Nahrung gesorgt, die für ihn und Mariann wochenlang ausreichen würde.

Er wischte das Beil an dem Moos sauber, das unterhalb der Höhle wucherte. Dann drang er zum zweiten Mal in die Felsenkluft ein und suchte nach seinem zersplitterten Spieß. Es schüttelte ihn nachträglich noch, als er den zertrümmerten Schaft und die abgebrochene Klinge aufhob. Der Tatzenhieb des Bären war fürchterlich gewesen. Konrad warf den Schaft weg, das Lanzenblatt nahm er mit. Unter dem Eingang blieb er noch einmal stehen und schaute sich in der Höhle um. Sie war größer, als er vorhin gedacht hatte. Ungefähr so wie die Kapelle zuhause in dem kleinen Dorf Stauff. Ganz hinten, im Dämmer, schien sie sich in einem Gang fortzusetzen.

Ein Gedanke blitzte durch Konrads Gehirn, aber er schob ihn wieder beiseite, denn jetzt mußte er sich zunächst um den getöteten Bären kümmern. Er ging nach draußen und kniete neben dem noch warmen Kadaver nieder.

Mit seinem Hirschfänger schnitt er das verzottelte Fell auf der Bauchseite des Tiers auf. Dann grub sich die Klinge in das blutige Fleisch darunter und legte die Eingeweide bloß. Der Schweiß lief Konrad in Strömen herunter, als er die Gedärme und Innereien aus der Bauchhöhle des Bären löste. Die Rippen zerschlug er mit dem Beil und trennte die darunterliegende Lunge und das Herz heraus. Er vergrub die Eingeweide und wünschte sich einen Jagdhund, dem er sie hätte vorwerfen können.

Die übrigen Innereien trug er hinunter zum Weiher und

wusch sie sorgfältig aus. Das Wasser war von roten Schlieren durchzogen, die sich langsam auf dem Grund absetzten. Fische schossen gierig herbei, die ungewöhnliche Nahrung witternd.

Konrad zog seinen Kittel aus und wickelte die leicht verderblichen Innereien hinein. Allein von der kinderkopfgroßen Leber des Bären würden sie zwei Tage lang leben können, dachte er. Den beschmutzten Kittel konnte Mariann später im Bach bei ihrer Hütte auswaschen.

Konrad wollte zuerst Leber, Herz, Lunge, Milz, Magen und Nieren zurücktragen; mehr würde er ohnehin nicht schleppen können. Aber das restliche, besser haltbare Fleisch seiner Beute durfte nicht im Freien liegenbleiben. Denn schon kreisten die Geier über der Höhle.

Konrad lief hinauf und versuchte, den ausgewaideten Bären in die Kluft zu zerren. Aber er schaffte es nicht; das Tier war immer noch zu schwer.

Wieder kniete Konrad neben dem Kadaver nieder, trennte das Fell, so gut es gehen wollte, von den Vorder- und Hinterpranken und dem Kopf und nahm dann erneut die Axt zu Hilfe. Er schlug die Extremitäten ab und teilte auch den Rumpf in der Mitte durch. Es war eine furchtbare und eklige Arbeit, aber sie bedeutete Nahrung, und so schaffte er sie schließlich. Einzeln trug er dann die Fleischstücke in die Höhle. Er schichtete sie in der Nische auf, wo er den Braunbären überrascht hatte. Dann suchte er Steine zusammen, die reichlich auf dem Boden herumlagen, und packte sie über das Fleisch. Zuletzt wölbte sich der Granit fast wie ein Grabhügel vor der Felsnische.

Selbst das genügte Konrad noch nicht. Immer noch mußte er andere Raubtiere fürchten, die ihm seine Beute streitig machen konnten. Also kletterte er noch einmal ein Stück ins Tal hinunter und schlug dort eine Menge schwerer Äste von den Bäumen. Er schleppte sie hinauf zur Höhle und rammte sie im Eingang kreuz und quer in den Boden und in das seitliche Gefels. Als er zuletzt die Barrikade prüfte, indem er sich mit seinem ganzen Körpergewicht dagegenwarf, hielt sie stand. Jetzt erst war Konrad zufrieden.

Er verwahrte seine Waffen im Gürtel und ging zum drittenmal ins Tal und zum Weiher. Das Bündel mit den Innereien lag noch unberührt da, wenn sich auch am Himmel inzwischen noch mehr Geier zeigten. Konrad warf sich den Sack über den Rücken, ächzte unwillkürlich unter der Last und spürte das Blut durch den dünnen Stoff auf seine nackte Haut nässen. Noch einmal schaute er zurück zur Höhle, dann machte er sich mit seiner Last auf den Rückweg. Die Sonne neigte sich schon wieder dem Horizont entgegen. Er hatte Stunden mit dem Auswaiden des Bären zugebracht und hatte es gar nicht bemerkt. Jetzt mußte er sich beeilen, um Mariann und das Lager noch bei Tageslicht zu erreichen.

Er schwitzte unter seiner Last, und der Salzgeruch lockte Schwärme blutgieriger Staunzen an. Sein Kreuz schmerzte ihn, und allmählich wurden seine Beine unglaublich schwer. Noch nie in seinem Leben, selbst nicht bei der härtesten Fronarbeit, war er dermaßen erschöpft gewesen. Denn jetzt erst, nachdem sie überstanden war, machte sich bei ihm die Anspannung seines Kampfes auf Leben und Tod mit dem Bären bemerkbar.

Zuletzt, kurz vor Sonnenuntergang, sah er seinen Weg nur noch verschwommen, wie durch fließende Schleier. Manchmal rannte er hilflos gegen einen Baumstamm und fluchte dann schwach.

Aber dann geriet ihm plötzlich der Geruch brennenden Holzes in die Nase; er riß sich noch einmal zusammen und erkannte ein Stück weiter unten, geborgen hinter dem Bergriegel, die Hütte. Das Feuer brannte vor dem Eingang, und Mariann kauerte daneben.

Konrad rief; seine Kehle war so trocken, daß es wie ein Krächzen klang. Mariann hörte ihn trotzdem. Mit einem erleichterten Schrei sprang sie auf und lief ihm entgegen. Konrad ließ das

Bündel mit seiner Beute einfach zu Boden fallen und taumelte in Marianns Arme. Sie fing ihn auf: das Weib den erschöpft heimkehrenden Jäger.

Aus der Nähe Marianns erwuchs Konrad neue Kraft. Er löste sich aus ihren Armen und raffte das Bündel hoch. »Fleisch«, sagte er. Marianns Augen strahlten. Sie griff ebenfalls zu, und gemeinsam trugen sie die Beute zum Feuer.

Während Konrad den Stoff auseinanderschlug, fragte Mariann mit glücklich leuchtenden Kinderaugen: »Was ist es? Ein Reh? Ein Schwein?«

»Ein Bär! Ich habe einen Bären getötet!« antwortete Konrad stolz. Er griff in das Bündel und hielt das dunkelrote Herz des Raubtiers hoch. Geronnenes Blut quoll zwischen seinen Fingern hindurch.

Dann sah Konrad die Angst in Marianns Augen und setzte hinzu: »Nicht, mein Schatz! Es ist ja alles gutgegangen. Der Bär kam mir über den Weg, und ich habe ihn erlegt. Ich selbst habe keinen Kratzer abbekommen. Und jetzt wollen wir uns sein Herz rösten. Ich habe den ganzen Weg über daran gedacht, wie wir es gemeinsam verzehren werden.«

Die Angst wich aus Marianns Augen. Sie begriff, daß die ihr so plötzlich ins Bewußtsein gedrungene Gefahr für ihren Mann längst vorüber war. Und sie wollte Konrad beweisen, daß sie dem neuen Leben in der Wildnis ebenso gewachsen war wie er.

»Setz dich«, forderte sie ihn auf. »Laß mich jetzt für dich sorgen.« Sie drückte ihn auf einen Stein neben dem Feuer nieder. Dann nahm sie das Bärenherz, spitzte einen Ast zu und spießte das Fleisch auf. Sie rammte den Ast schräg neben dem Feuer in die Erde. Die Flammen leckten an das Herz, und es begann fast sofort in seinem eigenen Saft zu zischen und einen strengen, aber nicht unangenehmen Duft zu verbreiten.

Während das Fleisch garte, mußte Konrad sein Abenteuer in allen Einzelheiten berichten. Als er von dem Kampf mit dem Bären sprach, musterte Mariann ihn ängstlich und stolz gleichzeitig. »Du hättest Pfeil und Bogen haben sollen«, sagte sie zuletzt. »Dann wäre die Jagd ungefährlicher gewesen.«

Konrad schielte nach dem Bärenherzen, das sich allmählich mit einer dunkelbraunen Kruste überzog. »Wenn wir erst nach Bärnreuth umgezogen sind, werde ich mir Pfeile und Bogen schnitzen«, antwortete er.

»Bärnreuth?« fragte Mariann erstaunt.

»So habe ich in Gedanken das Tal getauft, in dem ich mein Abenteuer bestanden habe«, sagte Konrad leise. »Bärnreuth – die Rodestelle, wo ich den Bären erlegte. Es gibt keinen besseren Platz, an dem wir siedeln könnten. Das Tal ist gut vor Wind und Wetter geschützt, der Boden ist fruchtbar. Wir haben einen Bach dort und sogar einen Weiher, in dem es Fische gibt. Wir haben Bauholz in der Nähe, und bis unser Haus steht, können wir in der Bärenhöhle hausen. Später, wenn wir nur den Eingang gut verbergen, kann sie uns als Zufluchtsstätte in Notzeiten dienen, sonst als Vorratslager.«

»Bärnreuth«, sagte Mariann leise. »Doch, es ist ein guter Name für den Platz, an dem wir leben wollen.« Sie lachte. »Aber die Hütte hier haben wir nun ganz umsonst gebaut. Gerade für zwei Nächte, denn wie ich dich kenne, willst du sicher schon morgen in unser Bärental übersiedeln.«

»Ja, ich will bauen und roden dort und uns etwas schaffen«, erwiderte Konrad. »Es kann mir gar nicht schnell genug gehen. Bis zum Winter müssen wir uns eingerichtet haben.«

»Dann habe ich also heute ganz umsonst gearbeitet«, meinte Mariann und wies auf die Hüttenwand, die säuberlich mit Lehm verstrichen war, wie Konrad erst jetzt bemerkte.

»Wir werden dafür heute nacht um so besser darin schlafen«, antwortete er. »Und später können wir immer wieder einmal hierher kommen und daran denken, wie wir uns zuerst an diesem Berg eingerichtet haben.«

»Ja, das wollen wir«, sagte Mariann. »Aber die Töpfe, die ich heute aus Lehm geformt und im Feuer gebrannt habe, wollen wir nach Bärnreuth mitnehmen. Wir werden sie dort gut gebrauchen können, und sie sind die ersten Stücke meines Hausrats.«

»Zeig her«, forderte Konrad Mariann auf. Sie schlüpfte in die Hütte und brachte ihm ihre selbstverfertigten Töpferwaren. Derb waren sie und grob gerundet, aber man sah, daß sie mit Liebe geformt waren, und Mariann hatte sogar kleine, zickzackförmige Muster außen angebracht.

»Jetzt fehlt uns wirklich nichts mehr zu einem guten Abendessen«, lobte Konrad sie. »Du bist tüchtig, Mariann, und ich bin stolz auf dich. Schau, das Bärenherz ist auch gar, und jetzt wollen wir es uns schmecken lassen.«

Er löste das duftende Stück Fleisch vom Bratspieß, legte es in eine von Marianns Schüsseln und zerschnitt es mit Hilfe seines Hirschfängers in mundgerechte Portionen. Gleich darauf langten sie beide gierig zu, denn zum erstenmal nach Tagen schmeckten sie wieder kräftiges Fleisch. Sie vertilgten das ganze Herz und leckten sogar die Schüssel aus, ehe sie gesättigt in die Hütte krochen und fast augenblicklich einschliefen.

Und dann träumten sie beide von Bärnreuth und ihrem Hof, der dort entstehen sollte.

V

Aus der Chronik des Eginhart Bärnreuther, Bauer auf Bärnreuth:
»Haben der Ahn Konrad und sein Weib Mariann das zweite Haus erbauet mit ihrer Händt Arbeit und haben auch zu reuthen begonnen.
Und ist auch ein Sammer kommen, hat Salz geben für Bärnschmalz auf seinen verwundeten Haxen.«

Früh am nächsten Morgen, gleich nach Sonnenaufgang, hatte Mariann aus Haselruten, wie sie am Bach wuchsen, einen Tragekorb geflochten, und nun schleppten sie und Konrad ihre geringe Habe darin hinüber nach Bärnreuth. Da Konrad den Weg inzwischen kannte, brauchten sie nicht länger als bis zum halben Vormittag, ehe Mariann zum erstenmal auf das Tal hinunterblicken konnte, das nun ihre endgültige Heimat werden sollte.

An den Stamm einer Eibe gelehnt, stand sie da, und Konrad ließ ihr Zeit zum Schauen. Er wollte, daß Mariann alles geruhsam in sich aufnehmen konnte, denn er war stolz darauf, diesen Flecken Erde entdeckt und durch den Bärenkampf in Besitz genommen zu haben. Schließlich konnte er aber doch nicht mehr an sich halten und fragte sein Weib: »Na, wie gefällt's dir? Du mußt mir sagen, ob du auch wirklich hier leben magst.«

»Es ist schön, dieses Tal, mit seinen geheimnisvollen Schatten zwischen den Sonnenflecken«, antwortete Mariann. »Geborgen liegt es in der Flanke des Berges, als wollte der Arber ihm seinen ganz besonderen Schutz gewähren. Ja, Konrad, mir gefällt's hier.« Aufgeregt deutete sie in die Niederung hinunter. »Ist das der Weiher, von dem du mir erzählt hast?«

Konrad nickte.

»Und es gibt wirklich Fische dort?« wollte Mariann wissen.

»Dutzende, so lang wie meine Elle und so feist wie ein

Spanferkel«, versicherte Konrad. »Mooskarpfen, so dicht bewuchert, daß du auf ihrem Buckel pflügen könntest.« Er lachte. »Es ist wirklich wahr, und wenn uns das Bärenfleisch einmal ausgegangen ist, brauchen wir noch lange keinen Hunger zu leiden. Dann holen wir uns gleich zum Frühstück die prächtigsten Burschen aus dem Wasser.«

»Das ist auch nicht so gefährlich wie die Bärenjagd«, meinte Mariann treuherzig. »Und dort oben – das muß die Höhle sein, nicht wahr?«

»Ja, dort kämpfte ich gestern«, sagte Konrad, und nun lachte er nicht mehr. »Komm, wir wollen hinuntersteigen ins Tal, und dann kannst du dir alles ganz genau ansehen.«

Eine halbe Stunde später schritten sie über den Boden ihres künftigen Waldbauernhofes. Sie gingen genau den Weg, den Konrad am Tag zuvor genommen hatte. Mariann konnte die Karpfen im Weiher betrachten, dann folgten sie dem Rinnsal, das in den kleinen See mündete, aufwärts, bogen ab und erreichten die Höhle.

Dort allerdings fuhr die junge Frau zurück, als sie die Blutflecken unterhalb des gähnenden Eingangs gewahrte. Das Bärenblut war inzwischen eingetrocknet und schwarz geworden. Mariann stieg mit einem großen Schritt darüber hinweg und nahm sich vor, das alles bei erster Gelegenheit mit Wasser aus dem Bach wegzuscheuern. Die Flecken erinnerten sie zu nachdrücklich an Konrads lebensgefährlichen Kampf.

Die Stimme des Mannes riß sie aus ihren Gedanken. »Komm, wir bringen den Korb in die Höhle, denn wir werden ja vorerst hier wohnen«, sagte er. Damit stieg er auf die erste der treppenartigen Granitplatten. Mariann schob ihm den Korb zu, und er hievte ihn hinauf. Eine Minute später standen sie beide vor dem Höhleneingang.

»Hast du das gemacht?« fragte Mariann und deutete auf den Verhau aus abgeschlagenen Ästen.

»Ja, damit kein wildes Vieh zu unseren Schätzen vordringen konnte«, antwortete Konrad leise. »Aber es muß irgendein Raubzeug hiergewesen sein während der Nacht. Schau, die Stangen hier unten sind ganz zerbissen und verkratzt.« Er rüttelte kräftig an der Barriere. »Aber gehalten haben sie«, fügte er dann zufrieden hinzu.

»Was kann es gewesen sein?« wollte Mariann ängstlich wissen. »Etwa noch ein Bär?«

»Nein, für den hätte das da kein Hindernis bedeutet«, antwortete Konrad. »Außerdem war der, den ich erschlagen habe, ganz sicher ein Einzelgänger. – Ich schätze, ein Fuchs oder ein Luchs hat den Braten in der Höhle gerochen und versuchte, hineinzukommen. Wenn wir erst selbst die Höhle bewohnen und ein Feuer im Eingang brennen haben, wird sich kein Raubzeug mehr in die Nähe wagen. Du kannst also ganz ruhig sein, Mariann. Aber jetzt hilf mir, den Verhau zur Seite zu räumen.«

Das war innerhalb weniger Minuten geschehen, und nun konnten sie die Höhle betreten. Sie fanden den Steinhügel und das Fleisch darunter unversehrt vor, und Mariann staunte nicht schlecht, als sie den zerstückelten Kadaver ausgegraben hatten und sie die gewaltigen Gliedmaßen sah.

»Wir müssen das Fleisch heute noch räuchern«, sagte Konrad. »Es verdirbt uns sonst noch, und wir haben nichts mehr davon.«

»Gott bewahre«, versetzte Mariann erschrocken. »Am besten fangen wir gleich mit dem Räuchern an. Das Feuer dafür haben wir schon, und Bruchholz gibt es in diesem Tal so viel, daß es für ein ganzes Jahr ausreichen würde.« Damit nahm sie eine Tonschüssel aus dem Korb, die sie mit einer zweiten abgedeckt hatte, und öffnete sie. Konrad sah erfreut, daß Mariann soviel Glut von ihrem letzten Lagerfeuer gesammelt hatte, daß sie jetzt immer noch glimmte.

»Du bist tüchtig«, lobte er seine Frau. »Weil du an die Glut gedacht hast, sollst du dich jetzt auch ausruhen, während ich das Brennholz allein sammle.« Und schon war er draußen und lief zum nächsten Baum, einem mächtigen Ahorn, der im Lauf der letzten Jahre genügend Äste und Zweige für mehrere kräftige Traglasten abgeworfen hatte.

Mariann lächelte still, dann blies sie auf die Glut in dem irdenen Topf, bis diese hell aufleuchtete. Der Schein reichte aus, um Einzelheiten in der relativ kleinen Höhle zu erkennen. Neugierig schaute Mariann sich um und ging mit ihrem einfachen Licht weiter nach hinten, wo sich die Höhle verjüngte und schließlich in dem engen Schlupf endete, den Konrad schon gestern entdeckt hatte. Es war eigentlich nur eine Spalte, und Mariann wollte eben untersuchen, ob sich ein Mensch dort hineinzwängen könne, als ihr Blick auf einen Haufen Gegenstände unterhalb fiel.

Die junge Frau bückte sich, um besser zu sehen – und dann schrie sie plötzlich erschrocken auf, machte kehrt und rannte davon. Unter dem Höhleneingang prallte sie mit Konrad zusammen, der eben mit dem Holz zurückkehrte. Die trockenen Äste, von denen er eine schwere Traglast gesammelt hatte, fielen zu Boden. Konrad fing Mariann in seinen Armen auf.

»Was hast du denn?« fragte er verdutzt. »Du zitterst ja, als hättest du den Teufel geschaut.«

»Hinten in der Höhle – ein Haufen Schädel und Skelette«, stammelte Mariann. »Ich fürchte mich so.«

»Schädel?« Jetzt wurde auch Konrad blaß. Aber er nahm sich zusammen und sagte: »Ich gehe hinein. Ich muß wissen, was wirklich dort hinten liegt.«

»Nein!« bat Mariann ängstlich.

Konrad antwortete nicht, sondern nahm ihr lediglich den irdenen Topf mit der Glut aus der Hand, den sie immer noch umklammert hielt. Dann raffte er einen dürren Zweig aus dem Holzhaufen und brannte ihn an. Er leuchtete fast so hell wie eine Fackel.

»Du bleibst hier«, befahl Konrad seinem Weib. Und schon drang er mit erhobenem Feuerbrand in die Höhle ein.

Mariann zögerte, dann setzte sie sich über seine Anordnung hinweg und folgte Konrad. Er bemerkte es, schickte sie aber nicht zurück.

Das flackernde Feuer warf einen gespenstischen Schein auf die Höhlenwände. Der Glimmer im Granit sprühte das Licht in winzigen Tupfern zurück. Konrad schlich vorsichtig bis zur hinteren Höhlenecke – und dann sah auch er es ...

Zwischen herabgestürztem und zersplittertem Deckengestein leuchteten fahl Knochen. Konrad erblickte mehrere ungewöhnlich geformte Schädel mit gewaltigen Rachenöffnungen, in denen da und dort immer noch starke Zähne staken. Daneben lagen, zu wirren Haufen geschichtet, Gebeine. Manche waren nur fingerlang, andere armdick, doch alle waren sie vom Alter gelb angelaufen und wiesen spröde Risse auf.

Konrad faßte nach Marianns Arm, und jetzt war er froh, daß sie ihm gefolgt war. »Menschenskelette sind das nicht«, sagte er mit gepreßter Stimme. »Eher stammen sie von Raubtieren. – Schau, das da könnte ein Bärenschädel sein. Und das hier die Kiefer eines Wolfs.« Er bückte sich, um besser zu sehen. Dann schob er sogar ein paar Felstrümmer beiseite, um das Skelett, das halb darunter begraben lag, genauer in Augenschein nehmen zu können. Mariann verfolgte, immer noch zitternd, sein Tun.

Die Gebeine, die Konrad nun freilegte, schienen einmal einem Luchs oder einer großen Wildkatze gehört zu haben. Und bei ihnen machte Konrad die aufregendste Entdeckung. Denn zwischen den zusammengefallenen Rippen der Raubkatze stak ein schmaler, spitzer Gegenstand aus schwarzem Feuerstein, der sichtlich von Menschenhand zugehauen war.

Konrad zog ihn heraus und hielt ihn gegen das Licht der Fackel. »Eine Pfeilspitze«, sagte er. »Eine Pfeilspitze aus Stein.« Und plötzlich begriff er ...

Er erinnerte sich an den Schmied in ihrem Dorf Stauff, dessen Handwerk seit Menschengedenken in der Familie weitervererbt worden war. Die Schmiedsleute galten von jeher als solche, die mehr wußten als andere Menschen, und bei den Dörflern waren sie immer besonders angesehen gewesen. Ja, sie wurden sogar als eine Art Zauberer verehrt, auch wenn die Pfaffen wütend dagegen wetterten. Als Knabe war Konrad oft zu Besuch bei dem alten Hildbert gewesen, und einmal hatte ihm der Schmied von ihren eigenen Vorfahren erzählt, die vor abertausenden Jahren, lange bevor Christus geboren war, in diesem Land gelebt hatten. Konrad erinnerte sich noch so genau an Hildberts Worte, als hätte er sie erst gestern gehört.

»Sie kamen aus dem Norden und kannten das Eisen noch nicht«, hatte der Schmied gesagt. »In Höhlen haben sie gewohnt, und ihre einzigen Waffen waren Steine, die sie aber meisterlich zu bearbeiten wußten. Damit erlegten sie das Wild und brachten es in ihre Höhlen, und die Knochen schichteten sie auf und beteten sie an. Erst viel später kamen die Kelten ins Land. Die brachten das Eisen mit, und die alten Bräuche fanden ein Ende.«

Konrad hatte damals gedacht, der Schmied würde ihm ein Märchen erzählen. Doch nun hatte er den Beweis für die Wahrheit von Hildberts Geschichten in der Hand. Es hatte die Jäger mit ihren Steinwaffen also wirklich gegeben. Und die Tierskelette hier an der Höhlenwand mußten einst für sie so etwas wie ein Altar gewesen sein.

»Du brauchst keine Angst zu haben«, wandte sich Konrad an Mariann. »Die alten Knochen können uns nicht gefährlich werden.« Und dann erzählte er ihr die Geschichte, die er von dem Schmied erfahren hatte.

»Mir graust's trotzdem vor diesen Gebeinen«, erwiderte Mariann. »Und wenn du sagst, daß sie aus einer Zeit stammen, als unser Herr Jesus noch gar nicht geboren war, dann handelt es sich bei ihnen doch nur um heidnisches Zauberzeugs. Ich will sie nicht in der Höhle haben, wenn ich hier leben soll!«

»Ich werde die Knochen hinausschaffen und unten im Tal vergraben«, versprach Konrad. »Aber das da behalte ich.« Er zeigte Mariann die Pfeilspitze aus Feuerstein. »Ich wollte mir sowieso ein solches Gewaffen anfertigen«, fügte er hinzu, »und da kann ich die Spitze gut verwenden. Sie ist ja wirklich meisterlich gearbeitet.«

»Gegen den Stein habe ich nichts. Aber die Knochen bringst du am besten gleich weg«, forderte Mariann. »Ich will unterdessen das Feuer anfachen, damit wir endlich mit dem Räuchern beginnen können.« Damit verließ Mariann fast fluchtartig die Höhle, in der es ihr immer noch nicht geheuer war, jedenfalls so lange nicht, als die heidnischen Zauberknochen darin herumlagen.

Konrad hörte sie draußen mit dem Brennholz rumoren, während er drinnen die Gebeine auf einen Haufen zusammentrug. Dabei entdeckte er noch weitere fünf Feuersteinspitzen, die er sorgfältig aufhob. Als er die Skelette ins Freie getragen und etwas unterhalb der Grotte vergraben hatte, brannte Marianns Räucherfeuer bereits. »Jetzt brauchst du dich vor nichts mehr zu fürchten«, beruhigte er sie. »Ich habe alles ganz gründlich ausgeräumt.«

»Gott sei Dank!« seufzte Mariann erleichtert. »Nun, wo die Gebeine weg sind, fühle ich mich schon viel wohler. Ich hatte das Gefühl, als hätten wir einen uralten, modrigen Freithof entdeckt. Kannst du mir jetzt das Bärenfleisch herantragen? Dann will ich es über das Feuer halten.«

Im weiteren Verlauf des Tages räucherten Mariann und Konrad nun das Bärenfleisch, das Konrad allerdings mühsam genug aus dem Pelz schälen und weiter zerteilen mußte. Aber gegen Abend war es geschafft, und obwohl sie mehrmals kräftig gegessen hatten, besaßen sie nun einen solchen Vorrat, daß sie wochenlang damit auskommen konnten.

»Wir bräuchten nur Salz, dann würde sich das Fleisch sogar über den Winter halten«, sagte Mariann, als sie im Sonnenuntergang satt vor der Höhle hockten.

Konrad leckte sich unwillkürlich die Lippen. In Stauff hatte nie Mangel an Salz geherrscht, denn Händler brachten es auf Flößen isarabwärts aus dem Gebiet von Hallein im Gebirge. Jetzt, nachdem sie nur wenige Tage ohne das weiße Kristall hatten auskommen müssen, ging es Konrad schon ab. Doch damit mußten sie sich vorerst abfinden.

Um auf andere Gedanken zu kommen, widmete sich Konrad im letzten Tageslicht dem kräftigen, aber biegsamen Eschenstab, den er tagsüber beim Holzholen unten im Tal entdeckt und abgeschnitten hatte. Es war ein mühsames Geschäft, ihn mit dem Hirschfänger glattzuschaben und ihm Form zu geben. Aber Konrad wollte nun endlich einen Bogen haben, und als das Feuer allmählich niederbrannte und Mariann schon herzhaft gähnte, hatte er auch diese Arbeit geschafft. Weiß schimmerte das Holz im Mondlicht, als Konrad zuletzt die Sehne, die der tote Bär ihm geliefert hatte, straff über die gekrümmten Enden zog. Wenn er seine Pfeilspitzen morgen noch mit Schäften versah, besaß er eine zusätzliche Waffe, mit der er auf dreißig bis vierzig Schritt Entfernung jedes Wild erreichen konnte.

Er reckte sich und trat in die Höhle, wo bereits das von Mariann aus Laub und Zweigen hergerichtete einfache Lager wartete. Mariann folgte ihm müde.

Das Feuer vor dem Eingang warf noch einen dürftigen Schein herein, und als Mariann und Konrad schon lagen, konnten sie in seinem Licht das Geräucherte erkennen, das sie mit Pflöcken und Bastschnüren an der Höhlendecke aufgehängt hatten.

»Wir haben ein gutes Tagwerk geschafft heute«, murmelte Konrad, schon ganz schlaftrunken. »Und morgen soll's nicht anders sein.« Damit rückte er ganz nahe an sein Weib heran, nahm Mariann in die Arme, um sie vor der Nachtkühle zu schützen, die nun in das Tal kroch, und im selben Augenblick waren sie beide auch schon eingeschlafen.

So erschöpft wie an diesem ersten Tag im Bärental waren sie dann jeden Abend, drei Wochen lang. Aber sie schafften auch so viel weg, daß sie darüber selbst nur staunen konnten.

Unterhalb der Höhle, wo der Boden nur dünn bewachsen war, stand nach diesen drei Wochen eine Hütte, und die ließ sich nun nicht mehr mit ihrer ersten vergleichen. Denn das kleine Haus maß sechs mal sechs Schritte im Geviert, besaß einen Schlaf- und einen Kochraum und in letzterem sogar einen Kamin, den Konrad aus kopfgroßen Granitsteinen aufgerichtet und mit Lehm vom Teichufer verstrichen hatte. Wände und Dach der Hütte bestanden aus sorgfältig zugehauenen und geschälten Baumstämmen, die an den Enden miteinander verkerbt waren; auf dem Dach lag eine dicke Schicht gebündeltes Reisig, durch das selbst der heftigste Regen nicht würde dringen können. Mit Hilfe des Beils hatte Konrad auch einen einfachen Tisch, zwei Hocker und eine niedrige Bettstatt gezimmert. Darauf lag das Bärenfell, das sie mit schneeweißer Holzkohle und aus Eichenrinde gekochter Lauge gegerbt hatten. Die zunächst nur notdürftig geräucherten Fleischstücke hingen nun im Kamin, wo sie täglich nachbeizten und sich auf diese Weise noch monatelang halten konnten. Und es war neues Fleisch dazugekommen, denn Konrad hatte längst seine Pfeile verfertigt und damit während der Arbeitspausen ein halbes Dutzend Hasen und Rebhühner erlegt. Die Kleintiere waren feist jetzt im Frühsommer und schmeckten herrlich deftig. Und auch Fleisch vom Wildschwein hing inzwischen im Kaminrauch. Konrad hatte einen Jungeber mit der Saufeder spießen können, in die er ebenfalls einen neuen Schaft eingesetzt hatte, und die nun ständig neben dem Herdfeuer lehnte.

So hatten sie sich also, als der Juni fast verstrichen war, ein Heim geschaffen, in dem sie es aushalten konnten. Doch die

Hände durften sie deswegen nicht in den Schoß legen, auch wenn sie im Augenblick keinen Mangel litten. Es war ihnen beiden klar, daß sie Land roden und Felder anlegen mußten, wenn sie auf Dauer hier überleben wollten. Sie sehnten sich nach Brot, das sie schon wochenlang nicht mehr genossen hatten, und deswegen sagte Mariann, während sie mit Konrads Hirschfänger des Abends an einem derben Schöpflöffel schnitzte: »Wir sollten schon bald mit dem Roden anfangen, damit wir bis zum Herbst wenigstens ein Feld besitzen.«

»Morgen schon packen wir's an«, stimmte Konrad zu. »Ich glaube, unten am Weiher ist ein guter Platz. Der Talboden ist fast eben dort, was uns später einmal das Pflügen erleichtern wird.«

»Je früher wir das Feld haben, desto besser«, meinte Mariann. »Ich kann gar nicht sagen, wie ich mich nach einem Acker zu unserem schönen Haus sehne ...«

Und der nächste Morgen sah die beiden Siedelleute schon wieder früh bei der Arbeit.

Die Stelle, die sie ausgesucht hatten, lag vielleicht dreißig Meter oberhalb des Weihers, der Höhle zu, und östlich des Baches. Es standen hauptsächlich Tannen und Birken dort, der Boden dazwischen war, bis auf einige Grasflecken, von Gesträuch bedeckt. Moos gab es nicht hier, was ihnen garantierte, daß ihr Feld später nicht sumpfig sein würde. Während Mariann sich auf die Erde kniete und mit dem Hirschfänger dem Gebüsch zu Leibe rückte, trieb Konrad sein Beil in den Stamm der ersten Tanne. Und schon beim ersten Schlag, als der Beilschaft hart gegen seinen Arm zurückfederte, wußte er, daß die Rodung nicht leicht werden würde.

Bald lief ihnen der Schweiß in Bächen von der Stirn und lockte Staunzen und Bremsen an, die sich gierig auf ihre halbnackten Körper stürzten. Und als die Sonne höher stieg und der Tag immer heißer wurde, da legten sie plötzlich, wie in geheimem Einverständnis, ihre Werkzeuge weg, liefen zum Teich hinunter und wateten bis zur Brust und samt den Kleidern in das herrlich kühle Wasser. Pudelnaß gingen sie dann zurück und machten sich mit frischen Kräften wieder an die Arbeit. Mittags nahmen sie nur einen schnellen Imbiß aus kaltem Fleisch und einer Handvoll Beeren zu sich und werkten dann bis zum Einbruch der Dämmerung weiter. Völlig erschöpft gingen sie endlich zu ihrem Haus hinauf, und als sie von dort aus ihr Tagwerk übersahen, da nahm sich der Fleck, den sie heute gerodet hatten, so winzig gegen das ganze Tal aus, daß sie ganz verzagt wurden.

»Wie es aussieht, werden wir jahrelang schuften müssen, bis wir den Grund für einen Berghof gerodet haben«, sagte Mariann verzweifelt und sank auf die Hausschwelle. »Du hast gerade ein Dutzend Bäume gefällt, und ich habe kaum mehr Land sauber bekommen als die Hütte da Boden bedeckt. Und die Baumstümpfe und Wurzelstöcke stecken auch noch in der Erde.«

Konrad fuhr mit dem Finger über die Beilschneide, die längst nicht mehr so scharf war wie am Morgen.

»Ja, es geht hart«, gab er zu. »Aber wir sind die Arbeit auch noch nicht gewohnt. Du wirst sehen, morgen schaffen wir schon ein bißchen mehr, und wenn es auch Wochen und Wochen dauert, so wird das doch einmal ein gutes Feld werden dort unten. Und um die Stümpfe und Wurzelstöcke brauchst du dir keine Sorgen zu machen. Wir lassen das Gestrüpp und die Stämme liegen, die wir schlagen, und bis zum Herbst sind sie knochentrocken. Wir brennen dann alles an, und das Feuer wird so tief in den Boden wirken, daß das ganze Stumpfzeug mit verkohlt. – Wir werden es schon schaffen. Schließlich haben andere vor uns den Wald an anderen Plätzen auch gerodet. Warum sollten wir es also nicht können?«

»Weil wir allein sind – und die anderen waren zwanzig oder dreißig Leute«, antwortete Mariann, immer noch verzagt. Konrad zog sie in seine Arme und strich ihr zärtlich eine verschwitzte Haarsträhne aus der gebräunten Stirn. »Ja, wir sind allein, allein mit unserer Liebe«, sagte er, »und das ist doch auch schön, nicht wahr? Wenn ich an deiner Seite arbeiten darf, verzichte ich gerne auf andere Gesellschaft, auch wenn mir der Buckel noch so weh tut.«

Mariann lächelte und lehnte den Kopf an seine Schulter. Über ihrem nackten Fuß spielte ein verspäteter Kohlweißling.

»Und wir tun ja die Arbeit für uns allein«, fuhr Konrad fort, der seiner Frau unbedingt neuen Mut machen wollte. »Was wir hier roden, das gehört uns – das ist unser eigenes Land. Die anderen Leute müssen ja doch bloß für ihren Grundherrn schuften und haben zuletzt nichts davon als Hunger und Not. Doch wenn bei uns erst Hafer und Flachs wachsen, dann geht alles, was wir einbringen, in unsere eigene Scheuer. Daran müssen wir immer denken, Mariann, dann wird uns die Arbeit gleich wieder leichter von der Hand gehen. Und wenn wir später einmal Kinder haben und ihnen das alles vererben können, dann werden wir uns immer mit Stolz an das erinnern, was wir heute geleistet haben.«

»Du planst aber schon sehr weit«, sagte Mariann errötend. »Kinder, daran habe ich bis jetzt noch gar nicht gedacht.«

»Wirklich nicht?« neckte Konrad sie und schaute ihr tief in die braunen Augen.

»Ich muß jetzt das Feuer anzünden und uns etwas zu essen machen«, wich Mariann ihm aus. »Und du kannst derweilen das Beil und den Hirschfänger wetzen, sonst schaffen wir morgen noch viel weniger als heute. Schau nur, wie stumpf die Klingen geworden sind ...«

Damit verschwand Mariann, plötzlich wieder ganz leichtfüßig, im Haus. Konrad schaute seiner Frau lächelnd nach. Dann griff er nach einem Steinkeil und machte sich mit schleifenden Schlägen über sein stumpf gewordenes Beil her.

Während der folgenden Tage dengelte Konrad auf diese Weise jeden Abend, damit ihre einfachen Werkzeuge am Morgen wieder scharf waren, und unten am Weiher wuchs zäh genug die ausgerodete Fläche. Immerhin lagen bald viele Stämme kreuz und quer in der Gegend, und das abgehackte Gebüsch türmte sich dazwischen nun schon zu ansehnlichen Haufen. Allmählich bekamen Konrad und Mariann immer mehr Übung bei ihrer schwierigen Arbeit. Konrad konnte nun den Fall der Bäume nach Belieben lenken, so daß es weniger gefährlich war, wenn sie umstürzten, und Mariann führte den Hirschfänger jetzt fast so kräftig, als befände er sich in der geübten Hand eines Landsknechts. Und weil sie sahen, daß ihre Arbeit mühsam aber stetig voranging, gaben sie sich auch nicht mehr der Verzweiflung hin, denn sie wußten jetzt, daß sie es irgendwann einmal geschafft haben würden. Außerdem war der Sommer ja noch lang.

Dann aber ereignete sich etwas, was sie am allerwenigsten erwartet hatten. Den dreizehnten Tag rodeten sie nun schon ununterbrochen, und am späten Nachmittag dieses Tages geschah es.

Aus dem dichten Urwald, der im Osten bis an das Tal heranreichte, erklang plötzlich ein gellendes Geschrei, und als das Paar erschrocken hochfuhr und hinüberschaute, da gewahrten sie eine Bewegung zwischen den Bäumen. Wieder ertönte der fürchterliche Schrei; nun erkannten Mariann und Konrad ein großes, graues Tier mit einem unförmigen Höcker auf dem Buckel, das zwischen den zottigen Bäumen ins Freie brach, kurz verharrte – und dann direkt auf den Weiher zukam.

»Um Gotteswillen, das ist der Teufel persönlich!« schrie Mariann erschrocken. »Schau nur die Hörner auf seinem Kopf an!«

Als Konrad im selben Moment lauthals herausplatzte, fuhr sie entgeistert zu ihm herum.

»Deine Teufelshörner sind nichts weiter als Ohrwaschel, und die sitzen auf dem Schädel eines Maulesels«, sagte Konrad lachend. »Das arme Vieh scheint großen Durst zu haben, deswegen hat es vorhin so geschrieen und rennt nun wie der Leibhaftige zum Wasser.«

»Du hast recht«, gab Mariann zu. »Aber wer hätte auch gedacht, daß plötzlich ein Maulesel in unserer Einöde auftaucht.« Sie schaute zum Weiher hinunter, wo das Tier inzwischen angelangt war und in langen Zügen soff.

»Ja, das wundert mich auch«, pflichtete ihr Konrad, jetzt wieder ernst, bei. »So ganz allein im Wald kann der Maulesel eigentlich ...«

Er brach ab, denn nun erschien unter den Bäumen eine zweite Gestalt, und diesmal handelte es sich um einen Menschen. Konrad und Mariann konnten sein Gesicht noch nicht erkennen, aber sie sahen, daß er schwarze Hosen und eine grüne Joppe trug und offensichtlich nur schwer vom Fleck kam. Als er das Haus und die beiden jungen Leute auf der Rodung gewahrte, stutzte er, begann aber dann heftig mit beiden Armen zu ihnen herüberzuwinken.

»Der will, scheint's, daß wir zu ihm kommen«, sagte Konrad. »Vielleicht ist er verletzt ...«

»Komm!« rief Mariann und lief bereits los.

Als sie den Waldrand auf der anderen Seite des Tals erreichten, saß der Fremde auf einem umgestürzten Baumstamm, hielt sein Bein und schaute den beiden halb ängstlich, halb erleichtert entgegen.

Zögernd traten Konrad und Mariann ganz heran und musterten verstohlen den Mann, der vielleicht vierzig Jahre alt war. Auf einem kräftigen, gedrungenen Körper saß auf kurzem Hals ein runder Schädel, von dichtem, pechschwarzem Haar umrahmt. Der volle Mund schien normalerweise einen pfiffigen Ausdruck zu tragen, jetzt jedoch waren die Lippen vor Schmerz verzerrt. Die dunklen Augen des Unbekannten blickten treuherzig in die Welt.

Am Gürtel trug der Mann ein krummes Messer in lederner Scheide, wie Mariann und Konrad noch nie eines gesehen hatten. Seine Füße steckten in weichen Stulpenstiefeln, von denen der rechte aber zerrissen und mit geronnenem Blut verschmiert war.

Als Mariann das entdeckte, war es mit ihrer Zurückhaltung vorbei. Sie kniete nieder und betastete vorsichtig das verletzte Bein. Der Fremde zuckte zusammen, schaute sie aber dankbar an.

»Wer bist du?« wollte Konrad wissen.

»Ich heiße Slavata und komme aus Böhmen«, antwortete der Fremde mit starkem Akzent. »Ein Händler bin ich, ein Säumer, wie ihr hier sagt. Jetzt befinde ich mich auf dem Weg von der Donau heim nach Eger, aber das blöde Eselsvieh hat … ahhh!«

Mariann hatte dem Böhmen den zerrissenen Stiefel vom Fuß gezogen, was ihm offensichtlich ziemliche Schmerzen verursacht hatte. Es war kein Wunder. Denn über dem Knöchel des Slawen klaffte eine ziemlich große Wunde, deren Ränder entzündet waren und eiterten.

»Was hast du bloß mit deinem Bein angestellt?« erkundigte sich Mariann mitleidig.

Der Händler stöhnte. »Ich wollte es gerade erzählen. Mein Maulesel hat mich gestern abgeworfen und mir dabei einen bösen Huftritt ans Bein versetzt. No ja, er konnte eigentlich nichts dafür, denn ein Fuchs sprang unversehens über den Weg und erschreckte ihn. Aber er riß mir aus, und ich bin ihm die ganze Zeit über nachgerannt, ohne ihn wieder packen zu können.«

»Auch während der Nacht?« fragte Konrad entgeistert.

Der Säumer nickte beschämt. »Das dumme Vieh hat mich zum Narren gehalten von Sonnenuntergang bis Sonnenaufgang. Wenn ich dachte, jetzt habe ich es, war es auch schon wieder im Wald verschwunden. Und heute früh hatte ich mich total verirrt. Ich hetzte dem dummen Esel auch noch den ganzen heutigen Tag nach, und auf diese Weise bin ich zu euch gekommen. Wollt ihr mir eure Namen sagen – und wie der Ort heißt?«

Mariann stellte sich und Konrad vor, dann erklärte sie: »Unsere Rodung hier nennen wir Bärnreuth, und der Berg oberhalb ist der Arber. Die nächste Siedlung liegt ungefähr einen Tag von hier im Süden, und eineinhalb Tage weiter kommst du nach Weißenstein.«

»In der Nähe der Burg ist mir ja gestern der Maulesel durchgegangen«, antwortete der Böhme.

»Hier scheint es ihm aber zu gefallen«, meinte Konrad und deutete zum Weiher hinüber, wo das Grautier inzwischen friedlich graste.

»Laßt den Esel jetzt«, mischte sich Mariann ein. »Wir werden ihn nachher schon einfangen und festbinden. Aber zuerst muß deine Wunde versorgt werden, Slavata. Glaubst du, du kannst es noch bis zu unserem Haus schaffen?«

»Wenn ihr mich stützen wollt, wird es schon gehen«, erwiderte der Händler. »Ihr seid gute Leute, weil ihr mich nicht einfach im Wald liegenlaßt, wo ihr mich doch gar nicht kennt.«

»Das wäre ja noch schöner«, sagte Mariann empört, »wenn wir einem Hilflosen nicht beispringen würden.« Damit legte sie sich den Arm Slavatas um die Schultern und zog ihn hoch. Konrad griff auf der anderen Seite zu, und so brachten sie den Verletzten zum Haus. Als sich Slavata drinnen im Schatten befand, stöhnte er erleichtert auf. Mariann dirigierte ihn zum Bett, und er legte sich nieder.

Während Mariann die Beinwunde mit frischem Wasser auswusch, ging Konrad zum Weiher hinunter, um sich um den Maulesel zu kümmern. Das Tier ließ sich anstandslos einfangen und zum Haus führen. Konrad band den Esel neben der Tür an. Und da erst fiel ihm auf, daß das Tier einen umfangreichen Packen auf dem Rücken trug. Darin mußte sich das Handelsgut des Säumers befinden. Konrad löste die Schnüre, hob den Pakken herunter und trug ihn ins Haus.

»Die Wunde schaut gar nicht gut aus«, sagte Mariann gerade, als Konrad hereinkam. »Da ist dir eine Menge Schmutz hineingekommen, und nun quillt der Eiter. Ich weiß gar nicht recht, was man dagegen tun soll. Ausgewaschen habe ich's – aber ob das genügen wird …«

»Wie mein Vetter von einem Roß getreten wurde, hat er sich mit Bärentalg behandelt«, stöhnte Slavata. »Und die Wunde ist geheilt wie nichts. Aber ihr werdet hier wohl kein solches Wundermittel haben. Man sagt ja, daß die Kraft eines Bären alle Krankheiten besiegt …«

»Und ob wir Bärenschmalz haben!« rief Konrad. »Wir haben doch damals einen ganzen Topf voll ausgelassen. Schnell, hol ihn her, Mariann!«

»Wirklich? Heiliger Wenzel von Prag, das ist ein Glückstag für mich!« rief Slavata, während Mariann schon lief, um das Schmalz aus dem anderen Raum zu holen.

Wenig später wurde das verletzte Bein des Böhmen mit dem heilkräftigen Bärenfett versorgt, und Slavata schien sich – ob es nun Einbildung war oder etwas anderes – beinahe augenblicklich besser zu fühlen. Bequem und schon wieder mit rosigen Bakken lag er auf der Bettstatt, einen Trunk frischen Wassers und Räucherfleisch neben sich, und unterhielt sich lebhaft mit seinen Gastgebern, die für diesen Tag natürlich mit dem Roden Schluß gemacht hatten.

»Ich hätte es für unmöglich gehalten, in dieser abgeschiedenen Gegend auf Menschen zu stoßen«, sagte er. »Zu welcher Herrschaft gehört ihr denn eigentlich?«

»Zu keiner«, bekannte Konrad. »Wir mußten in unserer Heimat flüchtig werden und haben uns hier verkrochen.« Er schaute Mariann an, und als diese zustimmend blinzelte, erzählte er Slavata die ganze Geschichte.

Der Böhme hörte schweigend zu; als Konrad geendet hatte, nickte er. »Ich war ja unten an der Donau, die letzten Wochen«, sagte er. »Hab' dort Salz gegen böhmisches Glas und Rosenkranzkugeln eingetauscht. Und dabei habe ich von eurer Flucht auch aus anderen Mündern erfahren.« Als er Konrads und

Marianns erschrockene Gesichter sah, setzte er schnell hinzu: »Nein, keine Angst! Ich verrate euch nicht. – Aber die Menschen unten am Strom reden über euch, und viele sind stolz auf euch, weil ihr es dem Natternburger einmal gezeigt und ihm die Grenze seiner Macht gewiesen habt. Mehr als einer hat mir gesagt, daß er euch mit Freuden vor der Rache des Ritters auf seinem eigenen Hof verborgen hätte. Aber der Natternburger selbst, der Blutschinder, hat euch grimmige Rache geschworen.

Als ich auf Eck war, auf der anderen Seite der Donau, da habe ich erfahren, daß er mit dem dortigen Ritter beim Wein gesessen hat und jenem versprach, er werde euch schon noch bekommen, und dann müßtet ihr zuerst aufs Rad und dann mit gebrochenen Gliedern ins Burgverlies ...«

»Weiß der Natternburger denn, wohin wir geflohen sind?« unterbrach Konrad den Böhmen.

»Nein, seine Büttel konnten keine Spur von euch ausfindig machen«, antwortete Slavata. »Aber das ist es ja gerade, was ihn so wütend macht. Er behauptet, ihr wärt mit dem Teufel im Bunde, obwohl er das natürlich selbst nicht glaubt, und ihr müßtet schon deswegen eine furchtbare Strafe bekommen. Wahrscheinlich ahnt er aber, daß ihr irgendwie über den Strom gelangt seid und euch in den Wald geschlagen habt.«

»Dann sei uns die Madonna gnädig«, flüsterte Mariann betroffen.

Doch Slavata wußte sie schnell zu trösten. »Schau«, sagte er, »ich wandere nun schon seit zwanzig Jahren durch den böhmischen und den bayerischen Wald, und doch habe ich mich gestern rettungslos verirrt. Es war ein reiner Zufall, daß ich in das Tal hier gelangt bin, und es konnte bloß geschehen, weil mein Maulesel, das dumme Vieh, mir durchgebrannt ist. – Der Berg hier liegt so abseits von den wenigen Wegen, die durch das Gebirge führen, daß ich vielleicht euer einziger Besucher in Jahren bleiben werde. Ihr habt euch ein gutes Versteck ausgesucht, und ich glaube nicht, daß der Natternburger euch hier finden kann. Wenn aber doch einmal seine Knechte hier auftauchen sollten, was Gott verhüten möge, so habt ihr schließlich Waffen und kennt den Urwald besser als sie.« Bei diesen Worten warf Slavata einen bezeichnenden Blick auf den Wildschweinspieß, den Bogen und den Hirschfänger, die an der Wand hingen.

Mariann schaute zwar noch immer ein wenig ängstlich drein, aber als Konrad sie daran erinnerte, daß er ja schon einmal mit einem gewappneten Knecht des Natternburgers fertig geworden war, da beruhigte sie sich allmählich. »Du mußt halt den Mund halten über unser Versteck hier«, wandte sie sich an Slavata. »Dann wird's schon nicht so gefährlich werden.«

»Wie ein Grab werde ich schweigen«, versprach der Böhme. »Ich werde doch die guten Leute nicht ins Unglück bringen wollen, die mir in meiner Not geholfen haben. Die Schmerzen in meinem Bein haben wirklich schon stark nachgelassen. Das Bärenfett wirkt Wunder, und ich werde in zwei oder drei Tagen meine Wanderung fortsetzen können. Ich werde zwar ein Stück zurücklaufen müssen, aber wenigstens weiß ich nun wieder, wo Weißenstein und der Weg nach Böhmen hinüber zu finden sind.«

Die nächsten Tage, die sich Slavata noch auf Bärnreuth aufhielt, wurden kurzweilig für alle drei Bewohner des Bergbauernhofes. Als sich der Händler nämlich erst einmal von seiner Wunde zu erholen begann, da stellte sich heraus, daß er voll der schnurrigsten Geschichten steckte, aber auch viel Interessantes aus der weiten Welt zu erzählen wußte.

Während Mariann und Konrad rodeten, saß er in der Nähe auf einem Baumstumpf und berichtete ihnen von der Goldenen Stadt Prag, die ein wahres Wunder auf Erden sein mußte, oder er sprach vom heiligen Wenzel, dem Schutzpatron Böhmens, der vor mehr als vierhundert Jahren in Prag gelebt und das Christentum dorthin gebracht hatte. Aber die böhmischen Heiden, von seiner eigenen Mutter Dragomira dazu bewogen, hatten ihn zuletzt erschlagen.

Dann wieder erzählte Slavata von seinen Handelsfahrten, die ihn schon weit über die Donau hinaus und bis zu den Alpen im Süden geführt hatten. Er hatte dort Berge gesehen, auf denen der Schnee das ganze Jahr über nicht schmolz, und im Salzkammergut Salinen, aus denen das köstliche Gewürz in ganzen Wagenladungen herausgefahren wurde. Diese Reichtümer gehörten dem Kloster Berchtesgaden, und die Mönche lebten dort in Saus und Braus.

Von den großen Flößen auf der Isar berichtete Slavata, auf welchen das Salz nach Norden gebracht wurde, vorbei an den Städten, welche die Wittelsbacher vor gut hundert Jahren entlang des Flusses gegründet hatten: Landshuet, Thingelfing und Landaw, und von letzterer Stadt wußte der Böhme zu erzählen, daß die dort seit Jahrhunderten ansässig gewesenen Ritter von Awhausen wenige Jahre nach der Stadtgründung ausgestorben seien, wobei man heute noch munkelte, daß der Herzog dabei die Hand im Spiel gehabt habe, indem er die Ritter Hadamar und Rapoto habe vergiften lassen. Doch sei Herzog Ludwig kurz darauf selbst von einem Unbekannten erstochen worden.

»Es ist schon eine seltsame Sache um die Mächtigen in der Welt«, sagte Slavata einmal. »Da hat ihnen der Herrgott die Kraft gegeben, alles zu lenken und zum Guten zu richten, aber sie mißbrauchen ihre Macht und wissen nichts anderes, als zu meucheln und zu morden und ihren Untertanen wie Raubtiere im Nacken zu sitzen. Es scheint mir so, daß der Mensch nur dann gut sein kann, wenn er bescheiden bleibt. Das sehe ich an euch wieder einmal bestätigt. Ihr schindet euch mit dem Urwald hier bis aufs Blut, habt selbst nicht viel zu beißen und habt mir trotzdem geholfen, obwohl ihr mich noch nie im Leben gesehen habt. Und das werde ich euch meiner Lebtag nicht vergessen, auch wenn ich euch schon bald wieder verlassen muß.«

»Das ist schade«, bekannte Mariann offen. »Denn wir haben dich beide liebgewonnen, und von uns aus könntest du für immer auf Bärnreuth bleiben.«

»Das geht leider nicht«, erwiderte Slavata, »denn zu Hause warten Weib und Kind auf mich und würden verhungern müssen, käme ich nicht bald mit meiner Ware zurück. Aber ich werde auch wieder nach Süden wandern, und dann schaue ich gerne bei euch vorbei, wenn ich darf. Den Weg weiß ich ja inzwischen – der Arbergipfel ist ein gutes Merkzeichen.«

»Bis du wiederkommst, wirst du Bärnreuth nicht mehr erkennen«, versprach Konrad übermütig. »Schau nur, wie weit wir mit dem Roden vorangekommen sind, die paar Tage, die du bei uns warst. Bis zum Herbst ist der Flecken fertig, und im nächsten Jahr wird schon goldgelber Hafer hier stehen. – Aber schade ist's doch, daß du uns verlassen mußt, Slavata. Wann willst du denn aufbrechen?«

»Morgen bei Sonnenaufgang«, antwortete der Böhme. »Aber vorher habe ich noch ein Geschenk für euch. Kommt mit zurück zum Haus. Es wird sowieso gleich dunkel, und euer Tagwerk ist für heute getan.«

Neugierig folgten Mariann und Konrad dem Böhmen, der wieder ohne Beschwerden ging. In der Hütte öffnete Slavata seinen Packen, der seit seiner Ankunft unbeachtet in einer Ecke gelegen hatte. Er griff hinein und stellte drei kinderkopfgroße Ledersäckchen auf den Tisch.

»Mach's auf!« forderte er Mariann auf, während er lächelnd einen Schritt zur Seite trat.

Mariann gehorchte, gleich darauf stieß sie einen entzückten Schrei aus. In der Hand hielt sie einen schmutziggrauen Brokken. »Salz!« rief sie. »Ach, Slavata, du weißt ja gar nicht, was für eine Freude du uns damit machst. Schon so lange haben wir auf dieses Gewürz verzichten müssen, und nun können wir sogar Fleisch für den Winter einpökeln. Aber es ist zuviel! Die Säcke sind ja ein Vermögen wert, und bei einem reichen Bürger oder Ritter könntest du Gold dafür bekommen.«

»Nehmt's nur, und wenn ich wiederkomme, dann ladet ihr mich zu einem Stück Pökelfleisch ein«, antwortete Slavata lachend. »Ich hab' noch genug davon übrig, so daß ich zu Hause meinen Gewinn schon machen werde.«

»Aber wiederkommen mußt du wirklich«, sagte Konrad. »Das versprich uns!«

»Im nächsten Frühjahr ziehe ich wieder hinunter ins Salzkammergut«, antwortete der Händler. »Dann werde ich bei euch vorbeischauen. Und bis dahin wünsche ich euch, daß euer Bärnreuth wächst und gedeiht.«

»Der Herrgott vergelt's dir«, sagte Konrad. »Nimm Salz, Mariann, und koche uns eine würzige Suppe zum Abendessen. Wir wollen es uns heute noch einmal lustig machen mit unserem Gast.«

Und so war es dann auch. Bis der Mond hell am Himmel stand, saßen das junge Paar und der Böhme, der ihr Freund geworden war, noch beisammen und unterhielten sich bestens.

Als Slavata am nächsten Morgen davonzog, wobei ihm sein Maulesel jetzt wieder willig folgte, schauten sie ihm noch lange nach. Dann machten Konrad und Mariann sich wieder an ihr mühsames Tagwerk, doch es ging ihnen nun leichter von der Hand, denn sie wußten seit dem Besuch Slavatas, daß sie gar nicht mutterseelenallein im Urwald lebten und daß sie einen Freund gefunden hatten.

VI

Aus der Chronik des Eginhart Bärnreuther, Bauer auf Bärnreuth:
»Haben der Ahn Konrad und sein Weib Mariann den ersten Feldflecken gereuthet bis zum Hirgst, und waren rechtschaffen froh drum.
Und ist im Winter ein Jager kummen, der hauset dann im Bärnloch und hat dem Ahn tapfer beigestanden gegen die Wölf.«

Der Sommer hatte sich längst seinem Ende zugeneigt, und schon färbten die kalten Herbstnächte das Laub der Bäume auf Bärnreuth braun, gelb und rot.

In den Siedlungen drunten im Donautal hatten die Leibeigenen ihren bescheidenen Erntedank gefeiert und die Früchte ihrer ganzjährigen Mühe auf die Burgen geschleppt. Für die beiden Bärnreuther aber gab es in diesem Jahr noch nichts zu ernten; Mariann und Konrad rodeten immer noch ihr erstes Feld.

Jeden Tag fielen weitere Stämme auf dem rechteckigen Flekken oberhalb des Weihers, schichtete Mariann abgeschlagenes Gestrüpp zu Haufen. Sie taten die Arbeit jetzt schwer und zäh, ohne noch viel über die knochenbrechende Mühsal nachzudenken, und der Herbst hatte bereits die ersten Frostnächte gesandt, als sie endlich beendet war.

Ungefähr einhundertzwanzig Schritte lang und die Hälfte breit lag der ausgerodete Flecken nun da, dem Talgrund zu vom Weiher begrenzt, oberhalb bis nah an das Haus heranreichend: der Schinderlohn eines ganzen Sommers und fast des gesamten Herbstes.

Ruppig und unfertig genug sah die Rodung auch jetzt noch aus. Überall stachen die hellen Stümpfe der abgeschlagenen Bäume durch das niedergelegte Gestrüpp, Tannen- und Birkenreiser bedeckten vertrocknet den zertretenen Boden oder hingen zerquetscht an den Flanken der vom Berg herabgerollten Findlinge.

Das Tal bot einen Anblick, als sei ein schwerer Sturm darüber hingegangen und habe alles Wachstum in die Erde gedrückt und gebrochen, und doch sollte aus dieser Zerstörung bald neue, veredelte Frucht wachsen.

Als der letzte Baum gefallen war, standen Mariann und Konrad lange da und betrachteten ihr Werk. Konrad hielt immer noch das Beil in der Hand, aber nun ließ er es müde zur Erde hängen. Endlich legte er den anderen Arm um Marianns Schultern und sagte leise: »Wir haben gut zusammengeholfen – und jetzt brauchen wir das Land bloß noch abzubrennen, ehe der erste Schnee kommt.«

»Der wird nicht mehr lange auf sich warten lassen«, antwortete die Frau. »Ich habe schon heute morgen einen solchen Ruch in der Luft gespürt – von Böhmen her.«

»Ja, ich mein's auch«, stimmte Konrad zu. »Für heute ist es zu spät, um noch anzubrennen, aber gleich morgen wollen wir es anpacken. Drei, vier Tage wird's dauern, bis alles verkohlt ist, aber dann können wir uns einmal eine ruhigere Zeit machen.«

»Wird immer noch genug zu tun geben«, versetzte Mariann, die in den letzten Monaten deutlich magerer geworden war. »Wir haben kaum noch Fleisch, und du wirst diesen Winter viel jagen müssen.«

»Für heute abend muß es aber noch zu einem Festmahl reichen«, sagte Konrad unbekümmert.

»Ja, dafür muß es auslangen.« Mariann löste sich aus Konrads Umarmung und ging zum Haus hinauf, denn die Nacht sandte ihre ersten Schatten schon in das Arbertal.

Am nächsten Morgen lag Frost in der Luft, und die gefällten Baumstämme waren von silbrigem Rauhreif bedeckt. Als Konrad die Fackel an den ersten Reisighügel legte, wollte das Feuer nur zögernd Fuß fassen. Es sprotzelte zuerst nur an den dürren

Zweigen, und erst, als der Reif verdampft war, leckte die Flamme kräftiger hoch und packte schließlich den ganzen Haufen. Als der aber erst einmal brannte, ging es leicht. Der Wind stand auf den Teich zu und trug die Funken vom oberen Feldende schnell weiter. Neue Brandherde entstanden, zuerst in den Reisighaufen, um dann auch die schweren Stämme hitzig zu packen; Rauchwirbel bildeten sich in den Klüften dazwischen, und weiße verglühte Rindenpartikel wurden in den Himmel geblasen. Der Saft im Holz begann zu kochen und brachte es knallend zum Bersten, Geäst wand sich in der Hitze, als sei es lebendig geworden, und im Tal wurde es so warm, als sei der Sommer zurückgekehrt.

Konrad und Mariann begannen zu schwitzen, während sie dem Feuer nachrannten, es weiterverteilten und dem Holz immer wieder unterlegten. Ihre Gesichter und Hände färbten sich rußig – so wie das ganze Bärnthal, das seinem unteren Ausgang zu bald von einer dunklen Qualmwolke bedeckt war.

Und die verzog sich nun den ganzen Tag nicht mehr, schwelte nur in der Nacht dünner weiter, als sie nicht mehr von den Menschen genährt wurde, verstärkte sich aber den folgenden und auch den übernächsten Tag wieder. Erst im Lauf des vierten Tages schrumpfte die Wolke allmählich zusammen und legte sich in der Nacht darauf ganz. Denn nun war alles verzehrt, was dem Feuer irgendwie Nahrung hatte bieten können. Als Mariann und Konrad am Morgen wieder auf die Rodung hinauskamen, da erblickten sie nur noch geborstene und zusammengefallene Baumstümpfe und darüber, auf dem ganzen Feld, eine gleichmäßige, weißgraue Ascheschicht, in der es nur da und dort noch dünn schwelte.

»Wenn jetzt Schnee fallt, dann treibt er die Asche in die Erde und macht sie fruchtbar für die erste Saat«, sagte Konrad zufrieden. Dann machte er sich daran, die letzten stehengebliebenen Baumstümpfe mit Hilfe seines Beils zu zerschlagen. Es ging leicht; die Holzruinen zerfielen wie Zunder unter seinen flachen Schlägen.

Schon wenige Tage darauf kam der Winter. Am späten Nachmittag begann der Schnee in großen, noch feuchten Flocken zu fallen. Der Gipfel des Arber und seine Flanken waren milchig verhangen, die vielfältigen Geräusche im Bergwald klangen gedämpfter und verstummten schließlich fast ganz. Zuerst schmolz der Schnee noch, sobald er die Erde berührte, doch als die Nacht einbrach, da blieb er liegen, und am nächsten Morgen bedeckte er fast eine Handbreit hoch das ganze Tal, lastete weich auf dem Geäst der Bäume.

Konrad und Mariann hielten sich an diesem ersten Schneetag in der Hütte auf, wo die Ritzen der Wände gut mit Moos und Lehm abgedichtet waren. Das Feuer in dem einfachen Herd brannte den ganzen Tag über und schickte seinen Qualm durch das Rauchloch ins Freie. Mariann kochte in einem irdenen Topf eine kräftige Suppe aus Salzfleisch. Es stammte immer noch von dem Bären, den Konrad im Sommer erlegt hatte, aber nun waren bloß noch wenige Stücke übrig.

Sie hatten bereits vor einigen Tagen darüber gesprochen; jetzt, während er die Suppe schlürfte, nahm Konrad das Thema wieder auf: »Ich muß auf die Jagd gehen; wir brauchen einen Vorrat für den Winter. Eigentlich bin ich leichtsinnig gewesen. Ich hätte früher dafür sorgen müssen, aber ich habe an nichts anderes gedacht als an die Rodung.«

»Das Wild ist gerade jetzt so feist wie sonst nie im Jahr«, tröstete Mariann ihn. »Es hat sich den Sommer und Herbst über gemästet, um den Winter zu überstehen. Das wird uns nun zugute kommen, wenn du tüchtig bist. Aber gerate mir bloß nicht noch einmal an einen Bären!«

»Ein zweites Fell könnten wir schon brauchen«, entgegnete Konrad. »Ich habe gespürt, wie du heute nacht vor Kälte gezittert hast.«

»Mit Rehdecken oder Hasenfellen kann man sich auch wärmen«, antwortete Mariann. »Aber du hast recht. Unser Bettzeug und auch unsere Kleider taugen nicht für den Winter. Wir müssen jetzt warme Sachen haben, sonst erfrieren wir.«

»Gleich morgen gehe ich in den Wald«, versprach Konrad. »Aber du kannst auch helfen. Wenn du Schilf vom Weiher holst, kannst du Matten für das Bett, den Hüttenboden und die Wände flechten. Das hält die Kälte ab und wird's uns gemütlicher machen. Brennholz haben wir ja Gottseidank genug vom Roden übrig behalten. Das wird uns gut den ganzen Winter ausreichen.«

Mariann nickte. »Trotzdem sehne ich mich jetzt schon nach dem Frühling«, sagte sie. »Das Tal und der Berg kommen mir ganz tot vor unter all dem Schnee. So jäh ist der Winter daheim an der Donau nie eingefallen.«

»Aber dort mußten wir für den Natternburger Holz fahren und Steine auf die Burg schleppen«, erinnerte Konrad seine Frau. »Und wenn wir zu Weihnachten das letzte Schwein und das vorletzte Huhn gezinst hatten, dann hatten wir oft selbst nichts mehr zu beißen.«

»Das ist wahr, auch wenn ich es schon fast vergessen hatte«, stimmte Mariann zu. »Ob es wohl unsere Eltern sehr schwer haben werden in diesem Winter? Oder ob der Burgvogt sie gar gestraft hat, weil wir geflohen sind?«

»Du darfst dir darüber nicht den Kopf zerbrechen – wir haben genügend eigene Sorgen«, wies Konrad sie ruhig, aber bestimmt zurecht. »Aber wenn ich im Frühjahr um das Saatgut zum Erwein nach Weißenstein gehe, dann werde ich mich einmal umhören, ob ich was erfahren kann über die Stauffer.«

»Bis dahin ist's noch lang«, seufzte Mariann. »Auf jeden Fall werde ich jeden Tag für unsere Eltern beten.«

»Wenn du in Liebe an sie denkst, hast du auch gebetet«, meinte Konrad. »Aber mach es, wie du willst. Und morgen geh' ich auf die Jagd. Mit ein bißchen Glück können wir es hier drinnen im

Wald am Ende noch fetter haben als früher unter dem Burgherrn.« Er stellte die geleerte Suppenschüssel neben den Herd, legte sich auf das einfache Lager und lauschte mit geschlossenen Augen nach draußen auf das leise Flüstern des Schneefalls.

Am nächsten Morgen brach Konrad schon in aller Herrgottsfrühe zur Pirsch auf. Es war sehr kalt geworden, der Neuschnee über Nacht ausgefroren. Der Frost biß Konrad in die nackten Füße, und er nahm sich vor, für sich und Mariann aus dem ersten Fell, das er erjagen würde, warme Schuhe und Strümpfe anzufertigen. Doch für heute mußte es auch so gehen, und Konrad lief rascher, um sein Blut in Wallung zu bringen.

Als er das Tal durchquert und den Urwald erreicht hatte, war es nicht mehr ganz so schlimm. Denn der Ostwind drang kaum in den Verhau der dicken Baumstämme ein, und auch die Schneedecke war dünner. Immerhin reichte sie aber aus, um die Fährten der Tiere zu bewahren, die hier gelaufen waren. Konrad entdeckte bald die gespaltenen Siegel eines kräftigen Rehs, nahm seinen Bogen schußbereit zur Hand und folgte ihnen. Die Fährte führte zunächst ein Stück den Berg hinauf und zu einem moosbewachsenen Platz, wo das Reh offensichtlich während der Nacht Nahrung gesucht und gefunden hatte, denn die Stelle war zertreten und aufgescharrt. Anschließend bewegte sich aber die Kette der Trittsiegel wieder bergab und lief endlich auf Umwegen zu jenem Tal, in dem Konrad und Mariann damals, im Frühsommer, ihre erste kleine Hütte errichtet hatten.

Das Gebäude stand noch, wenn sich auch das Dach etwas gesenkt hatte. Konrad lächelte, als er an die einzige Nacht dachte, die er hier zusammen mit Mariann verbracht hatte, dann folgte er vorsichtig weiter der Rehfährte. Sie wies um die Hütte herum und zum Bach. Dann zog sie sich in ein Gestrüpp ganz in der Nähe – ohne auf der anderen Seite wieder zum Vorschein zu kommen. Das Wild mußte also noch in dem Gebüsch stekken.

Konrad legte einen Pfeil auf die Bogensehne und schlich gegen den Wind näher heran. Fünf, sechs Schritte trennten ihn noch von dem Gebüsch, da sprang das aufgestörte Reh plötzlich ins Freie. Es handelte sich um einen schönen Bock, der jetzt in langen Fluchten talwärts hetzte. Ein, zwei Sekunden noch, und er mußte sich außer Schußweite befinden.

Aber da hatte der Jäger die Sehne bereits mit voller Kraft zurückgezogen, so daß die Pfeilspitze mit ihrem hinteren Ende das Bogenholz berührte, und einen Lidschlag später zischte der Pfeil los.

Ein Singen war in der Luft, als sei kurz eine Harfensaite angeschlagen worden, und dann stürzte der Bock auch schon unter einem waidgerechten Treffer. Der schlanke braune Körper krampfte sich zusammen, dann lag der Bock mit nach außen geschwungenem Hals still. Nur der gefiederte Pfeilschaft zuckte noch ein paarmal leicht hin und her.

Konrad kniete neben seiner Beute nieder, öffnete mit dem Hirschfänger die Halsschlagader und begann den Bock an Ort und Stelle aufzubrechen. Es ging ihm leichter von der Hand als damals bei dem Bären, und er achtete sorgfältig darauf, das dichte Fell nicht unnötig zu beschädigen. Nach einer halben Stunde war es geschafft. Konrad band Vorder- und Hinterläufe des Bockes mit Rindenstreifen zusammen, die er von den Büschen in der Nähe schälte. Danach schlug er mit dem Hirschfänger einen etwa zwei Ellen langen Stock ab und schob ihn unter den zusammengebundenen Läufen durch. Jetzt konnte er sich seine Beute leicht auf den Rücken heben, so daß der Stock quer über seinen Schultern lag. Die beiden Enden zwängte er unter seine Ellenbogen, dann nahm er vorsichtig seine Jagdwaffe auf, die er inzwischen an einen Baum gelehnt hatte, und machte sich auf den Heimweg.

Es war noch nicht einmal Mittag, da konnte er Mariann den feisten Bock bereits neben den Herd legen. Konrad war stolz, denn mit einem solch schnellen und üppigen Jagderfolg hatte er selbst nicht gerechnet.

Mariann aber war überglücklich. Sie fiel Konrad zuerst einmal um den Hals, dann meinte sie: »Wenn du noch drei oder viermal solches Glück hast, dann brauchen wir uns in diesem Winter keine Sorgen mehr zu machen.«

»Haben wir denn noch Salz genug, um das Fleisch damit einzureiben?« wollte Konrad wissen.

»Noch zwei und ein halbes Säckchen«, antwortete Mariann. »Und im Frühjahr wird ja Slavata kommen und uns sicher neues bringen.«

»Wenn er von Böhmen nach Süden ins Gebirge wandert, wird er keines dabeihaben«, entgegnete Konrad. »Er muß es ja erst in Hallein holen, und darüber wird's Sommer werden. Wir müssen also schon noch ein gutes halbes Jahr mit dem auskommen, was wir haben.«

»Es wird trotzdem reichen«, beharrte Mariann. »Wollen wir gleich mit dem Räuchern anfangen?«

»Ja, ich gehe heute nicht mehr auf die Jagd. Vorerst haben wir wirklich genug«, sagte Konrad.

»Dann los!« Mariann konnte es kaum erwarten, mit dem Anlegen ihres Wintervorrats zu beginnen. Und so schälten sie gemeinsam den Bock aus seiner Decke und schnitten das Fleisch in handgerechte Portionen. Vorher entfernten sie jedoch die Sehnen, die Mariann später gut als Nähgarn verwenden konnte, und schlugen auch die Gewichte und die Klauen ab, aus denen sich allerlei Nützliches für den Hausstand herstellen ließ.

Von den Innereien bereitete Mariann zwischendurch eine kräftige Suppe, die sie heißhungrig aßen, und als es Abend wurde, da hatten sie alles Fleisch bereits mit Salz eingerieben, so daß sie es in den Kamin hängen konnten, wo der Herdrauch es noch besser haltbar machen sollte. Für mehrere Wochen hatten sie nun wieder Nahrung, doch Konrad nahm sich vor, schon am nächsten Tag erneut auf die Pirsch zu gehen, um so bald wie möglich einen Wintervorrat zusammenzubringen.

Und das tat er dann auch, während Mariann das Fell des ersten Bockes reinigte und notdürftig gerbte, so daß Konrad schon am dritten Tag nicht mehr barfuß in die Kälte hinaus mußte, denn Mariann hatte ihm aus einem Teil der Rehdecke ein Paar warme und bequeme Schuhe genäht.

Im Verlauf der folgenden Woche blieb Konrad das Jagdglück treu. Er erlegte einen weiteren Bock und drei schöne Geißen, deren Felle sie zum Trocknen an die Hauswand spannten und dann im Lauf der Zeit herrlich weich gerbten und walkten. Zwar verloren die Rehdecken nie ganz einen eigentümlichen herben Geruch, doch sie wärmten, mit der Haarseite nach innen getragen, prächtig und waren auch im Bett nicht zu verachten. Und der Kamin hing jetzt so voller Fleisch, daß der Herdrauch manchmal ins Haus zurückgedrückt wurde, wenn der Wind ungünstig stand. Als Konrad an seinem vorerst letzten Jagdtag auch noch mit einer reichen Ausbeute an Hasen und Rebhühnern zurückkehrte, da stellte es sich heraus, daß sie all das Fleisch gar nicht mehr im Rauchfang unterbringen konnten.

»Wir können es aber doch nicht wegwerfen oder auf einen Sitz aufessen«, jammerte Mariann in komischer Verzweiflung.

Konrad überlegte kurz und entschied dann: »Wenn wir das Kleinfleisch kräftig anbraten, dann wird es sich jetzt im Winter auch droben in der Höhle halten. Wir richten uns dort einfach ein zweites Vorratslager ein und sind aller Sorgen ledig.«

Mariann war einverstanden, und kurz vor Sonnenuntergang trugen sie das in Tontöpfen verpackte Fleisch, das zusätzlich noch in einer dünnen Salzlauge schwamm, zur Höhle hinauf, die sie seit dem Sommer nicht mehr betreten hatten. Konrad hatte keinen Anlaß dazu gesehen, und Mariann mied die Grotte sowieso, nachdem sie dort die urzeitlichen Knochen entdeckt hatte. Doch jetzt waren sie froh um den Platz, denn in der Höhle, so glaubten sie jedenfalls, würden die Nahrungsmittel gut aufgehoben sein.

Sie wählten die Nische, die einst dem Braunbären als Lagerstätte gedient hatte, und stellten die Fleischtöpfe hinein. Dann schichteten sie, eigentlich nur der Form halber, ein paar Steine darüber.

»So, da liegt es gut, bis wir es brauchen«, sagte Konrad zuletzt. »Jetzt wollen wir machen, daß wir in unser Haus zurückkommen. Dort ist's entschieden wärmer als hier.«

Sie verließen die Höhle, ohne den Eingang, wie damals, zu verrammeln, im letzten Tageslicht. Lautlos lagen das Tal und der Bergwald da, während es schon wieder leicht zu schneien begann. Doch in der Hütte brannte das Herdfeuer, kein Windstoß konnte durch die dicken Balken dringen, und sie spürten, wieviel Geborgenheit ihnen das kleine Haus schenkte.

Während der Nacht wurde aus dem Schneewind ein wütender Sturm, der in unberechenbaren Stößen von Böhmen her über das Waldgebirge fegte. Mariann und Konrad schliefen längst, doch allmählich drang das Heulen in ihre Träume; sie wurden unruhig, und zwischen Mitternacht und Morgengrauen erwachten sie gleichzeitig.

Als Mariann sich aufrichtete, merkte sie, wie klamm das Bärenfell geworden war, unter dem sie lagen. »Das wütet dort draußen, als würde die Welt untergehen«, murmelte sie schlaftrunken.

»Ja, es hört sich schlimm an«, bestätigte Konrad. »Als tobe die Wilde Jagd über den Wald.« Er legte schützend beide Arme um Mariann.

In diesem Moment setzte der Sturm plötzlich aus, als wolle er Atem für den nächsten Angriff auf das Tal holen. Die Stille war beinahe noch bedrückender als der Lärm zuvor. Und dann hörten die beiden verängstigten Menschen in der Hütte auf einmal einen anderen Laut. Der Sturm hatte georgelt, doch das

Heulen, das jetzt erklang, war gefährlich dünn und gellend. Es schwoll an und wieder ab und ging dann in ein heiseres Knurren über. Gleich darauf wurde es aber von dem wieder einsetzenden böhmischen Wind verschluckt.

Mariann stand, ohne daß sie es wußte, der kalte Schweiß auf der Stirn. »Was war das?« flüsterte sie beklommen, so daß ihre Stimme kaum zu vernehmen war.

Auch Konrad spürte die Angst, bemühte sich aber, sie seinem Weib nicht zu zeigen. »Der Sturm hat uns wohl genarrt«, sagte er. »Man hört vieles in einer solchen Nacht, was es in Wirklichkeit gar nicht gibt. Vielleicht ist ein Baum umgebrochen oder ein Steinschlag zu Tal gegangen.«

»Ja, das wird es gewesen sein«, antwortete Mariann, die nur zu gerne an eine harmlose Ursache für die seltsamen Geräusche glauben wollte. Sie rollte sich wieder zusammen und steckte den Kopf unter das Bärenfell, um nur ja nichts mehr zu hören.

Konrad dagegen saß noch eine Weile auf dem Lager auf und lauschte angespannt in die Nacht hinaus. Er hatte Mariann beruhigen können, sich selbst jedoch nicht. Konrad war nun schon zu sehr mit dem Wald und der Natur verbunden, er hatte zu viele Pirschgänge hinter sich, um eine Gefahr nicht zu spüren, wenn sie da war. Und er ahnte, daß sich dort draußen im Wald etwas tat, was sich keinesfalls durch einen Windbruch oder Steinschlag erklären ließ.

Am liebsten hätte er sich bewaffnet und wäre hinausgegangen, um sich seiner Angst zu stellen. Dann sagte er sich aber, daß dies in der Dunkelheit sträflicher Leichtsinn sei und daß er auf jeden Fall das Tageslicht abwarten müsse.

Der Sturm wütete mit unverminderter Gewalt fort, und noch mehrmals glaubte Konrad zwischen den einzelnen Stößen das unheimliche Heulen und Knurren zu hören. Es schien aus der Richtung der Bärenhöhle zu kommen. Doch dann forderte die Natur auch von Konrad wieder ihr Recht; er sank zurück und schlief endlich ein. Aber wirklich ruhig wurde er in dieser Nacht nicht mehr, denn schwere Träume plagten ihn.

Am nächsten Morgen war das Schlimmste vorüber; nur vereinzelte jähe Windstöße fächerten noch von Osten her über den Arber und beugten die Baumwipfel. Zwischen den jagenden Wolkenfetzen zeigte sich ab und zu schon wieder die Sonne, die jetzt freilich noch tief stand.

Der Schnee knirschte unter Konrads Schuhen, als er aus dem Haus trat. Obwohl der Bärnreuther Mariann gesagt hatte, daß er nur etwas Fleisch zum Frühstück aus der Höhle holen wolle, trug er sein Beil und den Jagdspieß bei sich. Denn insgeheim hatte er sich vorgenommen, den nächtlichen Geräuschen nachzuspüren.

Er hatte sich noch keine zwanzig Schritte von der Hütte entfernt, als Mariann durch die Tür schlüpfte und ihm nachkam. »Ich weiß auch nicht, warum, aber ich möchte mit dir gehen«, sagte sie, als sie Konrad eingeholt hatte.

Im Grunde war das Konrad nicht recht, aber er erwiderte nichts und duldete es, daß Mariann ihm das Tal hinauf folgte. Sie hatten die Höhle noch nicht erreicht, als sie die Spuren auf der Schneedecke erblickten.

Wie eine Perlenkette schnürten die Fährten vom Waldrand herüber, fünf oder sechs nebeneinander, und es waren Abdrücke von Pfoten, wie weder Konrad noch Mariann sie jemals zuvor gesehen hatten. Kräftige runde Ballen zeichneten sich im Schnee ab und hart davor die Eindrücke von schmalen Krallen. Je mehr sie sich der Höhle näherten, um so enger liefen die Fährten zusammen, um schließlich in einem einzigen Strang in dem gähnenden Loch zu verschwinden.

Konrad umklammerte das Beil fester. Seine Augen hatten sich zu Schlitzen verengt; seine Lippen bildeten einen dünnen Strich, aus dem alles Blut gewichen zu sein schien.

»Was sind das für Spuren?« flüsterte Mariann bebend.

Konrad zögerte einen Atemzug, dann sagte er ihr die Wahrheit: »Es gibt nur eine Erklärung – Wölfe!«

Mariann prallte förmlich zurück. Sie schien wieder das nächtliche Heulen und Knurren zu hören, und die Haare auf ihren halbnackten Armen sträubten sich vor Angst. »Schnell – zurück zum Haus, ehe sie uns anfallen«, ächzte sie.

Konrad wies auf die Fährte zu ihren Füßen. »Sie sind gekommen, aber auch wieder verschwunden«, sagte er. »Schau, die Abdrücke im Schnee laufen nach zwei verschiedenen Richtungen. Wenn du willst, bringe ich dich trotzdem zum Haus zurück, ehe ich zur Höhle gehe. Aber hinauf muß ich.«

»Ich komme mit«, sagte Mariann tapfer. »Bei dir fühle ich mich sicherer, als wenn ich allein in der Hütte wäre.«

Konrad wandte sich ab, um seine Rührung zu verbergen, und stieg weiter. Das Beil hielt er zum Schlag bereit – trotz allem. Als sie die Höhle erreichten, drang er als erster ein. Die niedrig stehende Morgensonne leuchtete direkt in den Eingang, und in ihrem Schein sahen sie sofort die Verwüstung drinnen.

»Mein Gott!« flüsterte Mariann mit bebenden Lippen. Das Geröll, das sie über ihren Fleischvorrat geschichtet hatten, war weggezerrt, die großen irdenen Töpfe zerbrochen und zersplittert. Von den Fleischstücken selbst war keine Spur mehr vorhanden; nur ein paar blutige, zu rotem Eis gewordene Flecken an der Höhlenwand und auf dem Boden erinnerten noch daran. Dazwischen lagen mehrere eisengraue Fellbüschel, zum Teil blutgetränkt und streng riechend.

»Die Wölfe müssen sich um die Beute gebissen und gerauft haben«, sagte Konrad gepreßt. »Der Winter hat sie so gierig gemacht, daß sie sich gegenseitig angefallen haben.«

»Aber wir haben doch sonst nie welche hier gesehen«, wunderte sich Mariann.

»Die Kälte muß sie von Norden hergetrieben haben«, vermutete Konrad. »Dort wird der Winter noch härter sein als hier.

Deswegen drücken sie in die Täler herunter, wo sie sich leichtere Beute erhoffen. Und die haben sie ja auch gefunden.« Er stieß mit dem Fuß wütend einen zerbrochenen Topf beiseite. »Jedenfalls dürfen wir in der Höhle kein Fleisch mehr aufheben.«

»Meinst du denn, daß sie wiederkommen?« fragte Mariann ängstlich.

»Ja, weil sie einmal Beute in diesem Tal gefunden haben«, erwiderte Konrad. »Wahrscheinlich werden sie sich sogar bis an unser Haus heranwagen, wenn der Hunger sie treibt. Wir müssen sehr auf der Hut sein, und du gehst mir allein überhaupt nicht mehr vor die Tür!«

Konrad hätte Mariann die Angst gerne erspart. Aber er durfte seine Frau auf keinen Fall in trügerischer Sicherheit wiegen; er hatte ihr die nackte Wahrheit sagen müssen.

»Gehen wir zurück«, drängte Mariann. »Hier gibt es für uns sowieso nichts mehr zu holen.«

Als sie zum Haus hinunterstiegen, schaute sich Mariann immer wieder furchtsam um, während Konrad sein Beil zum Schlag bereithielt. Doch das Wolfsrudel war nicht zu hören, die Tiere mußten sich irgendwo im Wald verkrochen haben, um die Nacht abzuwarten, in deren Schutz sie erneut zur Jagd aufbrechen konnten.

Den ganzen Tag über hielten sich Konrad und Mariann ängstlich im Haus auf. Nur einmal, als sie Wasser brauchten, gingen sie ins Freie. Das Wasserholen am Bach war schon immer Marianns Aufgabe gewesen, doch heute ließ Konrad sie nicht allein gehen. Er begleitete sie mit der Axt im Gürtel und dem Jagdspieß in der Faust.

Dann saßen sie wieder in der Hütte, lauschten angespannt nach draußen und fragten sich, ob die Angst sie wohl den ganzen Winter über nicht mehr verlassen würde. Als die Nacht kam und mit ihren Schatten die Konturen des Tales schluckte, legte Konrad sorgfältig den Riegel vor die Tür, den sie zuvor noch nie benutzt hatten.

Bis Mitternacht blieb alles ruhig, denn auch der Sturm hatte inzwischen völlig aufgehört. Aber gegen drei Uhr morgens hörten sie das Heulen erneut.

Es kam aus dem Wald im Norden und schien sich zuerst der Höhle zu nähern, von wo bald darauf enttäuschtes Jaulen zu vernehmen war.

»Sie haben gemerkt, daß in der Bärenhöhle für sie nichts mehr zu holen ist«, flüsterte Konrad seinem Weib zu.

»Dann werden sie zu uns kommen. Sie werden das Fleisch hier im Haus riechen«, antwortete Mariann zitternd.

Sie hatte sich nicht getäuscht. Das Heulen und Knurren kam näher, und dann hörten sie, wie sich draußen etwas mit kratzendem Geräusch und schnappenden Kiefern gegen die Hüttenwand warf. Mariann drückte sich in Konrads Arme und begann haltlos zu schluchzen. Doch darein mischte sich ein wütendes Knurren, das direkt von der Stelle der Hauswand hereindrang, wo sie eben noch gekauert hatte. »Tu etwas, Konrad! Bitte!« schrie Mariann.

»Ruhig! Sie können ja nicht herein!« Konrad hielt seine Frau so fest er konnte. »Wir sind ganz sicher hier«, beteuerte er. »Das Haus ist stark gebaut, und sie können nichts gegen die Balken ausrichten.«

Genau in diesem Augenblick hörten sie ein gieriges Heulen, stärker als alles andere zuvor, und dann ein Tapsen und Rascheln über ihren Köpfen auf dem Dach.

Konrad wurde bleich. So deutlich, als befände er sich im Freien, sah er den Wolf oben auf der Hütte; sah, wie sich das Tier gierig dem Kamin näherte, der nicht verrammelt war, und in dem das Räucherfleisch hing. Wenn der Wolf durch den Kamin ins Hütteninnere gelangte, waren sie verloren...

»Schnell, unter das Bett mit dir!« Konrad packte Mariann so derb am Arm, daß sie vor Schmerz aufschrie. Ein blutrünstiges Knurren antwortete vom Dach her.

Konrad wartete gar nicht ab, bis Mariann sich ganz verkrochen hatte, sondern packte seinen Bogen und einen Pfeil, rannte zum Herd und richtete die Waffe durch den Kaminschacht nach oben. Er meinte, einen Fetzen fahlen Sternenhimmel zu sehen und vor diesem Hintergrund einen aufgerissenen Rachen. Doch das alles blieb ungewiß, denn die im Kamin hängenden Fleischstücke versperrten zum größten Teil die Sicht. Das Knurren und Kratzen dort oben war jedoch unüberhörbar.

Konrad spannte den Bogen und richtete den Pfeil auf eine Lücke zwischen den Fleischstücken. Dann ließ er die Sehne los und merkte nicht einmal, daß er dabei selbst einen wütenden Schrei ausstieß. Der Pfeil fetzte durch den rauchgeschwärzten Schlund, klatschte irgendwo dagegen – und dann hörte Konrad das fauchende Todesröcheln des Wolfes. Dumpf fiel ein schwerer Körper draußen zurück auf das Dach, und von unten antwortete das Heulen des Rudels.

Konrad hatte keine Zeit zum Triumph. Er riß so viel Rauchfleisch, wie er erlangen konnte, aus dem Kamin und warf es achtlos auf den Boden. Dann fachte er das Herdfeuer, das nur noch matt glimmte, in Windeseile wieder an. »Schnell, hilf mir!« befahl er Mariann, und die Frau kroch zitternd unter der Bettstatt hervor. Sie warfen ganze Arme voll Holz zwischen die Herdsteine, und erst, als das Feuer prasselnd in den Kamin hineinschlug, gaben sie sich zufrieden.

Aber die ganze Zeit über erklang von draußen das wütende Heulen, Kratzen und Schnappen der hungrigen Räuber, die der Tod ihres Artgenossen nur noch blutgieriger gemacht zu haben schien.

Auch Konrad knurrte böse – und wußte es nicht. Er riß die Verschalung von einer der schmalen Fensterluken, durch die im Sommer das Licht in die Hütte dringen konnte, die sie aber für die kalte Jahreszeit verschlossen hatten. Dann raffte er zwei, drei Feuerbrände aus dem Herd und hob mit der anderen Hand ein Stück Rauchfleisch auf.

»Was tust du denn?« schrie Mariann entsetzt, aber da hatte Konrad das Fleisch bereits durch die Fensterluke in die Nacht hinausgeschleudert.

Es dauerte keine zwei Sekunden, bis von der Stelle, wo es in den Schnee gefallen war, gieriges Belfern und Heulen erklang. Das Wolfsrudel hatte blitzschnell die Beute gewittert und fiel nun über sie her.

»Den Bogen – und die Pfeile!« herrschte Konrad seine Frau an, und als ihm die völlig Verängstigte die Waffen gereicht hatte, schleuderte er die Feuerbrände nach draußen.

Funkensprühend zischten die harzigen Fackeln durch die Luft und schlugen dort in den Schnee, wo auch das Fleisch lag. Und jetzt sah Konrad zum erstenmal die Wölfe; riesige graue Bestien, die sich mit knallenden Kiefern um das Fleisch rissen und gleichzeitig vor dem Feuer knurrend ein Stück zurückwichen.

Schon dämpfte die Feuchtigkeit des Schnees den Fackelschein, aber da hatte Konrad auch den Bogen hoch und einen Pfeil aufgelegt und jagte das Geschoß mitten hinein in das Rudel. Er wußte nicht, ob er getroffen hatte, aber schon schnellte er einen zweiten und dritten Pfeil ab, dann den vierten und fünften. Als er sich verschossen hatte, sprang er zurück, raffte noch einmal ein paar brennende Äste aus dem Herdfeuer und schleuderte sie gleich darauf den Pfeilen nach. Doch jetzt gab es kein Ziel mehr dort draußen. Der Platz vor der Hütte war leer, als hätte es die Wölfe nie gegeben; nur die Feuerbrände flackerten noch im Schnee, um dann allmählich zu verzischen.

Konrad kam, weil er den Todfeind nicht mehr erblickte, wieder zu sich. Seine Gesichtszüge entspannten, die verkrampften Kiefermuskeln lösten sich. Einmal knirschten seine Zähne noch, als aus der Ferne ein letztes Wolfsgeheul herübertönte, aber dann wandte er sich Mariann zu. Er nahm sie in die Arme und hielt die Bebende ganz fest. Sie schluchzte, brachte keinen Ton heraus.

Beruhigend redete er auf sie ein, bis sie sich allmählich wieder fing. »Es ist alles gut«, sagte er. »Die Wölfe sind verschwunden. Warte, ich verrammle jetzt das Fenster wieder. Einen oder zwei habe ich bestimmt getroffen, und die anderen werden sich diese Nacht nicht wieder an das Haus heranwagen. Komm, du mußt dich setzen und dich zudecken, dann fühlst du dich gleich besser.«

Er redete und wußte eigentlich gar nicht, was er sagte, denn er war selbst noch viel zu aufgewühlt, aber seine Worte taten ihre Wirkung und lösten endlich die Angst, die Mariann in ihren Bann geschlagen hatte.

»Es war fürchterlich«, sagte sie. »Es war die Hölle! Sind sie wirklich weg?«

»Ja, ich habe sie vertrieben.« Konrad legte das Brett wieder vor die Fensteröffnung und klopfte es mit Keilen fest. Dann führte er Mariann zur Bettstatt und redete ihr zu, sich wieder niederzulegen. Als sie endlich unter die Decke schlüpfte, stopfte er das Bärenfell rings um ihren immer noch bebenden Körper gut fest. Dann setzte er sich neben sie auf die Kante des Lagers und sagte: »Ruh dich aus jetzt! Ich werde wachen. Bis zum Morgen ist es ohnehin nicht mehr lang. Glaub mir, mein Herz, es kann dir nichts mehr geschehen.«

Mariann tastete nach seiner Hand und umklammerte sie fest. Sie war immer noch hellwach. Doch dann löste der überstandene Schock plötzlich eine tödliche Müdigkeit in ihr aus. Die Augen fielen gegen ihren Willen zu, sie erschlaffte, sich unbewußt eng an Konrad drängend. Der aber schloß bis zum Morgengrauen kein Auge und bewachte, die Axt in der Hand, den Schlaf seines Weibes.

Als spät und grau der Morgen kam, weckte er Mariann. Sie öffnete die Augen, und die Furcht in ihnen kehrte mit demselben Lidschlag zurück. »Die Wölfe?« fragte sie angstvoll.

»Nein, sie sind nicht wiedergekommen«, beteuerte Konrad. »Aber ich will hinaus. Ich will sehen, ob ich einen getötet habe.«

»Dann komme ich mit.« Mariann sagte es so resolut, daß er gar nicht den Versuch machte, ihr zu widersprechen. »So nimm den Spieß«, befahl er ihr nur.

Sie öffneten vorsichtig den Riegel der Hüttentür und spähten hinaus. Der verkrustete Schnee zeigte zahllose Fährten, die wie ein Belagerungsring um das Haus liefen. Als Konrad und Mariann mit gezückten Waffen ganz ins Freie traten, sahen sie, daß an mehreren Stellen Spuren aus diesem Ring ausbrachen und zur Hütte führten. Wo sie endeten, war das Holz verkratzt und zerbissen und die Rinde von den Balken gefetzt.

Mariann schüttelte es, aber sie folgte ihrem Mann weiter vom Haus weg.

Dann kamen sie zu der Stelle, wo Konrads Kienfackeln in den Schnee geflogen waren. Sie waren längst erloschen und hatten den Schnee im Umkreis rußig gefärbt. Wie schwarze verkrümmte Schlangen lagen sie da, und zwischen ihnen steckten im Harsch vier von Konrads Pfeilen. Ein kleines Stück weiter schimmerte blaßrot eine gefrorene Blutlache. Ein dünner Blutfaden, ebenfalls gefroren, zog sich von hier aus dem Wald am Talrand entgegen.

»Einen habe ich mindestens getroffen«, sagte Konrad leise. »Komm, wir wollen der Blutspur folgen.« Er bückte sich, sammelte die vier Pfeile auf und steckte sie in seinen Köcher. Mariann hielt sich eng neben ihm, als sie anschließend den Blutsprenklern im Schnee nachgingen.

Die Spur führte sie hinüber bis zum nördlichen Rand des Tals, von wo schon in der vorgestrigen Nacht die Wölfe gekommen waren. Die Fährten des Rudels waren daneben und darüber in den Schnee gedrückt.

Sie erreichten den Hochwald und erblickten eine Stelle, wo das Unterholz zusammengepreßt und von dem darauf lastenden Schnee befreit war. Darunter lag ein graues, gestrecktes Etwas.

Der sterbende Wolf, dem ein abgebrochener Pfeilschaft aus der Brust ragte, hatte sich hier wohl mit letzter Kraft verkrochen. Seine Flanken waren von klumpigem Eis bedeckt, seine Lichter starrten gelb und kalt auf die beiden Menschen. Konrad schwang die Axt und hieb sie gnadenlos tief in den langgestreckten Schädel mit der bleckenden Schnauze. Aber das wäre nicht mehr nötig gewesen. Der Wolf zuckte nicht einmal mehr; er war schon seit Stunden tot. Mariann stöhnte, als Konrad die Axt wieder aus dem Schädelknochen befreite.

Sie wandte sich ab, ganz grün im Gesicht, und flüsterte: »Laß ihn hier.«

»Wir können sein Fell brauchen«, erwiderte Konrad. »Aber sei ganz ruhig! Ich werde es allein abziehen, du hast nichts damit zu tun.« Er packte den Kadaver bei den Hinterläufen und begann ihn in die Richtung zum Haus zu zerren. Mariann lief mit abgewandtem Gesicht vorbei und voran.

Als sie jedoch die Blockhütte wieder erreichten, war sie es, die den zweiten toten Wolf auf dem Dach entdeckte. »Da!« Sie zeigte mit zitterndem Finger hinauf.

Erst jetzt erinnerte sich Konrad daran, daß er auch einen Pfeil durch den Kaminschlund abgeschossen hatte. Er ließ den ersten Kadaver am Rand einer Schneewächte neben der Hütte liegen, reckte sich und angelte mit dem Beil auf das Dach hinauf. Es ging leicht; der Wolf kam auf dem vereisten Gebälk ins Rutschen und stürzte schwer herab. Konrad sah, daß ihm der Pfeil direkt in das eine Auge gedrungen war. Augenflüssigkeit und Blut waren ausgelaufen und bildeten jetzt einen ekelhaften gefrorenen Pfropfen um den Pfeilschaft. Konrad schleppte den brettsteifen Kadaver neben den ersten, während Mariann sich längst, vor Ekel geschüttelt, in das Haus geflüchtet hatte.

»Wirf mir den Hirschfänger heraus«, rief Konrad seiner Frau zu. »Und dann bleib in der Hütte. Ich werde das allein machen. Ich weiß, wie sehr du dich fürchtest.«

»Es tut mir leid!« Mariann kam unter die Tür und reichte ihm das kurze Schwert. »Aber ich müßte mich übergeben, wenn ich diese Bestien länger anschaute.«

»Vor den Pelzen wirst du dich nicht mehr fürchten«, tröstete Konrad sie. »Sie sind herrlich dicht und warm. Wir werden noch froh sein um sie.«

Er wartete, bis Mariann wieder im Haus verschwunden war und die Tür hinter sich verschlossen hatte. Dann hieb er mit dem Beil zu. Er trennte die Schädel von den beiden Rümpfen und zog den Pfeil aus dem Auge des einen. Dann schnitt er auch den abgebrochenen Pfeilschaft aus der Brust des anderen. Er brauchte die Steinspitzen; er durfte sie nicht leichtsinnig verschwenden.

Die nutzlosen, bleckenden Schädel, die noch im Tod so blutrünstig blickten, schleuderte er beiseite. Dann machte er sich mit dem Hirschfänger über die kopflosen Kadaver her.

Die gefrorenen Felle ließen sich nur schwer vom Fleisch lösen. Immer wieder glitt die Klinge ab oder schurrte nur wirkungslos über die dichten grauen Grannen. Schon eine volle Stunde quälte sich Konrad jetzt und war noch nicht einmal mit dem Abpelzen des ersten Wolfes fertig.

Da hörte er in seinem Rücken plötzlich ein heiseres Knurren. Er sprang auf, riß den Hirschfänger zum Schlag hoch, darauf gefaßt, daß das Wolfsrudel zurückgekehrt war.

Statt dessen hörte er ein scharfes »Kusch, Tasso!« und erblickte gleichzeitig einen großen, borstigen Jagdhund, der sich auf den Befehl hin zu Füßen seines Herrn in den Schnee warf.

Konrad starrte den Fremden an wie ein Gespenst. »Wer ... wer bist du?« brachte er endlich heraus.

»Das Eisen kannst du wegtun«, antwortete der andere, ein großer Kerl, der von Kopf bis Fuß in schwere Pelze gehüllt war. Auf seinen schon angegrauten Haaren saß eine Kappe aus Biberfell, und im Gürtel trug er ein langes Messer und ein Beil.

Über seinem Rücken hing ein Bogen mit Köcher. Konrad ließ beschämt seine eigene Waffe sinken, an der festgefrorenes Blut glänzte. »Ich habe geglaubt, die Wölfe ...« murmelte er.

»Hast zwei erlegt – nicht feige«, sagte der Fremde, dann lächelte er plötzlich, und sein wettergegerbtes Gesicht wurde dadurch auf ungeahnte Weise freundlicher. »Ich bin der Veit Wildranner, ein einfacher Jäger, der keinem anderen etwas Böses antut. Brauchst dich nicht vor mir zu fürchten.«

Der Jagdhund begann bei diesen Worten zaghaft mit der buschigen Rute zu schlagen und drückte sich entspannt auf die Vorderläufe hoch.

»Ein Jäger bist du, so?« sagte Konrad leise. »Wohl gar einem Ritter dienstpflichtig.« Er konnte seine Angst nur schlecht verbergen. »Ich hab' mir nichts Böses zuschulden kommen lassen. Hab' nur die Wölfe da geschossen, weil sie mir und meinem Weib ans Leben wollten.«

»Brauchst mich nicht anzulügen, Freund«, antwortete der Jäger zwinkernd. »Wer hier in Winterszeiten überleben will, der muß auch noch anderes jagen als bloß Wölfe. Und ich gehöre auch keinem Ritter an. Bin ein freier Mann und betreibe das Waidwerk ganz auf eigene Rechnung. Die Grundherren ...« Er verzog das Gesicht und spuckte verächtlich aus.

»Wenn es so ist, kann ich dir vertrauen«, sagte Konrad erleichtert. »Aber wie bist du bloß an das Haus herangekommen, ohne daß ich dich bemerkt habe?«

Der Wildranner lachte lautlos. »Ich pirsche mich an den Bären und an den Luchs, wenn's sein muß«, antwortete er. »Da ist es bei einem Menschen dreimal keine Kunst. Aber jetzt würde ich gerne deinen Namen wissen, denn ich habe dir ja meinen auch genannt.«

Konrad stellte sich vor und fügte hinzu: »Ich bin nicht allein. Mein Weib ist in der Hütte.« Er rief laut ihren Namen, und Mariann kam nach einer Weile auf die Schwelle. Sie erschrak ebenfalls, als sie den Unbekannten und seinen großen Hund erblickte, beruhigte sich aber ebenso schnell wieder. Dann besann sie sich auf ihre Hausfrauenpflichten. »Laßt jetzt die stinkenden Wölfe einmal liegen«, sagte sie, »und kommt herein. Ich will etwas auftischen für uns.«

Der Wildranner musterte sie, dann antwortete er: »Die Wölfe ziehen wir erst noch aus, ich und dein Mann. Je mehr sie anfrieren, um so härter geht's später. Wenn die Arbeit getan ist, nehme ich deine Einladung gerne an.«

Mariann fügte sich, und die beiden Männer machten sich ohne weitere Umstände an die Arbeit. Es zeigte sich, daß Veit darin viel geschickter war als Konrad, und es war keine halbe Stunde vergangen, da waren die beiden Kadaver abgepelzt. Sie spannten die Felle vorerst zum Auslüften an die äußere Hauswand, danach verscharrten sie die nutzlosen Wolfsleiber und die Schädel im Wald unter losem Geröll.

Schweigend hatten sie gearbeitet, Konrad hatte den seltsamen Gast immer wieder verstohlen beobachtet. Als sie zur Hütte zurückkehrten, wurde er gesprächiger. »Wie hat's dich denn gerade in unser Tal verschlagen, Veit?« wollte er wissen.

»Euer Tal?« brummte der Jäger. »Nun gut, ich sehe, daß ihr hier gereuthet habt, da darfst du's schon so nennen. Ich selber besitze keinen Flecken Land auf Erden. Bin ein Wanderer, der sich überall dort niederläßt, wo es ihm gefällt. In dieses Tal bin ich gekommen, weil ich das Wolfsrudel verfolgt habe. Es ist von Böhmen herüber und wird sich wohl im Lauf des Winters noch weiter nach Süden begeben, wenn man's nicht aufhält. Das habe ich aber vor. Ich will es nicht dulden, daß die Blutsviecher in die Siedlungen im Süden einfallen.«

Erstaunt musterte Konrad den Wildranner. »Du meinst, du jagst die Wölfe, ohne daß es dir einer befohlen hat? Nur so, ohne Lohn?«

»Lohn«, antwortete Veit, »das ist was für Knechte. Ich bin ein freier Mann und tu's den Menschen zuliebe. Wenn ich dann in einen Weiler komme, und sie schenken mir ein Vergeltsgott dort, dann ist mir das genug. Was ich für meines Leibes Notdurft brauche, kann ich mir immer selbst verschaffen. Der Wald ist großzügig, wenn ihn einer zum Freund hat.«

Sie erreichten die Hütte, klopften sich den Schnee von den Schuhen und traten ein. Auf dem Herd kochte ein schönes Stück Fleisch in einem von Marianns selbstgefertigten Töpfen. Ohne große Umstände zu machen, setzte sich der Jäger auf einen Schemel und streckte die Beine von sich.

»Der Wildranner soll uns ein lieber Gast sein, Mariann«, sagte Konrad. »Ist ein guter Mensch, das weiß ich jetzt. Er jagt das Raubzeug im Wald um Gotteslohn, damit sie in den Weilern und Einöden ruhig schlafen können.«

»Bei euch ist's freilich nicht nötig. Ihr sorgt für euch selbst«, sagte Veit. »Ihr habt zwei Wölfe getötet in einer Nacht. Das war tapfer.«

»Meinst du, daß sie wiederkommen werden?« wollte Mariann, immer noch ängstlich, wissen.

»Wiederkommen werden sie«, antwortete der Wildranner. »Aber nur einmal noch – wenn mir dein Mann beisteht. Dann kriegen wir das ganze Rudel.«

»Wie willst du das anfangen?« Konrad schaute den Jäger entgeistert an.

»Nicht jetzt«, sagte Veit. »Nachher.« Er warf einen Blick auf Marianns Kochtopf. »Das Fleisch riecht, als ob es gar wäre.«

Damit mußte sich Konrad vorerst zufriedengeben. Mariann nahm den Topf vom Herd und schöpfte die kräftige Brühe in drei irdene Teller. Dann legte sie drei geschnitzte Holzlöffel daneben, und Konrad zerteilte das Fleisch mit Hilfe seines Hirschfängers. Fast gierig begannen sie alle drei zu essen und ließen auch Veits Jagdhund sein Teil zukommen.

Als der erste Hunger gestillt war, nahm der Wildranner wieder das Wort: »Ihr habt nur Fleisch zur Nahrung. Kein Brot und kein Gemüse. Stimmt's?«

»Ja, wir haben einen Acker gerodet, aber noch nichts angebaut«, bestätigte Mariann. »Es war schon zu spät im Jahr.«

»Wenn ihr nichts als Fleisch eßt, dann seid ihr sterbenskrank, ehe der Winter zu Ende ist«, sagte der Jäger. »Die Zähne werden euch ausfallen und das Zahnfleisch verfaulen. Werdet siech werden und sterben. Aber es gibt ein gutes Mittel dagegen.«

»Was?« fragte Mariann erschrocken. »Du mußt es uns sagen. In der Frühe blutet mir das Zahnfleisch wirklich schon.«

Der Wildranner nickte. »So fängt's an. Gleich nachher gehst du hinaus und holst Fichten- oder Tannennadeln herein. Zwei, drei gute Hände voll. Daraus kochst du einen Tee. Wenn ihr täglich einen Hafen voll davon trinkt, wird euch die Krankheit verschonen. Habt ihr später einmal Brot und Gemüse, dann braucht ihr's nicht mehr. Aber im Winter wird es immer noch gut gegen Erkältungen sein.«

»Wir danken dir«, sagte Konrad, »und werden deinem Rat folgen. Du scheinst viel von den Dingen in der Natur zu wissen. – Aber jetzt solltest du uns doch sagen, was du mit den Wölfen gemeint hast.«

»Ich war vorhin droben in der Höhle, ehe ich zum Haus herunterkam«, antwortete Veit. »Die Tiere haben Beute dort gefunden, das habe ich an den Spuren gesehen. Und deswegen wird das Rudel immer wieder zurückkehren, auch wenn du zwei erlegt hast. Erst dann, wenn wir sie alle abgetan haben, wird Ruhe sein. Wir müssen sie in der Höhle stellen. Für einen einzelnen Mann wäre das nicht möglich. Zwei können es schaffen. Aber wenn du mir nicht beistehen willst, Konrad, dann werde ich das Rudel allein verfolgen und einen Wolf nach dem anderen herausschießen.«

»Ein Hundsfott wäre ich, wenn ich dich im Stich ließe«, rief Konrad. »Sag mir nur, was ich tun muß, dann werden wir die

Blutsviecher zusammen angehen. Bloß Mariann darf nichts damit zu schaffen haben!«

»Die wird schön hier im Tal bleiben, wo sie hingehört«, stimmte der Wildranner zu. »Sie soll uns nur ein Stück Fleisch geben, das brauchen wir, um die Falle zu stellen.«

»Willst du es gleich haben?« wollte Mariann wissen.

»Ja, denn es wird seine Zeit dauern, bis Konrad und ich fertig sind«, antwortete der Jäger. »Wir müssen einen ziemlichen Weg machen.«

Als er Marianns ängstliches Zögern bemerkte, fügte er hinzu: »Du brauchst dich nicht zu fürchten, wenn wir weg sind. Tagsüber wird sich kein Wolf zeigen. Ich kann dir aber Tasso hierlassen, dann wirst du dich sicher fühlen.«

Mariann nickte dankbar und holte ein großes Stück Fleisch aus dem Rauchfang, das sie Veit gab. Dann befahl der Wildranner seinem Hund, gut auf die junge Frau aufzupassen, gleich darauf gingen die beiden Männer.

Unter Veits Führung schritten sie zum nördlichen Talrand hinüber, wo in den beiden Nächten zuvor das Wolfsrudel aufgetaucht war. Dort zog Veit einen dünnen Lederriemen aus seiner Tasche und band das Fleischstück daran fest, so daß er es gut hinter sich herschleifen konnte. »Und jetzt geht's zur Höhle«, sagte er zu Konrad. »Die Wölfe werden später den Fleischgeruch aufnehmen und dahin rennen, wo wir sie haben wollen.«

Eine halbe Stunde später hatten sie den Aufstieg zur Bärenhöhle geschafft. Veit löste das Fleisch vom Riemen und rieb es ein paarmal kräftig gegen das Gefels um den Granitschlund. Dann trug er es hinein und legte es genau an der Stelle ab, wo die Wölfe schon einmal Beute gefunden hatten. Konrad bewunderte die Sicherheit, mit welcher der Wildranner die schon ziemlich verwischten Spuren zu lesen verstand.

Der Jäger richtete sich wieder auf und sagte zu seinem Begleiter: »Das Fleisch wird die Wölfe in die Höhle locken, und dann haben wir sie in der Falle. Wir müssen nur alles richtig vorbereiten. Hilf mir jetzt, den Höhleneingang mit Steinen und Ästen zu verbauen. Nur oben darf ein Schlupf bleiben, gerade groß genug, daß sich die Biester hineinzwängen können.«

»Und was geschieht dann?« wollte Konrad wissen.

»Dann werden wir ihnen das Herauskommen so verleiden, daß wir Ruhe vor ihnen haben«, antwortete der Wildranner. »Aber bis dahin haben wir noch mehr als einen halben Tag Zeit. Jetzt müssen wir erst einmal zupacken.«

Während der folgenden Stunde errichteten Veit und Konrad vor dem Höhleneingang eine solide Barriere aus Ästen, die noch von der ersten übrig waren, und Steinen, die sie mühsam heranschleppten. Erst als der Wall so stark war, daß er auch hielt, als sie sich beide mit ihrem ganzen Körpergewicht dagegenwarfen, war Veit zufrieden. Nur oben, unter der Höhlendecke und etwa in Brusthöhe der beiden Männer, klaffte jetzt noch ein knapp ellenbreiter Spalt. Unter Anordnung Veits verwischten sie nun ihre Spuren, so gut es gehen wollte, dann stiegen sie wieder zur Hütte hinunter. Es war beinahe Mittag, und Mariann war sichtlich erleichtert, als die Männer zurückkehrten. Auch Tasso begrüßte freudig seinen Herrn.

»Bis zur Nacht können wir uns jetzt ausruhen«, sagte der Wildranner. »Nur noch eines müssen wir vorher erledigen. Wir brauchen ein gutes Dutzend besonders harziger Äste, und dann muß Konrad seinen zerbrochenen Pfeil neu schäften, denn er wird heute nacht jedes Geschoß nötig haben.«

»Harzäste haben wir genügend in der Hütte«, versetzte Mariann.

»Und der Pfeil ist im Handumdrehen wieder ganz«, fügte Konrad hinzu.

»Gut, dann brauchen wir nur noch abzuwarten«, sagte Veit. »Laßt euch von mir nicht stören. Ich werde jetzt erst einmal etwas ruhen, damit ich in der Nacht um so frischer bin.« Damit ging er zum Herd und machte es sich auf dem Fußboden davor bequem. Tasso rollte sich zu seinen Füßen ein, und gleich darauf waren der seltsame Jäger und sein Hund eingeschlafen.

»Er ist schon ein Kauz«, sagte Mariann leise. »Kann jetzt schlafen, wo er doch in ein paar Stunden auf die Wölfe losgehen will.«

»Ach, der weiß genau, was er tut«, erwiderte Konrad. »Ich hab's daran gemerkt, wie er die Falle droben bei der Höhle vorbereitet hat.«

»Wenn's nur auch so geht, wie ihr euch das vorstellt«, meinte Mariann und runzelte die Stirn. »Ich habe Angst um dich, Konrad, aber ich weiß auch, daß du den guten Mann nicht allein auf die Jagd gehen lassen darfst.«

Draußen brach schon die Dämmerung herein, als Veit erwachte. Er dehnte sich und machte dabei selbst den Eindruck eines wilden, geschmeidigen Tiers. Dann kam er herüber zum Tisch, wo Konrad mit seinem und Veits Bogen hantierte. Neben ihm stand ein kleiner Hafen mit Schmalz.

»Was tust du denn da?« fragte der Wildranner.

»Ich fette die Sehnen von unseren Bogen ein, damit sie uns in der Kälte draußen ja nicht spröde werden und springen«, erwiderte Konrad.

»Mhm, hast Verstand, das muß man dir lassen«, lobte ihn der Jäger. »Hast du vielleicht früher schon einmal das Waidwerk ausgeübt?«

»Nein, da war ich nur ein Leibeigener«, erklärte Konrad. »Den Umgang mit den Waffen habe ich mir hier im Wald selbst beibringen müssen.«

»Leibeigene wart ihr also.« Der Jäger nickte nachdenklich. »Und warum seid ihr es jetzt nicht mehr?«

»Weil das kein Los für einen Menschen ist. Und weil wir lieber in Freiheit sterben, als noch einmal den Rücken unter der Knute zu beugen«, schnaubte Mariann. »Schau, der Natternburger Ritter wollte mich von meinem Brautbett weg auf seine verfluchte Burg entführen ...«

Und dann erzählte sie dem Wildranner, weil sie Vertrauen zu ihm gefaßt hatte, ihre ganze Geschichte. Es wurde Nacht darüber, der Jäger hörte schweigend und nur ab und zu leise mit dem Kopf nickend zu. »Ihr habt recht getan«, sagte er, als Mariann geendet hatte. »Ich kann's gut verstehen. Ich habe auch einmal einem Herren gedient, der mir's dann mit schnödem Undank gelohnt hat. War ein junger Bauer, drunten im Flachland, und hab' das Kind des Ritters aus der Isar gezogen, wo es ohne mich ersoffen wäre. Im Jahr darauf fiel die Ernte schlecht aus. Ich konnte meinen Zins nicht an den Burgherrn bezahlen und bat ihn um Aufschub. Er hat mich nur ausgelacht und den Zehnten von seinen Knechten eintreiben lassen. Daß ich der Lebensretter seines Kindes war, hatte er vergessen oder wollt's nicht mehr wissen.«

Der Jäger seufzte schwer. »Wie dann der Winter kam, gingen uns in der Kate die Nahrungsmittel aus. Das Beste lag ja auch auf der Burg. Mein junges Weib ist Hungers gestorben damals, und ich hab' die Kate angezündet und wurde der, der ich heute bin: ein heimatloser Jäger, der sich vom Wildern ernährt. Bin aber weise geworden und bereue es heute nicht mehr, daß ich in die Wälder gegangen bin. Denn hier haben die Herren nichts zu sagen, und hier kann ein Kerl noch frei leben.« Er verstummte und starrte nachdenklich ins Feuer. Dann setzte er noch hinzu: »Zu Leuten wie euch komme ich gerne. Ihr seid von meinem Schlag. Habt die Fron auch nicht länger ertragen wollen ...«

Weder Mariann noch Konrad antworteten, aber das war auch nicht nötig. Denn jetzt, nachdem sie sich gegenseitig ihre Lebensschicksale erzählt hatten, verband die drei Menschen ein starkes Gefühl. So saßen sie da, schauten ins Feuer und lächelten sich manchmal zu. Schließlich stand Mariann auf und meinte: »Bevor ihr auf die Wölfe geht, müßt ihr noch etwas

Kräftiges in den Leib bekommen.« Sie holte Fleisch aus dem Rauchfang und tischte es auf, und auch den Fichtennadeltee hatte sie im Lauf des Tages zubereitet und brachte ihn nun zum Tisch.

»Du hast da eine gute Hausfrau«, lobte der Wildranner, an Konrad gewandt, während sie das Mahl verzehrten. »Mein eigenes Weib war auch so.« Dann aßen sie schweigend fertig. Jetzt waren es nur noch wenige Stunden bis Mitternacht.

Sie hielten sich bis dahin so ruhig wie möglich, und als sein Gefühl dem Jäger sagte, daß die Zeit gekommen war, da stand er auf und entfernte vorsichtig das Brett von der Fensterluke, durch die Konrad in der vergangenen Nacht geschossen hatte. Ein kalter Ruch nach Wind und Schnee drang augenblicklich in das kleine Haus; Veit stand an der Luke und spähte mit zusammengekniffenen Augen ins Freie.

Das allmählich zusammenfallende Feuer im Herd knisterte und sprotzelte. Konrad und Mariann standen mit flachem Atem hinter dem Jäger und warteten erregt. Der Hund verharrte neben seinem Herrn, den Kopf an dessen Schenkel gedrückt, die Nackenhaare in der Vorahnung kommender Gefahr gesträubt. Und dann drang durch den Eiswind ein gieriges Heulen. Aus dem Urwald im Norden kam es und näherte sich rasch dem Tal.

»Jetzt sind sie auf die Spur gestoßen, die wir heute gelegt haben«, raunte der Wildranner. »Mach die Waffen und die Feuerbrände fertig, Konrad!«

Der junge Bauer führte den Befehl so leise wie möglich aus. Tasso beobachtete ihn dabei mit gelb glühenden Lichtern.

Das Heulen kam näher und war jetzt bereits im Tal. Dann wurde es dünner, als es sich dem Berg zu entfernte, schwoll noch einmal gierig an und verstummte plötzlich ganz.

»Jetzt quetschen sie sich durchs Höhlenloch.« Der Wildranner löste sich von der Fensterluke und ergriff seinen Bogen, den Köcher und eine Handvoll Fackeln, von denen er eine im Herd anbrannte. Konrad tat es ihm unaufgefordert nach. Tasso sah die Waffen, begriff und kratzte winselnd an der Tür.

Doch Veit hielt ihn zurück. »Ich lasse dir den Hund zu deinem Schutz im Haus«, sagte er zu Mariann. Er rief Tasso einen Befehl zu, und das große Tier tappte folgsam, wenn auch mit traurigen Augen, zu der Frau. Angst malte sich in Marianns Zügen, aber sie versuchte nicht, die beiden Männer zurückzuhalten.

Veit und Konrad schlüpften durch die spaltweit geöffnete Tür in die Winternacht hinaus und schlossen sie sorgfältig wieder hinter sich. »Deck die Fackel mit dem Körper ab, damit sie uns nicht verrät«, flüsterte der Wildranner. Dann machte er sich geduckt, als sei er selbst zum Raubtier geworden, an den Anstieg zur Höhle. Konrad folgte ihm hart auf den Fersen.

Der Wind stand günstig, vom Berg herunter ins Tal hinein, so daß sie nicht befürchten mußten, daß die Wölfe sie witterten.

Als sie sich der Höhle bis auf ungefähr zwanzig Schritte genähert hatten, wurde das Knurren und Toben des Wolfsrudels deutlicher. Sie schienen sich in der Grotte mit Zähnen und Klauen um das dort von den Jägern abgelegte Fleisch zu reißen und darüber alle sonstige Vorsicht vergessen zu haben. Konrad und der Wildranner huschten die Steinstaffeln zum Höhleneingang hinauf und verbargen dabei die Fackeln, so gut sie konnten, hinter ihrem Rücken. Als sie aber, schwer atmend, die am Tag errichtete Barriere erreicht hatten, rissen sie gleichzeitig die Feuerbrände hoch. Sie sahen, daß die eindringenden Wölfe zwei oder drei Steine vom oberen Rand der Barriere weggerissen hatten, doch das Bauwerk würde immer noch seinen Zweck erfüllen.

Als das Fackellicht in die Höhle fiel, verstummten drinnen die Wolfslaute für einen Augenblick, dann aber schlug den beiden Jägern ein solch giftiges Knurren entgegen, wie sie es ihrer Lebtag noch niemals vernommen hatten. Sie sahen die Wölfe mit an die Erde gedrückten Bäuchen und peitschenden Ruten herankriechen, schwefelgelbe Lichter funkelten sie wütend an, schon duckte sich die eine oder andere Bestie zum Sprung auf den Durchlaß in der Barriere. »Jetzt!« schrie der Wildranner, brannte sein ganzes Bündel Fackeln an der ersten an und schleuderte es in die Höhle, mitten unter das auseinanderfahrende Wolfsrudel hinein. Konrad folgte ein paar Lidschläge später seinem Beispiel, während der Wildranner auch schon einen Pfeil auf die Bogensehne gezogen hatte und das Geschoß nun in die blutrot erleuchtete Höhle fahren ließ. Der Pfeil traf den vordersten der Wölfe in die Kehle und drang im Nacken wieder heraus; das Tier verdrehte wie rasend den spitzschnauzigen Schädel und verbiß sich sterbend in den hölzernen Pfeilschaft.

Auch Konrad schoß nun, ebenso wie der Wildranner, einen Pfeil um den anderen auf das in der Höhle tobende Knäuel der grauen Raubtierkörper ab. Das Feuer hatte die Wölfe in Panik versetzt, und der Ausgang aus der Höhle war ihnen durch die Jäger verwehrt. Sie rasten drinnen herum, als sei der Leibhaftige in sie gefahren, gingen sich gegenseitig an die Kehlen und wurden, in der Falle tobend, von den niederhagelnden Pfeilen getroffen. Gottseidank dauerte das Schlachten nicht lange. Ehe Konrad seinen sechsten und letzten Pfeil abgeschnellt hatte, lebte schon keine der grauen Bestien mehr. Grotesk verrenkt lagen die Wolfsleiber in der Höhle.

Konrad ließ den Bogen sinken – und dann kam ein Zittern über ihn, so stark, daß er es beim besten Willen nicht beherrschen konnte und er seine Hände verzweifelt in den Stein vor sich krallen mußte.

»Es ist gut! Es ist vorbei!« rief ihm der Wildranner zu. »Mußt nicht dagegen ankämpfen, dann geht's um so schneller vorüber.«

Er legte Konrad den Arm um die bebenden Schultern und hielt ihn. Er verachtete den Bärnreuther nicht wegen seiner

Schwäche, denn in früheren Jahren, als er noch unerfahrener gewesen war, da hatten auch ihm einmal die Nerven nach dem überstandenen Kampf versagt.

Dieses Verständnis des Älteren half Konrad. Er atmete tief durch, und das Zittern verging so schnell, wie es gekommen war. »Du kannst wieder auf mich rechnen«, sagte er zu Veit. »Tut mir leid, daß ich schwach geworden bin.«

»Brauchst dich nicht zu schämen deswegen«, antwortete der Wildranner. »Das habe ich alles auch einmal durchmachen müssen. Kannst du jetzt mit mir zusammen in die Höhle steigen?«

Konrad nickte.

Sie räumten so viel von der Barriere weg, daß sie darüberklettern konnten, und drangen, die gezückten Äxte in den Fäusten, in die Höhle ein. Konrad schauderte, als sie nahe an die erlegten Wölfe herankamen, und hielt sich zurück. Der Wildranner aber ließ sein Beil der Reihe nach in jeden der spitzschnauzigen Schädel sausen, um ganz sicher zu sein, daß die Raubtiere auch tot waren, und beim vorletzten Wolf rechtfertigte sich die Vorsicht. Das Tier sprang noch einmal halb auf, als der Hieb es traf, ehe es sein Leben endgültig verröchelte.

Doch nun sah auch der Wildranner bleich aus. »Es ist getan«, sagte er erschöpft. »Dem Herrgott sei's gedankt. Die Wölfe abpelzen und die Kadaver vergraben können wir morgen auch noch. Laß uns zurück zu Mariann gehen. Sie wird vor Angst schon halb gestorben sein.«

Konrad stimmte ihm zu. Sie sammelten die herumliegenden Fackeln ein, die ihnen bei dem gnadenlosen Töten geleuchtet hatten, und löschten sie bis auf zwei. Dann kletterten sie aus der Höhle und schritten langsam ins Tal hinunter. Als sie die Hütte fast erreicht hatten, rief Veit laut nach seinem Hund. Tasso erkannte an der Stimme seines Herrn, daß die Gefahr vorüber war; er schlug drinnen laut und unbekümmert an. Gleich darauf erschien Mariann unter der Tür, sicherheitshalber den

Jagdspieß vor die Brust haltend. Tasso schoß neben ihr heraus und umsprang winselnd seinen Herrn.

»Kannst den Spieß wegtun«, sagte der Wildranner. »Ist jetzt keine Gefahr mehr, und dein Mann hat sich tapfer gehalten im Kampf.«

Der Spieß polterte auf die Dielen, als Konrad seine Frau in die Arme nahm. »Ist's wirklich überstanden?« fragte sie.

»Ja, die Wölfe sind alle tot. Sechs waren es, und keiner ist uns entwischt«, antwortete Konrad. »Aber jetzt komm in die Hütte. Kannst wieder ruhig schlafen, mein Herz. Wird dich kein Raubzeug mehr ängstigen.«

Während der restlichen Nachtstunden mußten Veit und Konrad genau berichten, wie ihr Abenteuer verlaufen war. Erst im Morgengrauen legten sich alle drei nieder, um wenigstens noch ein paar Atemzüge Schlaf zu bekommen. Am nächsten Vormittag gingen Veit und Konrad nochmals hinauf zur Höhle, um die Wolfskadaver abzubalgen und zu verscharren. Die Tiere waren inzwischen steif geworden, und sie mußten sich fast bis zum Abend schinden, ehe die blutige Arbeit getan war. Doch über die sechs neuen Felle freute sich dann Mariann um so mehr, denn wenn sie erst einmal gegerbt waren, würden sie das Leben auf Bärnreuth sehr erleichtern.

»Mit den Pelzen kann ich dir ein bequemes Lager richten«, wandte sich Mariann an den Wildranner. »Es wäre uns recht, wenn du den Winter über bei uns bleiben würdest.« Sie hatte deswegen schon unter vier Augen mit Konrad gesprochen.

Der Wildranner bedachte sich nicht lange. »Ich bin ins Bärental gekommen, um das Wolfsrudel unschädlich zu machen«, sagte er, »und das ist glücklich geschehen, dank der guten Hilfe deines Mannes. Jetzt besteht keine Gefahr mehr für die Siedlungen weiter im Süden. Und der Winter ist hart für einen, der ihn allein im Wald verbringen muß. Deswegen bleiben Tasso und ich gerne bis zum Auswärts.«

»Das ist ein Wort!« sagte Mariann fröhlich. »Bist uns ein ebenso guter Freund geworden wie der Slavata damals, und wir freuen uns, wenn du dir mit uns das Herdfeuer und die Hütte teilst.«

Da schmunzelte aber der Wildranner und erwiderte: »Seid ein junges Paar und wollt sicher auch mal allein für euch sein. Deswegen meine ich, daß ich wohl zu den Mahlzeiten und auch gelegentlich am Abend bei euch sein werde, aber hausen will ich lieber in der Höhle droben am Berg. Sie sagt mir zu, und ihr habt mir ja erzählt, daß schon früher Menschen dort oben gelebt haben. Ich werde mir eine Feuerstelle dort richten und ein Lager für mich und den Hund. Und vielleicht auch später dann und wann einmal wiederkommen, wenn mich meine Streifzüge in die Gegend führen.«

»Du bist stets auf Bärnreuth willkommen«, bekräftigte Konrad. »Und mit der Höhle kannst du es halten, wie du willst. Wir haben Holz genug hier, so daß du dir's wohnlich machen kannst im Berg. Daß du manchmal für dich sein willst, verstehen wir, aber du sollst in unser Haus kommen, wann immer es dich danach verlangt. Auf diese Weise werden wir schon gute Nachbarschaft halten, und uns freut's von Herzen, daß wir jetzt nicht mehr allein auf Bärnreuth leben.« Er reichte dem Wildranner die Hand.

»Dann wollen wir es so machen«, sagte Veit. »Bereuen sollt ihr es nicht, denn ich werde schon das eine oder andere Stück Wildbret zum Haushalt herbeischaffen.«

»Und ab und zu einen guten Rat kannst du uns auch geben«, antwortete Mariann. »Wie zum Beispiel den mit dem Fichtennadeltee. Ich werde gleich wieder einen Topf aufbrühen, denn er wirkt tatsächlich Wunder.«

So kam es, daß der Wildranner den Winter über auf Bärnreuth blieb, und die beiden jungen Bauersleute hatten es beileibe nicht zu bereuen. Tagsüber streifte der Jäger im Urwald herum und brachte manches schöne Stück Beute heim, manchmal auch eine seltsam geformte Wurzel, an welcher er dann abends herumschnitzte, wenn er bei Mariann und Konrad am Herdfeuer saß. Und ehe er dann die wohnlich hergerichtete Höhle zum Schlafen aufsuchte, ließ er gelegentlich eines seiner kleinen Kunstwerke im Haus zurück: einen hölzernen Troll, den er aus einem Strunk herausgearbeitet hatte, ein verhutzeltes Gesicht oder ein Tier, wie Mariann und Konrad noch nie eines in Wirklichkeit gesehen hatten.

Wenn Veit nicht gerade im Wald streifte oder sich in seiner Höhle aufhielt, dann erzählte er ihnen wohl auch von den Gegenden, die er auf seinen Wanderungen schon gesehen hatte, von seiner alten Heimat unten an der Isar in ihrem flaschengrünen Kiesbett oder von den tiefen Wäldern, die sich noch weiter droben im Gebirge nach Böhmen hineinzogen. Der Wildranner war auf Gipfeln gewesen, so unzugänglich und gefährlich wie der des Arbers. Er berichtete vom geheimnisvollen Osserberg, der weiter im Westen hingestreckt in den Wäldern lag wie der Rücken eines urwelthaften Tiers, oder vom Lusen, der mit seiner zersprungenen Granitkappe weit über das Land grüßte und aussah, als habe ein Riese ihm mit unvorstellbar wuchtigen Hammerschlägen das Haupt zertrümmert. Auf diese Weise ging der Winter hin und brachte keine größeren Fährnisse mehr als Kälte und Schnee, und allmählich wurden die Tage wieder länger, und sie spürten es alle drei freudig, daß nun bald das Frühjahr über das Waldgebirge kommen würde.

VII

Aus der Chronik des Eginhart Bärnreuther, Bauer auf Bärnreuth:
»Ist der Ahn Konrad im Auswärts zurück auf Weißenstein, hat dort Saatgut bekommen vom Viertelhübner Erwein.
Haben aber auch burgeigene Häscher ihn erspüret und ist solcher Weisen wiederum geraten in eine große Gefahr.«

Das Frühjahr auf Bärnreuth kündete sich zuerst zögernd, dann um so mächtiger an. Das Eis auf dem Weiher wurde zunächst nur ein wenig schwammig und trüb, fror aber in den Nächten wieder fest, und manchmal fiel nachts sogar noch Schnee. Dann aber drehte gegen Ende des Märzmonats der Wind und kam jetzt von Süden. Die drei Menschen auf Bärnreuth reckten sich und schnauften hinein in diesen Südwind, und er kam ihnen so weich vor wie Tierpelze und so lind, daß sie dachten, noch nie habe etwas so sanft ihren Lungen geschmeichelt. Es war wie ein Bad für sie, als sie glücklich in diesem Südwind verharrten, und die Wärme, die er mit sich brachte, ließ Schnee und Eis nun mächtig schmelzen.

Zerrinnende Brocken polterten dumpf klatschend von den Riesenbäumen im Urwald und den Felswänden droben im Tal, unter der Erde begann es zu glucksen und zu rauschen, und der Bach schwoll an und drohte über seine Ufer zu treten. Als der Südwind am dritten Tag immer noch anhielt, da barst krachend das Eis des Weihers, dort, wo der Bach es aufbrach, und türmte sich zu einem bizarren Stoß. Doch auch der schmolz zusehends in der milden Luft weg, so daß nach ein paar weiteren Tagen nur noch dünne Schollen dem Südufer des Weihers zutrieben.

Das Frühjahr brachte auf Bärnreuth die so lange ersehnte Wärme zurück, aber es trieb auch Unruhe ins Blut. Der Wildranner war der erste, der sie so stark spürte, daß es ihn beim besten Willen nicht mehr in dem stillen Tal hielt. Als die letzten Eisschollen auf dem Weiher zu papierdünnen Glitzerdingern geschmolzen waren, kam er eines Morgens, noch im wallenden Dunst, von der Höhle herunter zum Haus, den Hund an der Seite.

Auch Mariann und Konrad traten gerade ins Freie, um sich am Bach zu waschen, und als sie das Bündel auf Veits Schultern sahen und die Waffen, die er trug, da wußten sie, daß er sie zum Abschied aufsuchte.

»Du willst uns verlassen.« Es war keine Frage. Mariann stellte es nur fest.

»Ja – jetzt, da die Natur wieder zu leben anfängt, hält es mich nicht an einem Ort«, antwortete der Wildranner. »Ich muß wieder hinaus in den Urwald und auf die Berge. Ich sehne mich nach den Tälern im Süden und nach den Tavernen drüben in Böhmen, wo man mein Wildbret schätzt und gutes Bier braut. Seid mir nicht böse, weil ich weiterwandern muß. Es war eine gute Zeit, die wir zusammen verbracht haben, und später werde ich sicher wieder einmal in dieses Tal kommen. Vielleicht sogar einmal für ganz«, er sagte es leiser, »wenn ich noch älter bin und eine Heimat brauche. Aber jetzt treibt es mich um, so daß ich nicht widerstehen kann. – Lebt wohl, ihr zwei, und schlagt euch weiterhin tapfer durch! Wir werden uns wiedersehen, so der Herrgott will ...«

Der Wildranner drückte Mariann und Konrad kräftig die Hände, dann wandte er sich rasch um und ging mit langen Schritten davon. Tasso drehte noch ein paarmal den Kopf und blaffte zum Abschied zum Haus zurück, aber der Wildranner schaute sich nicht mehr um. Das Tal zu verlassen, mochte ihm doch schwerer fallen, als er zugeben wollte. Als er den Wald schon fast erreicht hatte, rief ihm Konrad nach: »Bist immer herzlich willkommen auf Bärnreuth, Veit! Das sollst du wissen. Und hab auch Dank für alles, was du für uns getan hast!«

Der Wildranner winkte bestätigend über die Schulter zurück, gleich darauf war er zwischen den ersten Stämmen des Urwalds verschwunden.

Eine Weile schauten Mariann und Konrad noch betreten hinüber, aber dann nahm Konrad sein Weib in die Arme, schob die Hand unter Marianns Kinn und drückte es hoch. »Wir sind zuvor allein gewesen und haben's gut gehabt«, sagte er, »und so wird es auch jetzt wieder werden.« Dann seufzte er jedoch und setzte hinzu: »Aber auf die Wanderschaft werde auch ich mich begeben müssen.«

»Was redest du denn da?« fragte Mariann erschrocken. »Hat dich der Veit mit seinem Fernweh etwa auch verrückt gemacht?«

»Bestimmt nicht«, beruhigte Konrad seine Frau, »aber wir brauchen Saatgut, wenn wir in diesem Jahr eine Ernte einbringen wollen, und deshalb muß ich hinunter nach Weißenstein. Der Erwein hat uns doch damals versprochen, daß er uns ein paar Scheffel geben will. Je eher ich die aber ins Bärnthal heraufhole, um so früher können wir säen und haben Brot.«

»Wann willst du gehen?«

»Schon morgen«, erwiderte Konrad. »Bei Sonnenaufgang. Und am Abend des dritten Tages will ich zurück sein. Wirst du es so lange aushalten ohne mich?« Er lachte Mariann schelmisch an.

»Ich muß ja«, antwortete sein Weib. »Auch wenn ich dich gerne zum Burgweiler begleiten würde – aber das geht wohl nicht.«

»Nein«, sagte Konrad bedauernd. »Das wäre zu gefährlich. Wenn uns ein Falscher zusammen dort sieht, dann könnte er leicht auf den Gedanken kommen, daß wir die sind, die letzten Sommer aus Stauff fliehen mußten. Wenn ich allein bin, ist die Gefahr nicht so groß. Auf einen einsam wandernden Bauern achtet kaum einer.«

»Wie lange das schon wieder her ist, daß wir Stauff verlassen haben«, sagte Mariann. »Ich kann's kaum glauben. Es wird bald schon ein Jahr!«

»Wir müssen dem Herrgott dankbar sein, daß wir es überlebt haben«, meinte Konrad. »Hätte auch anders kommen können, so daß wir ohne Nahrung und Unterkunft im winterlichen Wald umgekommen wären. Wir könnten jetzt auch todkrank auf der Pritsche liegen, wenn uns der Wildranner nicht mit seinem Fichtennadeltee geholfen hätte.«

»Oder der Slavata mit seinem Salz«, fügte Mariann dankbar hinzu.

»Ja, wir haben Glück gehabt«, sagte Konrad. »Aber darauf dürfen wir uns im nächsten Winter nicht mehr verlassen. Bis dahin müssen wir Brot haben und überschüssiges Getreide für die neue Aussaat. Deswegen drängt's mich auch so, nach Weißenstein zu gehen. Ich habe keine Ruhe, ehe es nicht Saatkorn auf Bärnreuth gibt.«

Mariann nickte. »Du wirst es schon heranschaffen.« Dann ging sie zurück ins Haus, um das Frühstück von geräuchertem Fleisch zu bereiten, das ihnen jetzt allmählich schon überstand.

Am nächsten Morgen, gleich nach Sonnenaufgang, warf Konrad sein Wanderbündel über die Schulter. Es bestand aus zwei zusammengenähten Wolfspelzen, die er Erwein als Bezahlung für das Korn mitbringen wollte. Darin waren mehrere derbe Stücke Geräuchertes eingeschlagen, ebenfalls ein Geschenk der Bärnreuther für den Viertelhübner. Im Gürtel trug Konrad sein Beil, in der Hand Pfeile und Bogen. So fühlte er sich für den Weg gut gerüstet, und auch Mariann blieb nicht schutzlos zurück, denn Konrad hatte ihr den Jagdspieß und den Hirschfänger dagelassen.

Ihr Abschied war kurz; sie waren beide keine Menschen, die eine große Szene daraus gemacht hätten. Der Wald hatte sie bereits geprägt. Aber Mariann schaute ihrem Mann nach, bis er im Wald am südlichen Talrand verschwand, dann nahm sie einen

Grabstock von der Hauswand und ging hinunter zum Feld, das sie im letzten Herbst gerodet hatten, um es für die Aussaat bereit zu machen.

Während Mariann sorgfältig die Erde lockerte, mußte sich Konrad mühsam seinen Weg suchen. Denn der Wald war jetzt nicht so gut gangbar wie im vorigen Sommer. An vielen Stellen gab es noch stark verfirnte Schneewächten, die der Frühlingswärme trotzten. Anderswo wieder war der Boden morastig und aufgequollen vom Tauwasser. Sumpfstellen hatten sich gebildet, und Konrad mußte oft beträchtliche Umwege die Berghänge hinauf in Kauf nehmen, wenn er nicht bis zu den Schenkeln in dem schwammigen Untergrund versinken wollte. Dann wieder hatten die Schneelasten des Winters Äste und ganze Bäume zu Boden gedrückt und oft sogar zersplittert, so daß in diesen Brüchen kaum ein Durchkommen war.

Doch Konrad war durch den Winter im Bärental, der ihm und Mariann nichts geschenkt hatte, abgehärteter und zäher als im Sommer zuvor, und deswegen erreichte er trotz aller Widrigkeiten schon am späten Nachmittag des ersten Wandertages den Hügel oberhalb der kleinen Waldsiedlung, wo er und Mariann auf dem Herweg übernachtet hatten. Damals, im Morgengrauen, hatte die Reuthung wie ausgestorben dagelegen, aber jetzt herrschte hier emsiges Treiben. Konrad, der sich auch diesmal unter den Bäumen versteckt hielt, sah einen Bauern mit einem schwerfälligen Pflug und einem mageren Ochsen ackern; Krähen schwärmten aufgeregt über den frisch aufgerissenen dampfenden Furchen. Ein halbwüchsiges Mädchen ging hinter dem Pflüger her und zertrümmerte mit einem derben Prügel die aufgeworfenen Schollen. Aus den Steinkaminen der Hütten drang Rauch, und auf dem Anger der Rodung trieben zwei Burschen eine grunzende Schweineherde durch den Morast.

Konrad wäre gerne hinuntergestiegen, um ein paar Worte mit den Menschen zu reden, doch er wagte es nicht, sondern setzte, nachdem er eine Weile geschaut hatte, seinen Weg fort. Als die Nacht einbrach, befand er sich ungefähr auf halber Strecke zwischen der Reuthung und Weißenstein. Er suchte sich einen Baum mit ausladenden Wurzeln und bereitete sich dazwischen ein ebenso einfaches Lager wie damals auf dem Herweg, als er mit Mariann hier geschlafen hatte.

Als am nächsten Morgen die ersten Vogelstimmen laut wurden, setzte er seinen Weg schon wieder fort, und die Sonne stand erst zwei oder drei Stunden am Himmel, als er vor sich den Pfahl mit der Burg Weißenstein und dem Weiler darunter erblickte. Vorsichtig hielt er sich auch hier am Waldrand verborgen und spähte hinüber zu der Ansiedlung, die ihm Nahrung geben, aber auch Gefahr bringen konnte.

Auch die Weißensteiner Eigenleute schafften auf den Feldern, sie pflügten, doch erblickte Konrad hier nicht nur magere Ochsen, sondern auch das eine oder andere kraftstrotzende Gespann. Man merkte, daß dies hier keine halb vergessene Siedlung im Wald war, sondern ein fester Platz, hinter dem Macht und Vermögen der Degenberger Ritter standen. Die Felder unterhalb der Grundfesten der Burg waren größer, die Furchen tiefer und breiter, und auch die Krähen waren hier fetter und zahlreicher. Fast zwanzig Bauern schafften auf den üppigen Breiten. Zwischen ihnen allerdings ritt auf einem großen Rappen einer mit Lederkoller und Helm, der ab und zu eine Peitsche schwang und sie auf die gebeugten Rücken der Leibeigenen niedersausen ließ.

Das Land und die Gespanne waren besser hier, aber nicht die Bauern hatten den Nutzen davon, sondern die, welche die Macht besaßen und sie gnadenlos ausübten und die Hörigen zwangen, für die ritterlichen und nicht die eigenen Scheuern zu schuften.

Konrad biß die Zähne zusammen. Alle Unterdrückung und Ungerechtigkeit, die er selbst in Stauff erfahren hatte, wurden in diesem Augenblick wieder in ihm lebendig. Doch dann besann er sich auf den Zweck, der ihn nach Weißenstein gebracht hatte, und er überlegte, wie er sich nun am besten an Erwein heranmachen sollte. Er glaubte, den ungeschlachten Kerl zwischen den übrigen Pflügern zu erkennen. Aber er fragte sich, ob er einfach auf die Felder hinuntergehen konnte. Denn da waren nicht nur die Bauern, da war auch der Reiter auf seinem Rappen, ein Büttel des Ritters oder des Vogts, und der bedeutete Gefahr für ihn. Es mochte sein, daß der Kerl ihn einfach zum Mitfronen zwang, daß er ihn vielleicht sogar als Leibeigenen auf Weißenstein behielt – und daß er dann Mariann seiner Lebtag nicht wiedersehen würde.

Schließlich entschloß sich Konrad, abzuwarten, ob der Aufseher nicht vielleicht doch verschwinden würde. Er streckte sich unter den letzten Bäumen aus und beobachtete weiter aufmerksam die Talbreiten. Stunden vergingen, ohne daß sich unten etwas änderte. Nur die Bewegungen der Pflüger wurden allmählich matter und langsamer.

Doch dann, als die Sonne ihren höchsten Stand erreicht hatte, rief der Reiter den Leibeigenen plötzlich etwas zu, setzte dann seinen Rappen in Trab und verschwand zur Burg hinauf.

Die Pflüger ließen ihre Geräte sinken, spannten die Ochsen aus und führten sie zu einem Hag am Rand der Feldbreiten, wo es Schatten und Wasser gab. Sie tränkten die Tiere, dann sah Konrad, wie sie sich selbst setzten und, in kleinen Gruppen beieinander hockend, zu vespern begannen.

Da sprang der Bärnreuther auf und rannte mit langen Sätzen den Berg hinunter. Die Bauern waren so erschlagen von der harten Fronarbeit, daß sie seiner erst gewahr wurden, als er sie schon fast erreicht hatte. Ein paar Köpfe fuhren hoch, aber als sie sahen, daß er allein war und gekleidet wie sie – armselig nämlich –, da verzehrten sie mit schweren Kaubewegungen weiter ihr grobes Brot und den dürftigen Käse dazu. Nur einer stand auf und kam Konrad ein paar Schritte entgegen. Es war Erwein.

»Dich kenne ich doch. Hab' dich einmal bei meinem Schwager, dem Gernot, gesehen.« Mit diesen Worten begrüßte er Konrad, wobei er ihm verstohlen zuzwinkerte, damit dieser ebenso vorsichtig sein sollte wie er selbst. Erwein wollte offensichtlich nicht wissen lassen, daß er Konrad auf ganz andere Weise kennengelernt hatte.

»Ja, und vom Schwager soll ich dich grüßen«, antwortete der Bärnreuther. »Auch von seinem Weib, der Mirl.« Es fiel ihm nicht schwer, sich zu verstellen. »Ich hab' dem Gernot den Winter über bei seinen Meilern geholfen, aber jetzt bin ich unterwegs nach Regen, um Salz für den Köhler einzukaufen. Da hab' ich mir gedacht, ich schau' bei dir vorbei und grüß' dich von deinem Schwager und seinem Weib.«

Die Leibeigenen um Erwein und Konrad herum waren den ersten Worten neugierig gefolgt. Als sie aber merkten, daß der Fremde weder einen Todesfall noch sonst ein wichtiges Ereignis zu melden hatte, da hatten sie ihre Köpfe bald wieder gesenkt und sich weiter ihrer Mahlzeit gewidmet. Konrad nahm das dankbar wahr, und auch Erwein schien erleichtert.

»Das ist schön, daß du bei mir vorbeigekommen bist«, sagte der Weißensteiner. »Dort drüben am Feldrain liegt meine Joppe, und in der Tasche habe ich noch einen Kanten Brot für dich. Komm mit! Wirst hungrig sein vom langen Weg.«

»Ja, das bin ich wohl«, bekräftigte Konrad und schritt schon zu dem Acker hinüber, wo er offen mit dem Viertelhübner sprechen konnte.

Kaum waren sie außer Hörweite der anderen, da sagte Erwein leise: »Ich hatte schon gerechnet mit deinem Kommen in diesen Tagen, falls ihr den Winter überhaupt überlebt hättet. Sag, wie ist's euch ergangen, dir und deiner Mariann? Wie habt ihr euch durchgeschlagen am Arber?«

»Gar nicht so schlecht«, erwiderte Konrad. »Aber wir haben auch Glück gehabt. Ein Jäger hat uns geholfen, der Wildranner.

Ohne den wären wir vielleicht nicht mehr am Leben.« Und dann berichtete er Erwein in knappen Worten, was sie mit den Wölfen und auch sonst ausgestanden hatten.

»Den Veit kenne ich«, sagte Erwein. »Der war auch schon ein- oder zweimal in Weißenstein und ist ein guter Kerl. Ihr könnt stolz darauf sein, daß er es den ganzen Winter bei euch ausgehalten hat. Sonst liebt er nämlich die Gesellschaft der Menschen nicht besonders. Aber jetzt wollen wir von wichtigeren Dingen reden. Du brauchst Saatgut, nicht wahr?«

»Deswegen bin ich aus dem Wald heruntergekommen«, bekannte Konrad. »Meinst du, du kannst mir ein paar Scheffel verschaffen? Bezahlen will ich dich.« Er wies auf seinen Packen aus den beiden Wolfsfellen und setzte hinzu: »Ein paar schöne Stücke Geräuchertes für dich sind außerdem noch da drin.«

»Ich hätte dir das Korn auch so gegeben«, antwortete Erwein lachend. »Aber die Felle und das Fleisch kann ich schon brauchen. Wir müssen das Saatgut nur aus dem Weiler heraus und in den Forst schaffen. Von den Burgleuten darf es keiner merken, sonst flechten sie uns aufs Rad oder lassen uns im Felsverlies verfaulen.«

»Den anderen Bauern scheinst du auch nicht zu trauen?« fragte Konrad. Er schaute kurz zum Waldrand hinüber.

»Zu Weihnachten hat der Burgvogt einen hängen lassen, weil er einen Ranken Speck gestohlen hat«, sagte Erwein erklärend. »Seitdem sind sie verängstigt. Wenn der Vogt sie jetzt bloß scharf anschaut, dann verraten sie ihren besten Freund und Weib und Kind dazu. Ich bin wahrscheinlich der einzige in dem ganzen Weiler, der noch nicht auf dem Bauch kriecht vor dem Hund.« Erwein reckte demonstrativ die Schultern, daß die Knochen knackten.

»Der Reiter auf dem Rappen – war das der Vogt?« wollte Konrad wissen.

»Einer seiner Knechte – der rote Gert«, antwortete Erwein.

»Er ist im Winter von der Donau heraufgekommen und noch schlimmer als sein Herr.«

»Von der Donau?« fragte Konrad erschrocken. »Woher da?«

»Das weiß keiner genau«, erwiderte Erwein. »Aber laß den Halsabschneider jetzt. Wir haben nicht mehr viel Zeit, die Vesper ist gleich vorüber, und wir müssen ausmachen, wie es mit dem Korn gehen soll. Ich kann dir sechs Scheffel geben, das ist so viel, wie du gerade zu tragen vermagst. Am besten bringe ich dir den Roggen heute abend, nach Einbruch der Dunkelheit, zum Waldrand hinauf. Dann machst du dich gleich auf den Weg und rastest erst, wenn du ein gutes Stück hinter dich gebracht hast.«

»Du wagst viel, wenn du das tust«, gab Konrad zu bedenken.

»Es wäre noch gefährlicher, wenn du in den Weiler kommen würdest«, antwortete Erwein. »Und jetzt laß uns vorerst Abschied nehmen. Tu so, als ob du nach Regen gehen würdest und komm dann heimlich auf den Berg dort drüben zurück. Ich werde dir das Saatkorn in der Nacht hinaufbringen.«

»Bist ein guter Mensch«, antwortete Konrad. »Mariann und ich sagen dir ein Vergeltsgott!« Er wandte sich zum Gehen.

Aber in diesem Augenblick erklang von der Ecke des Bannwaldes her Hufschlag, und im selben Moment bog ein Reiter auf einem großen Rappen auf die Feldbreiten ein. Es war der rote Gert, der die Bauern vorher so grausam kurbatscht hatte.

»Verdammt – den hat der Teufel uns über den Weg geschickt!« raunte Erwein zwischen zusammengepreßten Zähnen. »Hoffentlich will er nicht zu uns herüber.«

Doch genau das war der Fall. Der Burgknecht trieb den Rappen am Waldrand entlang und ein Stück in den Acker hinein, wo der Viertelhübner und Konrad standen. Jetzt erkannte Konrad das fuchsrote Haar unter dem offenen Spangenhelm und das tückische Blitzen in den Augen des Reiters. Der Mund unter dem gezwirbelten Schnauzbart trug einen verschlagenen Zug, und quer über dem Sattel des Rappen lag die aus Rohleder geflochtene Peitsche. Direkt vor den beiden Männern riß der rote Gert den Rappen in die Hanken.

»Was steht ihr da und schwatzt?« fuhr er sie an. »Habt wohl nichts Besseres zu tun, eh?« Und direkt zu Konrad gewandt: »Wer bist du, Bauernfünfer? Ein Landfremder etwa gar?«

Konrad hatte so lange unter der Knute gelebt, daß er jetzt ganz wie früher reagierte. Er buckelte und steckte den Kopf zwischen die mageren Schultern, dann antwortete er unterwürfig: »Bin nur ein armer Köhlergeselle auf der Wanderschaft. Soll Salz für meinen Herrn in Regen besorgen. Dem da hab' ich, zu Gnaden der Herr, nur einen Gruß meines Meisters ausrichten wollen.«

»Ein Rußwurm also«, polterte der Büttel vom Sattel herab. »Es ist mir ganz so, als hätte ich dein dummes Gesicht schon einmal gesehen. Von wo kommst du?«

»Hab' meiner Lebtag bloß im Forst gehaust«, log Konrad. Und setzte naiv hinzu: »Aber den Weg nach Regen weiß ich.«

»Dann schau, daß du weiterkommst«, schrie ihn der rote Gert an. »Sollst meine Leute hier nicht von der Arbeit abhalten! Los, verschwinde, ehe ich dir mit der Peitsche Beine mache!« Er hob die Kurbatsche und ließ sie ein paarmal gefährlich nahe um Konrads Ohren knallen.

Der Bärnreuther duckte sich noch mehr zusammen und lief quer über den Acker davon, ohne Erwein noch eines Blickes zu würdigen.

Auch Erwein ging, gemeinsam mit den anderen Leibeigenen, wortlos wieder an die Fronarbeit. Und während Konrad in Richtung auf den Markt Regen rannte, hetzte der rote Gert seinen Rappen über den Acker, das widerstrebende Roß immer wieder gewaltsam über die Furchen reißend und wahllos mit der Peitsche auf die Bauern einschlagend. Aber so recht bei der Sache war er nicht, denn das Gesicht dieses Köhlerburschen ging ihm nicht aus dem Kopf, und er wurde sich immer sicherer, daß er es schon früher einmal unter recht unerfreulichen Umständen erblickt hatte.

Aber auch Konrad war ziemlich verwirrt. Schon Erweins Mitteilung, daß der rote Gert von der Donau herauf in den Wald gekommen war, hatte ihm zu denken gegeben, und jetzt, da er das Gesicht des Ritterknechts gesehen hatte, schien es ihm ebenfalls so, als sei er dem Mann früher irgendwann schon einmal begegnet. Doch so sehr Konrad sich den Kopf darüber zerbrach – er kam nicht darauf, wo und wann das gewesen sein könnte.

Schließlich, als er außer Sichtweite der weißenstein'schen Ackerbreiten gelangt war, schob er diese Gedanken einfach beiseite. Sie waren sicher nicht wichtig, sagte er sich, und für ihn zählte jetzt nur das Korn, das Erwein ihm in der Nacht bringen wollte. Eigentlich war sowieso alles ganz gut abgelaufen; der Burgknecht hätte ihm einen größeren Tort antun können, als ihn nur zu beschimpfen. Konrad schaute sich vorsichtig um, merkte, daß er ganz allein war, und bog ab, dem Wald zu, wo er sich mit Erwein verabredet hatte.

Den Rest des Tages über blieb er dort im Gesträuch liegen. Nur dreimal stand er auf, um weiter drinnen im Forst ein paar Schlucke Wasser aus einer Quelle zu trinken. Er konnte beobachten, wie die Bauern bis Sonnenuntergang schuften mußten, ehe der rote Gert ihnen endlich die Rückkehr in ihre ärmlichen Hütten gestattete. Aber auch dann noch dauerte es etwa zwei Stunden, bis Erwein schließlich, einen schweren Sack auf der Schulter schleppend, bei Konrads Versteck anlangte.

»Es ist Roggen. Ich habe ihn den Winter über Scheffel für Scheffel beiseite gebracht«, sagte er schweratmend, als er den Sack zu Boden warf.

»Ich werde dich für den Mundraub nicht schelten«, erwiderte Konrad. »Denn es kann gut sein, daß du mir und Mariann damit das Leben rettest! – Vergelt dir's Gott, Erwein, und hier sind auch die Wolfspelze und das Geräucherte.«

»Und du geh mit Gott«, erwiderte der Viertelhübner, den Packen schulternd. »Es ist besser, du bleibst nicht länger hier als unbedingt nötig.«

»Ja, ich will mich gleich wieder auf den Weg machen«, stimmte Konrad zu. »Hab' der Mariann versprochen, daß ich bis morgen abend wieder bei ihr bin.«

»Dann mußt du dich ohnehin sputen«, sagte Erwein. »Ich wünsche euch beiden alles Gute – und wenn das Korn reif ist, dann denkt einmal an mich als euren Freund. Mich freut's, wenn ihr die Reuthung am Arber hochbringt und halten könnt, weil bei euch kein Adliger etwas zu sagen hat. – Aber jetzt müssen wir uns trennen. Alles Glück auf den Weg, Bärnreuther!«

»Auch dir des Herrgotts Segen«, antwortete Konrad noch, dann schaute er dem Viertelhübner nach, bis die Dunkelheit ihn seinen Blicken entzog. Anschließend wandte er sich um, warf sich den Kornsack auf die Schulter und trat seinen langen Heimweg an. Wenig später lag das Waldstück wieder ganz verlassen da.

Auch im Weiler zu Füßen der Burg war es still geworden; die Bauern, die den ganzen Tag über hatten schuften müssen, schliefen längst. Nur auf Weißenstein selbst glühten noch Lichter aus den schmalen Fensterschlitzen von Kasten und Turm.

An einer derben Eichentafel im ersten Stock des Burgkastens saß der rote Gert beim Bier, und zwei weitere Waffenknechte leisteten ihm, schon halb betrunken, Gesellschaft. Die Tischplatte war vom Übergeschwappten versudelt, denn die drei Kerle tranken nicht wie gesittete Menschen – sie soffen.

Der rote Gert hatte die Ellenbogen aufgestützt und starrte düster in das flackernde Kaminfeuer. »Der Teufel soll mich bei lebendigem Leib holen, wenn ich den dürren Köhlerburschen nicht kenne«, murmelte er in seinen fuchsigen Bart. »Der ist mir schon einmal über den Weg gelaufen, und da hatten wir beide nicht gerade ein Honiglecken miteinander. Wenn ich bloß draufkommen könnte! Es ist, beim Deixel, wie verhext!«

»Was brabbelst du denn da?« fragte einer von Gerts Kumpanen, ein grobschlächtiger Bursche, dem die schwarze Brustwolle aus dem aufgeschnürten Lederkoller quoll. »Sauf lieber! Das Braunbier schwemmt dir die unnützen Gedanken schon aus dem Schädel.«

»Ja, sauf!« rief der dritte, dem eine vernarbte Schwertwunde über Wange und Kinn lief. »Wenn wir uns den Kopf über jeden hergelaufenen Dörper zerbrechen wollten, dann hätten wir viel zu tun.« Er schenkte sich aus einem hölzernen, wohl sechs Maß fassenden Krug den Trinkbecher voll.

»Jawohl, du, Uscher, und du, Ralf, ihr meint, alles sei in der Butter, wenn ihr nur die Bierbitschen schwenken könnt«, antwortete der rote Gert und schlug auf den Tisch, daß das Geschirr tanzte. »Aber ich bekomm' es heraus, wer der Kerl war, und wenn ich die ganze Nacht nachdenken muß!«

Da lenkte Uscher, der Kerl mit der Gesichtsnarbe, ein. »Bist du ihm denn hier im Wald schon einmal begegnet oder vielleicht drunten an der Donau«, fragte er, »wo du früher im Herrendienst gestanden hast?«

»Im Wald war's nicht«, erwiderte Gert nach kurzem Überlegen. »Bin ja auch erst vier Monate hier, da wüßt' ich's sicher noch. Aber im Donaugäu – ja, da kann's gewesen sein.« Er fuhr sich durch den struppigen Schnauzbart, sein ohnehin zerfurchtes Gesicht verzerrte sich noch mehr unter der Anstrengung des Nachdenkens – und dann wußte er es auf einmal …

Er erinnerte sich plötzlich genau an eine Sommernacht im letzten Jahr, als der Mond voll am Himmel gestanden hatte. Er sah wieder den angetrunkenen Burgritter, wie er ihn und zwei andere zu sich gerufen und ihnen einen Befehl erteilt hatte. Dann der Ritt hinunter zu dem kleinen Dorf im Gäu, wo die Bauern auf dem Anger getanzt hatten und schreiend zur Kapelle geflohen waren, als die Reiter auftauchten. Ein sich sträubendes junges Weib – und ein großer, hagerer Kerl, der den Anführer erschlagen hatte, um dann zusammen mit dem schwarzhaarigen Weib auf dem Roß des Toten in die Nacht hinaus zu fliehen.

Ja, so war es gewesen, und nun erinnerte sich Gert auch daran, wie er und sein Kamerad die Flüchtigen verfolgt und verloren hatten, wie sie sich im Morgengrauen nur zögernd zurück auf die Burg gewagt hatten; er erinnerte sich an das wütende Toben des Ritters und seine schmerzenden Faustschläge, die sie wegen der Entflohenen hatten ertragen müssen. Und es fiel ihm wieder ein, wie der Ritter ihm danach nicht mehr vertraut hatte, ihm und dem anderen Knecht, und wie sie sich beide nach einem neuen Platz hatten umsehen müssen: sein Kamerad droben bei Regensburg und er hier draußen auf dem windigen Weißenstein, wo das Leben viel härter war als drunten im Gäu …

»Konrad heißt er«, schrie der rote Gert seine Trinkkumpane an. »Ich hab' ihn schon einmal vor der nackten Schwertklinge gehabt! Und der Natternburger hat zwölf Deckendorfer Pfennige auf seine Ergreifung ausgesetzt. Der Teufelsbraten hat uns letzten Sommer genarrt, daß es eine Art hatte.«

»Das hört sich nach einer kurzweiligen Geschichte an«, sagte der grobschlächtige Ralf lachend. »Willst du sie uns nicht genauer erzählen?«

»Teufel auch, jetzt kann's nicht mehr schaden«, antwortete Gert und berichtete seinen Zechkumpanen in allen Einzelheiten, was sich damals in Stauff unterhalb der Natternburg zugetragen hatte. »Ich muß diesen Konrad, den Hundsfott, bekommen«, schnaubte er zuletzt. »Ihn und seine Hur' will ich dem Natternburger vors Tor schleppen, dann kann ich mir mit dem Silber ein schönes Leben machen.«

»Zwölf Pfennige«, sagte Uscher nachdenklich, »damit könnten wir uns alle drei lustige Wochen gönnen. Glaubst du, du kannst Hilfe gebrauchen, wenn du das zweibeinige Wild jagst?«

»Habt den Konrad ja damals zu zweit nicht erwischt – aber zu dritt geht's vielleicht«, warf Ralf ein.

»Also gut«, sagte der rote Gert entschlossen. »Ich beteilige euch an dem Geschäft. Dem Deixel sei's geklagt, daß ich ihn mir heute mittag nicht gleich auf dem Feld gegriffen habe, als er mir so günstig bei der Hand war.« Plötzlich kam ihm ein Gedanke. »Der Erwein, der aufsässige Kerl, kennt ihn«, rief er. »Der hat sich ganz zutraulich mit ihm unterhalten. Und jetzt wird er uns sagen müssen, wo der Hundskerl zu finden ist!«

Gert leerte seinen Humpen und griff nach dem Schwertgehänge hinter sich an der schwitzenden Mauer. »Kommt mit! Wir wollen dem Viertelhübner einen Besuch abstatten.«

Feixend langten auch die anderen nach ihren Waffen, rafften ein paar Feuerbrände als Fackeln aus dem Kamin; gleich darauf polterten sie alle drei die Stiege hinunter. Der Wächter am Burgtor ließ sie durch die Eselspforte hinaus, ohne weiter nach ihren Absichten zu fragen. Es kam öfter vor, daß die Kriegsknechte in den Weiler oder gar nach Regen hinuntergingen, um sich dort mit den Bauernmägden zu vergnügen oder sich mit Fusel zu betrinken. Der Vogt auf Weißenstein drückte in diesen Dingen ein Auge zu, solange sich kein Feind im Waldgebirge aufhielt. Und der Torwächtel sah nicht ein, warum er gestrenger sein sollte als sein Herr.

Gert, Uscher und Ralf brauchten nur ein paar Minuten, um bis zu der Hütte des Viertelhübners zu gelangen. Sie stand am östlichen Dorfrand, ein wenig für sich, und zeugte mit ihrem Aussehen davon, daß ihr Besitzer zu den ärmsten Bauern des Weilers zählte. Die Balkenwände waren nur mit Lehm verstrichen und wurden allein durch ihr eigenes Gewicht zusammengehalten. Nirgends gab es einen eisernen Krampen oder einen Nagel, denn die Verwendung dieses Metalls wäre schon Luxus gewesen. Das strohgedeckte Hüttendach war so niedrig, daß sich ein Mann bücken mußte, wenn er zu der Brettertür gelangen wollte. Und der an das Haus angebaute Stall war so bescheiden in seinen Ausmaßen gehalten, daß er höchstens zwei

Kühe beherbergen konnte. Tatsächlich aber stand jetzt nur eine mindere Färse drinnen, denn der Viertelhübner hatte zu Weihnachten eine Kuh auf die Burg zinsen müssen.

Nicht einmal einen Hofhund gab es, so daß die drei Waffenknechte, ohne daß etwas sie verraten hätte, unbemerkt bis an die Hütte herangehen konnten. Sie wunderten sich allerdings, als sie hinter einem der kleinen Fenster noch einen Lichtschein entdeckten, denn alle anderen im Weiler schliefen längst. Daß Erwein eben von seinem Treffen mit Konrad zurückgekehrt war, konnten sie nicht ahnen.

»Du hast den Kerl heute nicht genug geschunden, weil er noch wach ist«, raunte Uscher dem roten Gert zu.

»Ist ganz gut so, dann brauchen wir ihn nicht von seinem stinkenden Strohsack zu zerren«, gab der Angesprochene zurück. »Los jetzt!«

Ein Stiefeltritt, und er polterte mit der aufschwingenden Tür in die Hütte. Uscher und Ralf folgten ihm auf dem Fuß, die Fäuste an den Schwertgriffen.

Erwein und sein Weib hatten am Tisch gesessen, auf dem der Viertelhübner die Geschenke Konrads, die Wolfsfelle und das Geräucherte, ausgebreitet hatte. In der anderen Ecke des klammen Raumes schliefen auf einer Strohschütte die drei Kinder des Paars. Als die Tür krachend aufflog, wuselten sie erschrocken hoch. Auch Erwein sprang auf und stellte sich schützend vor sein Weib. »Was wollt ihr?« fuhr er, ganz und gar nicht unterwürfig, die drei Eindringlinge an.

Der rote Gert machte deren Wortführer. »Nur eine Auskunft brauchen wir von dir«, sagte er, scheinbar ganz freundlich. »Über den hageren Kerl, der heute bei dir auf dem Feld war. Wir haben etwas mit ihm zu bereden und wüßten gerne, wo wir ihn finden können.«

Erwein erbleichte, aber seine Stimme klang fest, als er antwortete: »Hast ja schon mit ihm geredet heute und dabei erfahren, daß er hinunter nach Regen wollte, um Salz zu kaufen. Was willst du denn von dem armen Köhlerburschen?«

»Köhlerbursch – daß ich nicht lache!« platzte da Uscher heraus. »Der Kerl heißt Konrad, ist ein landflüchtiger Mörder, und der Natternburger Ritter hat einen Preis auf seinen Kopf ausgesetzt.«

»Und er ist auch nicht um Salz nach Regen gegangen, weil er das unten an der Donau viel billiger haben könnte«, setzte Gert hinzu. »Raus mit der Sprache! Was wollte der Konrad von dir? Und wohin hat er sich nach der Mordtat verschloffen? Du weißt es und wirst mir's sagen.«

»Nichts weiß ich«, beharrte Erwein. »Hab' den Mann nur ein- oder zweimal im Leben gesehen.«

»Und das da?« Gert packte die auf dem Tisch liegenden Wolfsfelle, knüllte sie zusammen und warf sie wieder zurück. »Hat er dir die geschenkt, weil ihr euch nicht kennt? Oder hast du die Wölfe etwa selber erjagt, wo sich heuer den ganzen Winter über kein einziger in der Weißensteiner Gegend gezeigt hat? Und das Geselchte, das hat er dir wohl auch als Almosen gegeben, was?«

»Die Sachen gehen euch nichts an«, erwiderte Erwein, aber in seinen Augen flackerte jetzt die Angst.

Uscher sah es und riß das Schwert aus der Scheide. »Nimm dein freches Maulwerk in acht!« herrschte er den Viertelhübner an, indem er ihm die Schwertspitze gegen die Kehle drückte. »Du verbirgst doch etwas vor uns! Du willst den landflüchtigen Hundsfott nur schützen! Aber wir werden dich zum Singen bringen, darauf kannst du Gift nehmen!« Die scharfe Klinge riß einen blutigen Striemen an Erweins Hals auf.

»Heilige Muttergottes, erbarm dich unser!« schrie das Weib erschrocken. Die Kinder starrten aus ihrer Ecke mit großen Augen herüber.

»Die Muttergottes wird euch was pfeifen, wenn dein Alter jetzt nicht redet«, brüllte der rote Gert. »Also, wo ist der Konrad wirklich hin? Ich geb' dir ein Ave Maria lang Zeit, um es auszuspucken. Wenn nicht ...« Er deutete auf Uschers Schwert und grinste teuflisch.

Doch der Viertelhübner blieb standhaft. »Ich wüßte nicht, was ich euch sagen könnte«, murmelte er.

Die Schwertspitze ruckte über seinen Hals und das Schlüsselbein und riß das Wams in Fetzen von der nackten Brust. Die Schnittwunde blieb einen Augenblick weiß wie Fischfleisch, dann schoß das Blut hervor.

Das Weib kreischte. Die Kinder begannen zu heulen und drängten sich wie verschrecktes Getier aneinander.

»Redest du jetzt?« donnerte der rote Gert.

Erwein, obwohl er große Schmerzen litt, schüttelte eigensinnig den Kopf. »Hab' nichts zu sagen«, wiederholte er.

»Dann mußt du mit auf die Burg!« Gerts Stimme klang jetzt eiskalt. »Du weißt schon – in den Turm. Wo sich die Folterkammer befindet. Dort wirst du das Maul schon aufmachen!«

»Nein!« Zum erstenmal stand nackte Panik in Erweins Augen. Draußen im Wald hauste einer, den hatten sie einmal in der Tortur gehabt. Jetzt konnte er, seiner zerschlagenen Glieder wegen, nur noch wie ein lahmer Hund kriechen und mußte mühsam sein Leben von dem fristen, was ihm mitleidige Dörfler ab und zu vor den Eingang seines Erdlochs legten. »Nein!« schrie Erwein noch einmal und warf sich nach vorne, um flüchtend die Tür zu gewinnen.

»Packt ihn!« gellte der Befehl Gerts.

Uscher schwang das Schwert und schlug mit der flachen Klinge zu. Der Hieb traf Erweins Schädel und ließ ihn wanken. Aber immer noch kämpfte er, Todesangst in den geweiteten Augen. Er packte Ralf und versuchte, ihn zwischen sich und die beiden anderen Burgknechte zu zerren. Aber der Narbige hieb ihm mit dem eisenbeschlagenen Handschuh ins Gesicht, so daß ihm augenblicklich das Blut aus der Nase schoß.

Erwein taumelte, und Gert gab ihm mit einem Faustschlag in den Nacken den Rest. Besinnungslos brach er zusammen.

Das Weib wollte sich schützend über ihn werfen, aber Uscher stieß es brutal beiseite. »Hinauf mit ihm auf die Burg!« befahl Gert. Uscher und Ralf packten den Besinnungslosen und trugen ihn zur Tür, während Gert die Frau zurückhielt, die sich vor Kummer wie eine Wahnsinnige gebärdete. Doch auf die Burg würde sie sich nicht wagen. Das wußte Gert, als er die Tür zuschlug und so das Weib mit den drei Kindern in der Hütte einsperrte.

Der Viertelhübner bekam von alldem nichts mehr mit. Die Schläge hatten ihm das Nasenbein gebrochen und den Nackenwirbel gestaucht; seine Ohnmacht konnte noch Stunden dauern.

Erwein kam wieder zu sich, weil ein Schwall eiskalten Wassers über seinen Kopf und seinen nackten Oberkörper klatschte. Als er die verschwollenen Augen aufriß, blickte er direkt in das Licht einer Pechfackel, die über ihm in einer Mauerritze stak. Die Mauer selbst bestand aus grob zusammengefügten Steinen und bildete ein Halbrund. In diesem Moment wußte Erwein, daß er sich in der Folterkammer des Turmverlieses von Weißenstein befand.

Namenlose Angst schnürte ihm den Atem ab, trotzdem versuchte er sich aufzurichten. Aber da spürte er die ledernen Riemen, die seinen Leib, seine Arme und Schenkel auf die Streckbank schnürten. Gerade, daß er den Kopf ein wenig anheben konnte.

»Gib dir keine Mühe!« hörte er eine höhnische Stimme. »Jetzt kommst du uns nicht mehr aus!« Der Sprecher beugte sich über ihn, und Erwein erkannte Gerts verkniffenes Gesicht. Als er den Kopf noch ein wenig weiter hob, sah er auch Uscher und Ralf am Fußende der Folterbank stehen.

»Ich frage dich jetzt zum letztenmal: Wo ist dein Freund Konrad hin?« Gerts Stimme klang leise, fast unbeteiligt. Aber in seinen Augen, die sich in die von Erwein bohrten, glühte es.

Der Viertelhübner mußte seine ganze seelische Kraft zusammennehmen, um zu antworten: »Weiß es nicht. Der Köhlerbursch ist nicht mein Freund.«

»Wie du willst!« Jetzt schrie Gert und gab gleichzeitig Ralf und Uscher ein Zeichen. Erwein sah die Hanfschlinge, die sie um seine Knöchel legten, eine zweite streifte ihm Gert über den Kopf und drückte sie unter das Kinn. Die rauhen Fasern schnitten in Erweins Haut. Aber viel schlimmer war das Knarren des Räderwerks, das jetzt in Bewegung gesetzt wurde und die Stricke straffte.

»Redest du jetzt?« Gerts Stimme kam von seltsam weit her. Das Seil um seinen Hals würgte Erwein. »Hab' nichts zu reden«, gurgelte er.

Der nächste Ruck brach ihm beide Fußknöchel. Der Schmerz schoß Erwein durch den ganzen Leib und ließ ihn sich ohnmächtig gegen die Fesseln aufbäumen. Er schrie und wußte es nicht einmal. Uscher hieb mit der Faust auf die gebrochenen Gelenke. »Rede endlich!« schrie er den Gefolterten an.

Dumpf drang die Stimme in Erweins Gehirn. Jetzt wollte er sprechen. Die Schmerzen waren zu groß, er konnte sie nicht mehr ertragen. Aber das Seil, das um seinen Hals lag, schnürte ihn so grausam, daß er keinen Ton herausbrachte. Er kämpfte gegen den Druck an, warf dabei den Kopf hin und her.

Der rote Gert wertete das als weitere Weigerung. Wutentbrannt griff er nach dem Hebel an der Seilrolle. Das Holz ächzte, der Strick knirschte; es klang wie ein Wimmern der seelenlosen Gegenstände um Gnade.

Noch einmal ruckte Gert am Hebel der Streckbank. Es gab ein Geräusch, als wäre ein Zweig gebrochen, Erweins Augen wurden starr, und dann fiel sein Kopf seltsam schlaff gegen das Seil – der Halswirbel war zerknickt.

Zuerst begriffen die drei Rohlinge nicht, was sie angerichtet hatten. Doch dann sagte Uscher leise: »Du Narr! Du hast zu fest gezogen und ihn umgebracht!«

»Verdammt und zugenäht«, fluchte Gert. »Warum hat der Hund auch nicht reden wollen?«

»Das werden wir nie mehr erfahren«, sagte Ralf.

»Und der Vogt wird einen schönen Tanz aufführen, wenn er von dem Unglück erfährt«, murmelte Uscher. »Immerhin war der Kerl ein guter Arbeiter und ist jetzt für den Frondienst verloren.«

»Ein Hundsfott war er, der einen Rebellen und Landflüchtigen gedeckt hat«, schrie Gert. »So werden wir's dem Vogt morgen früh auch erklären. Und diesen verdammten Konrad werden wir uns trotzdem schnappen!«

Uscher bückte sich und löste die Stricke von den gebrochenen Knöcheln des Toten. Verrenkt fielen die Glieder auf die Streckbank zurück. »Daß ich nicht lache«, sagte er. »Wie willst du das denn anstellen?«

Gert starrte auf die Leiche. »Die Wolfsfelle«, murmelte er dann. »Der Hundsfott da hat sie von Konrad bekommen. Aber hier bei uns gab es diesen Winter keine Wölfe. Die sind nur weiter im Norden aufgetaucht – und da müssen wir den Flüchtigen suchen. Im Norden – gegen Böhmen zu.«

»Magst recht haben, aber das ist ein weites Land dort droben«, gab Uscher zu bedenken.

»Trotzdem werden wir ihn finden«, beharrte der rote Gert, packte ein Stück Sackleinen und warf es über das entstellte Gesicht des Leichnams. »Ich werde ihn aufspüren«, wiederholte er, »und wenn es auch ein ganzes Jahr dauern sollte. Er allein ist schuld, daß wir den da zu Tode geschunden und uns versündigt haben, und das soll er mir mit seinem eigenen Leben büßen!«

VIII

Aus der Chronik des Eginhart Bärnreuther, Bauer auf Bärnreuth: *»Hat der Ahn Konrad das erste Korn in die Erden bracht, sind aber bald darauf drei Bluthund kommen auf Bärnreuth, und hat's der Ahn auskämpfen müssen mit denen um Leib und Leben.«*

Nun flatterten auch auf Bärnreuth die Krähen hinter dem Sämann her. Konrad hatte den Roggen gut heimgebracht, und da er nicht wissen konnte, was in der Nacht nach seinem Treffen mit Erwein auf der Burg Weißenstein geschehen war, freute er sich jetzt seines Lebens.

Das gerodete Feld war mit einem einfachen Hakenpflug, den Mariann geführt hatte, während er selbst zog, umgebrochen worden. Und jetzt schritt Konrad langsam die Furchen entlang, das Tuch mit dem Roggen vor der Brust, und streute mit weitausholenden Bewegungen das Korn in die Erde. Mariann ging hinter ihm und bedeckte die Saat schleunigst wieder, damit die aufgeregt krächzenden Krähen ja nicht zuviel davon entführen konnten.

Zeitig am Morgen hatten die beiden mit dem Säen begonnen, und nun, gegen Mittag, wurden sie fertig. Mit Schwung ließ Konrad die letzte Handvoll Roggen ausrauschen, dann schüttelte er auch noch das leere Tuch aus, wandte sich lachend seiner Frau zu und sagte: »Nun ist die Saat ausgebracht, und bis zum Sommer werden wir Brot haben. Mein Gott, Mariann, das ist der glücklichste Tag meines Lebens!«

»Ich kann es kaum erwarten bis zur Ernte«, antwortete Mariann. »Aber wir müssen bis dahin einen Backofen bauen und werden auch Hefe brauchen, wenn wir Brot haben wollen.«

»Den Ofen stelle ich dir schon auf«, erwiderte Konrad. »Und was die Hefe angeht – nun, ich habe dir davon nichts gesagt, weil ich dich überraschen wollte. Aber als ich den Roggen holte, da hat mir Erwein ein Päckchen davon dazugelegt. Es befindet sich im Haus in einem kleinen irdenen Topf.«

»Solche Geheimnisse darfst du gerne vor mir haben«, sagte Mariann lachend und umarmte ihren Mann. »Komm, das Feld ist fertig, aber wir selbst sind ganz schön schmutzig. Laß uns zum Weiher gehen und baden. Es ist heute schon warm genug dafür.«

Gleich darauf hatten sie ihre Kleider abgelegt und planschten ausgelassen in dem flachen Wasser herum, das ihnen nur bis zur Brust reichte. Danach streckten sie sich am Ufer in dem schon wieder kräftig sprießenden Gras aus, dösten vor sich hin und schmiedeten zwischendurch Pläne für die Zukunft.

»Wenn wir eine gute Ernte bekommen, dann brauchen wir für die nächste Aussaat schon ein zweites Feld«, sagte Konrad. »Wir werden natürlich Brot backen, aber zwei Säcke Korn sollten wir für das nächste Jahr schon aufheben.«

»Also müssen wir wieder roden«, antwortete Mariann. »Es wird hart werden, aber ich tue es gerne, wenn ich mir dabei vorstellen kann, daß wir dann bald zwei Felder und später vielleicht noch mehr besitzen werden. Ach, Konrad, schön langsam wird ja aus Bärnreuth wirklich ein richtiger Bauernhof!«

»Natürlich, mit der heutigen Aussaat ist der Anfang dazu gemacht«, bestätigte Konrad. »Später soll sich einmal das ganze Tal hier unter dem Pflug befinden. Zwei Drittel der Felder werden tragen, während das letzte Drittel jeweils für ein Jahr brach liegen bleibt.«

»Wir sollten später auch Tiere hier haben«, sagte Mariann träumerisch. »Kühe vielleicht, dann hätten wir auch Milch und Fleisch, und du müßtest nicht mehr auf die Jagd gehen.«

»Um Kühe zu kaufen, bräuchten wir Geld«, erwiderte Konrad. »Und das besitzen wir leider nicht. Und selbst wenn wir's hätten, könnten wir nicht einfach nach Weißenstein oder Deckendorf gehen, um die Rinder zu holen. Vergiß nicht, wir sind immer noch vogelfrei.«

»Trotzdem – eines Tages wird neben unserem Haus ein Stall stehen«, sagte Mariann leise und träumerisch. »Ich weiß einfach, daß es so kommen wird.« Sie strahlte ihn an. »Dann werde ich eine richtige Bäuerin sein und werde uns jeden Morgen Milchsuppe kochen.«

Konrad leckte sich unwillkürlich die Lippen, denn Milch hatten sie nun schon seit bald einem Jahr nicht mehr getrunken. »Das wäre schön«, sagte er. »Aber wie auch immer – morgen werde ich wieder einmal auf die Jagd gehen. Das Fleisch vom Winter ist beinahe alle und wird allmählich auch ranzig. Wir können einen frischen Braten gut gebrauchen.«

»Aber heute bleibst du noch bei mir«, sagte Mariann zärtlich. »Weißt du, ich habe den Frühling so stark im Blut, daß ich nicht ohne dich sein kann!« Damit schlüpfte sie zu ihm und schmiegte ihren nackten Körper an den seinen. Sie fühlte erschauernd seine warme Haut, seine harten Muskeln, seine kräftigen Hände. Ihre Lippen suchten die seinen, und dann wußte sie nichts mehr, und ihm ging es ebenso, denn sie waren eins mit der aufblühenden und strotzenden Natur geworden.

Während der folgenden Wochen gab es wenig auf Bärnreuth zu tun. Das Korn ruhte in der Erde und sorgte vorerst für sich selbst, am Haus waren die Schäden des Winters längst ausgebessert, und mit dem Roden des zweiten Feldes konnte man sich noch bis zum Spätsommer Zeit lassen. Auch der Backofen sollte erst entstehen, kurz ehe das Korn ausgedroschen wurde, und so verbrachte Konrad nun ganze Tage wieder mit der Jagd. Das Fleisch wurde eingesalzen und in der Höhle gelagert, die sie nach Veits Aufbruch wieder als Lagerraum benutzten.

Ab und zu begleitete Mariann ihren Mann auf seinen Pirschgängen, und so war es auch an einem Maitag, der schon beinahe an den Sommer erinnerte, so warm strahlte die Sonne. Konrad und Mariann waren ein gutes Stück nach Süden gegangen, fast bis zu jenem breiten Tal, das sich zwischen dem Arbergebiet und der nächsten menschlichen Siedlung erstreckte. Doch das Jagdglück war ihnen heute nicht besonders günstig. Es dämmerte schon, als Konrad endlich auf einen Rehbock zum Schuß kam, doch auch da schien der Teufel seine Hand im Spiel zu haben. Denn Konrads Pfeil traf den Bock zwar, jedoch so schlecht, daß das Wild nicht fiel, sondern sich verletzt in den Wald hinein flüchten konnte.

»Daß ich auch einen solch dummen Fehlschuß tun mußte!« ärgerte sich Konrad. »Jetzt ist der Bock auf und davon und wird erst Meilen weiter zusammenbrechen.«

»Gräme dich nicht – das Dämmerlicht war schuld«, versuchte Mariann ihren Mann zu trösten.

»Ja, und das ist auch schuld daran, daß ich den Bock jetzt nicht mehr verfolgen kann«, erwiderte Konrad. »Es wird bald ganz dunkel, und dann kann ich seine Fährte überhaupt nicht mehr erkennen.«

»Dann bleib doch die Nacht über hier und stöbere den Bock morgen früh auf«, schlug Mariann vor.

»Das wäre am besten«, gab Konrad zu, »aber was wird dann aus dir? Du wolltest doch auf jeden Fall heute zurück, weil noch Fleisch eingepökelt werden muß.«

»Ich finde den Weg auch allein«, versicherte Mariann. »Wenn ich renne, bin ich bald nach Einbruch der Dunkelheit wieder zu Hause, und du kommst dann morgen mit deiner Jagdbeute nach.«

»Also gut«, pflichtete Konrad ihr bei. »Fährten von Raubzeug haben wir den ganzen Tag über nicht entdeckt. Nimm aber trotzdem die Saufeder mit!« Er reichte ihr den schweren Spieß. »Und jetzt lauf, nütze das letzte Tageslicht aus!«

Mariann schulterte die Waffe, winkte ihm noch einmal zu, gleich darauf war sie zwischen den Bäumen verschwunden. Konrad seufzte, denn ganz recht war es ihm nicht, daß sie allein nach Hause rennen sollte, aber dann suchte er nach der Schweißspur des angeschossenen Bocks, fand sie und folgte der Fährte, welche in die andere Richtung führte. Insgeheim hoffte er noch immer, das Wild trotz allem stellen und ihm den Gnadenstoß geben zu können, doch das Reh schien nicht allzu schwer verletzt zu sein; es war stetig geflüchtet, und als es Nacht wurde, da hatte Konrad den Bock noch immer nicht gefunden. Er mußte bis zum nächsten Morgen warten.

Am südlichen Hang des breiten Talbodens richtete er sich unter einer alten Buche mit silbriger Rinde sein Nachtlager her. Ein Stück Geräuchertes hatte er bei sich; er verzehrte es, streckte sich dann lang aus und dachte an Mariann. Sie würde inzwischen wohl zurück auf Bärnreuth sein. Der Gedanke, daß wenigstens sie ein Dach über dem Kopf hatte, beruhigte ihn; er schloß die Augen und war gleich darauf friedlich eingeschlafen.

In der Morgendämmerung war er wieder auf den Beinen und nahm die Verfolgung der Schweißspur von neuem auf. Der Nachttau hatte die Blutspuren des verwundeten Bocks schon halb verwischt; Konrad hatte jetzt mehr Mühe mit der Nachsuche als am letzten Abend. Außerdem hatte das angeschweißte Wild während der Nacht den Abstand zwischen sich und dem Jäger vergrößern können.

Der Vormittag war bereits halb um, ehe Konrad wieder auf eine frische Blutspur stieß. Der Bock mußte hier vor höchstens einer halben Stunde reichlich Schweiß verloren haben. Ganz in der Nähe war er in ein weitläufiges Gestrüpp eingedrungen, und dort drinnen hoffte Konrad ihn nun endlich zu stellen.

Einen Pfeil auf der Bogensehne, schlich er näher. Er kam eben an einer Ulme vorbei, die allein inmitten des Gesträuchs stand, als er plötzlich einen dumpfen Schlag vernahm. Fast gleichzeitig bohrte sich etwas neben ihm klatschend in den Baumstamm. Er fuhr herum und sah einen Armbrustbolzen aus der Rinde ragen.

Ein anderer, unvorsichtiger Jäger, schoß es ihm durch den Kopf. Doch er wurde sofort eines Besseren belehrt, denn jetzt tauchten auf einem Hang seitlich des im Tal wuchernden Gestrüpps drei Männer auf.

Sie waren gewappnet und bis an die Zähne bewaffnet – und den einen kannte Konrad. Er hatte ihn vor wenigen Wochen auf den Weißensteiner Feldbreiten gesehen und sogar mit ihm gesprochen: Es war der rote Gert.

Aber auch der Burgknecht schien genau zu wissen, wen er vor sich hatte. »Hab' ich dich verfehlt, Vogelfreier«, schrie er herüber. »Aber warte nur! Jetzt geht's besser!« Er entriß einem seiner Begleiter, einem grobschlächtigen schwarzen Kerl mit Bart, dessen Speer und schleuderte ihn mit aller Kraft in Konrads Richtung.

Der scharfe Stahl hätte Konrad getroffen, wenn er sich nicht durch einen gedankenschnellen Sprung zur Seite in Sicherheit gebracht hätte. Dabei brach er in das Gesträuch ein, das hier eine Bodenmulde bedeckte, und erblickte dort den Rehbock, den er den ganzen Morgen über verfolgt hatte. Das Tier war tot; im Brustmuskel stak noch Konrads Pfeil.

So werde ich auch daliegen, wenn mich die Feinde erwischen, dachte er verzweifelt. Ich muß weg hier, auf der Stelle! Aber wohin? Weiter nach Süden kann ich nicht, da ist bewohntes Land. Zum Bärental und zu Mariann darf ich die Kerle auch nicht lokken ...

Er drückte sich so eng wie möglich an die Erde, direkt neben den toten Bock. Die Mulde und das Gebüsch verbargen ihn erst einmal vor den drei Verfolgern. Er hörte ihre wütenden Rufe. Und dann wußte er es: Es gab nur einen einzigen Weg, den er einschlagen konnte.

Er riß seinen Pfeil aus der Brust des Rehbocks und verwahrte ihn, blutig wie er war, im Köcher. Dann kroch er auf allen vieren nach Westen davon. Er hoffte, ein gutes Stück zwischen sich und den roten Gert zu bringen, ehe dieser sein Verschwinden entdeckte.

Aber er hatte sich getäuscht. Die wippenden Haselzweige über seinem Kopf mußten ihn verraten haben. Wieder klatschten zwei, drei Armbrustbolzen ins Unterholz, der letzte kaum einen Fußbreit von seinem Kopf entfernt. Er sprang auf, durchbrach hakenschlagend das Gebüsch und erreichte den Hochwald.

Dann rannte er um sein Leben – auf den Arber zu, dessen Gipfel mächtig über den Baumwipfeln aufragte.

Eine kurze Weile blieb es still in seinem Rücken. Aber als Konrad sich einmal umschaute, da sah er, daß die drei Häscher ihm folgten, breit zu einer Kette auseinandergezogen. Sie brüllten nur nicht mehr und sparten sich ihren Atem für einen besseren Zweck. Konrad umklammerte seinen Bogen und den Hirschfänger, der ihm gegen den Schenkel schlug, und rannte weiter. Er hatte nur diese beiden Waffen bei sich. Das Beil befand sich auf Bärnreuth, und den Spieß hatte er Mariann gegeben.

Bei dem Gedanken an sein Weib drohte Konrads Herz auszusetzen. Er durfte sich gar nicht ausmalen, was geschehen würde, wenn Mariann in die Hände dieser Halunken fiel. Seine Beine trommelten den Waldboden schneller, pfeifend sog er die Luft in seine Lungen. Seine Gedanken jagten sich. Er fragte sich, was den Burgknecht von Weißenstein auf seine Fährte gebracht hatte. Noch immer wußte Konrad nicht, daß der rote Gert noch im letzten Jahr zu den Reisigen des Natternburgers gehört hatte. Aber daß er ihm ans Leben wollte, das wußte er. Da gab es keine Täuschung. Sie hetzten ihn ebenso gnadenlos, wie er selbst eben noch hinter dem Rehbock hergewesen war. Nur dann, wenn er den Arber erreichen und sich dort im Urwald, irgendwo unter dem Gipfel oder nach Böhmen zu, verbergen konnte, hatte er noch eine Chance. Aber dazu brauchte er einen ausreichenden Vorsprung vor den Häschern. Er versuchte noch schneller zu rennen, auch wenn ihm das Blut vor lauter Anstrengung bereits wie Trommelschläge in den Schläfen hämmerte.

Als er nach einer Weile erneut einen Blick über die Schulter warf, sah er, daß er seinen Vorsprung tatsächlich ein wenig vergrößert hatte. Der rote Gert, Ralf und Uscher waren, im Gegensatz zu ihm, mit Helm und Kettenhemd gewappnet und trugen außerdem mehr Waffen als Konrad. Jeder von ihnen schleppte, anstatt seines leichten Bogens, eine Armbrust, außerdem trugen sie noch ihre Speere und Schwerter. Sie kamen jetzt sichtlich langsamer voran als er – und dennoch besaßen sie einen Vorteil. Denn sie waren zu dritt und Konrad allein, und deswegen konnten sie ihn, in einem ziemlichen Abstand nebeneinander laufend, wie einen Hasen vor sich her treiben. Seine einzige Hoffnung blieb der Berg. Er mußte den Gipfel gewinnen, wo er sich leichter verteidigen konnte, auch gegen drei, um dann später, wenn es dunkel geworden war, im Urwald auf der anderen Seite, wo er selbst noch nie gewesen war, zu verschwinden. Wenn er nur eine Nacht Vorsprung gewann, konnte er sich zu Mariann durchschlagen und zusammen mit ihr endgültig fliehen, sogar nach Böhmen hinüber, wenn es sein mußte. So voller Angst war Konrad, daß er in diesem Moment Bärnreuth und alles, was sie zusammen dort geschaffen hatten, aufgegeben hätte.

Dann zischte wieder ein Bolzen heran und verfehlte ihn nur knapp. Es mußte einem der drei Verfolger gelungen sein, im Laufen seine abgeschossene Armbrust neu zu spannen; ein echtes Kunststück. Aber es bewies Konrad, wie gefährlich der rote Gert und dessen Kumpane waren. Konrad konnte nur hoffen, daß es bei dem einen Schuß bleiben würde.

Nachdem die Jagd mehr als eine Stunde gewährt hatte, fühlte sich Konrad so erschöpft wie noch nie in seinem Leben. Vor seinen Augen tanzten bereits blutige Schleier, sein Herz schmerzte, seine Beine zitterten und schienen am Boden zu kleben. Aber er befand sich jetzt bereits ein gutes Stück auf der Flanke des Arber und drang mit zusammengebissenen Zähnen immer weiter in den Urwald vor. Wenn er ab und zu einmal hinter sich schaute, dann konnte er sehen, daß seine Jäger nicht weniger erschöpft waren als er selbst. Ihre Gesichter zeigten blutige Striemen, dort, wo sie gegen peitschende Zweige gerannt waren, und glühten dunkelrot. Die Kerle waren noch ein Stück zurückgefallen und liefen jetzt vielleicht hundert Schritte hinter ihm, knapp außer Bolzenschußweite. Doch ein einziger Fehltritt Konrads, ein Straucheln, oder wenn er nur ein Stück auf dem Hang zurückrutschte, konnte sie wieder in lebensgefährliche Nähe bringen. Allmählich wurde Konrad immer langsamer, zuletzt trottete er nur noch dahin, die Augen zwanghaft auf den Arbergipfel geheftet. Auch Gert, Uscher und Ralf brachten jetzt nicht mehr die Kraft auf, die sie gebraucht hätten, um noch rennen zu können. Gleich Konrad taumelten sie nur noch müde bergauf. Aber sie taten es ebenso verbissen wie er, und er wußte, daß sie nicht aufgeben würden, solange sie noch stehen konnten.

Zuletzt wurde alles zu einer fürchterlichen Tortur. Die Sonne hatte ihren Gipfelpunkt längst überschritten, und aus dem Trotten und Taumeln des menschlichen Wildes und seiner Jäger war nun beinahe ein Kriechen geworden. Immer wieder stürzte einer der vier Männer nieder, riß sich aber mit eiserner Willensanstrengung wieder hoch. Kein Tier hätte sich so unvernünftig zeigen können, sondern sich längst seines Hasses entschlagen, doch die Menschen gaben nicht auf; bei den Häschern war der Wunsch, zu töten, stärker als alle Vernunft.

Als Konrad den Gipfel erreichte, begriff er zunächst gar nicht, daß er es geschafft hatte. Fast unbeteiligt nahm er wahr, daß sich der Berg auf der anderen Seite wieder senkte, dann brach er zusammen. Aber er fiel auf den Pfeilköcher, den er immer noch umklammert hielt, und eine der scharfen Spitzen schnitt ihn in die Brust. Der Schmerz peitschte ihn noch einmal hoch. So schwer, als kämpfe er gegen zähen Schlamm an, zog er den Bogen nach vorne, legte den Pfeil auf und suchte nach einem Ziel. Uscher war den beiden anderen Häschern um zwei, drei

Schritte voraus. Die Umrisse seiner grobschlächtigen Gestalt verschwammen vor Konrads Augen; er kniff sie zusammen und achtete nicht auf den salzigen Schweiß, der in ihnen biß. Es kostete ihn alle Kraft, die er in diesem Moment noch hatte, die Bogensehne zu spannen und den Pfeil abzuschnellen. Uscher sah, daß Konrad auf ihn schoß, und machte eine Bewegung, als wolle er das Geschoß mit der Hand beiseite wischen. Die Abwehrreaktion wäre nicht nötig gewesen. Konrads Hand hatte beim Abschuß zu sehr gezittert; der Pfeil fuhr Meter neben Uscher harmlos in den Boden.

Doch der Schuß hatte die Verfolger gewarnt und gereizt. Auch sie waren an den Grenzen ihrer Kräfte angelangt, aber nun, dermaßen herausgefordert, wurden sie gefährlich wie Hornissen, die sich angegriffen fühlen. Sie gingen in Deckung und spannten die Armbrüste. Gleich darauf hagelten die Bolzen rund um Konrad in die Baumstämme. Er konnte noch einen zweiten Pfeil abschießen, dann wurde seine Lage unhaltbar.

Auf allen vieren kroch er über den Gipfel hinüber, richtete sich mühsam auf und brach drüben in den sich senkenden Wald ein. Er war noch nie so weit oben auf dem Berg gewesen und kannte das Gelände nicht. Blind rannte er, wobei er es in Kauf nahm, in eine Schlucht oder einen Steilhang hinunterzustürzen.

Seine Hoffnung war, daß sich die Verfolger nicht sofort auf den Gipfel wagen würden, weil sie annehmen mußten, daß er dort immer noch auf der Lauer lag. Tatsächlich brauchten Gert, Uscher und Ralf eine gewisse Zeit, bis sie sich über den Kamm trauten. Konrad war ihnen jetzt vielleicht dreihundert Schritte voraus. Wenn er sie bis zum Abend nicht mehr näher herankommen ließ, konnte er ihnen vielleicht doch noch entfliehen. Aber er mußte in Bewegung bleiben, um jeden Preis …

Konrad hielt seinen Vorsprung mehr als eine Stunde lang. Und dann sah er sich scheinbar rettungslos in einer tückischen Falle gefangen. Denn vor ihm brach der Berg plötzlich steil nach unten ab, hinter ihm befanden sich die Verfolger, die wieder eine auseinandergezogene Kette gebildet hatten, und tief unten glänzte dunkel der Spiegel eines Sees.

Das muß das Wasser sein, welches Erwein damals entdeckt hat, durchfuhr es Konrad. Der dunkle See und die Steilwand. Konrad hatte stets vorgehabt, dieses geheimnisvolle Naturwunder einmal zu suchen, aber er hatte nie Zeit dazu gefunden. Jetzt hatte ihn der Haß seiner Verfolger gegen seinen Willen hierher getrieben.

Konrad verhoffte am Rand der steil abstürzenden Felsen. Tief unten sah er die seltsamen Inseln, die in dem See schwammen. Etwas drängte ihn, einfach über die Klippe zu treten und sich in den Abgrund zu stürzen. Aber noch einmal war sein Lebenswille stärker und hielt ihn von dieser Wahnsinnstat ab. Statt dessen ließ er sich auf Knie und Hände nieder, schob sich rückwärts über den Abbruch der Steilwand und begann mit jagenden Pulsen den Abstieg. Er wußte genau, daß sein Leben jetzt an einem Haar hing und daß er alles auf eine Karte setzte. Wenn er die Felswand nicht bemeisterte, ehe seine Verfolger in Schußweite kamen, würde er, von einem Armbrustbolzen getroffen, doch noch tot hinunterstürzen.

Er kletterte um sein Leben. Er schürfte sich Hände und Beine an den schroffen Felsen auf. Die Äste verkrüppelter Bäume, die aus der Wand wuchsen, peitschten ihm ins Gesicht. Manchmal glitt er ab und rutschte meterweit nach unten, ehe er irgendwo wieder Halt fand. Einmal war es nur sein Bogen, der ihn bei einem solchen Sturz rettete. Die Waffe verfing sich an einem herausstehenden Stein und gab ihm so den Halt, der ihm das Leben bewahrte. Aber dabei zerbrach der Bogen, und damit war Konrad so gut wie wehrlos, selbst wenn er das Seeufer erreichte.

Er hatte etwa zwei Drittel der Steilwand hinter sich gebracht, als oben die Häscher auftauchten. Vorsichtig schoben sich ihre Köpfe über den Abbruch, dann gellte Gerts höhnischer Schrei herunter: »Jetzt bist du geliefert, Galgenvogel! Bist eine gute Zielscheibe für uns. Hängst ja in der Wand wie eine Katze, die sich verstiegen hat.«

Flüchtig sah Konrad, wie die Männer droben ihre Armbrüste schußbereit machten. Wieder ging es jäh ein paar Meter hinunter. Er stürzte mehr, als er kletterte. Dann fetzte ein eisenbeschlagener Bolzen einen Stein neben ihm aus der Felswand. Funken und Splitter spritzten Konrad ins Gesicht. Er sah plötzlich Mariann vor sich, wie eine Vision, und dachte: Ich muß es schaffen! Ich will zu ihr! Sie wartet ja auf mich!

Zwei weitere Bolzen flitzten die Felswand herunter. Aber auch sie verfehlten Konrad, weil er sich rechtzeitig gegen das Gestein gepreßt hatte.

Droben ertönte ein dreistimmiger Wutschrei. Konrad wußte, daß sie einige Augenblicke brauchen würden, um die Armbrüste neu zu spannen. Es war nicht so einfach. Sie mußten erst die eisernen Hebel ansetzen und die Sehnen nach hinten ratschen. Der Gedanke an diese Galgenfrist gab ihm neuen Mut. Er riskierte alles und sprang mehrere Meter tiefer. Eine Latschenkiefer, die aus der Wand ragte, hielt ihn auf, wenn sie ihm auch Arme und Brust blutig riß. Noch ein Sprung, dann hatte er den Fuß der Steilwand fast erreicht. Vier, fünf Meter noch – aber dort unten lagen verrottetes Laub und Moos. Konrad ließ sich einfach fallen und prallte hart auf. Aber er hatte sich nichts gebrochen und befand sich nun ganz nahe am Seeufer.

Als die nächsten Bolzen einschlugen, rannte er bereits am Ufer entlang. Jetzt erfüllte ihn eine beinahe orgastische Freude. Wenn ihn Gert und seine Männer noch weiter verfolgen wollten, mußten sie ebenfalls den halsbrecherischen Abstieg über die Steilwand in Kauf nehmen. Es gab keinen anderen Weg nach unten. Konrad wandte sich im Laufen um, um zu sehen, ob sie es wagen würden.

Sie taten es!

Der rote Gert hing bereits drei Mannslängen unterhalb der Abbruchkante. Ein Seil war um seine Hüften geschlungen und lief zu Uscher und Ralf, die eben in die Steilwand hineinkletterten. Die Armbrüste hingen von ihren Hälsen und schienen die Männer in den Abgrund ziehen zu wollen.

Konrad rannte weiter, schaute aber immer wieder über die Schulter zurück. Sein Vorsprung wuchs beruhigend. Als seine Verfolger sich in halber Höhe der Wand befanden, hatte er den See schon fast ganz umrundet.

Und dann hörte er plötzlich einen gurgelnden Schrei, in den sich gleich darauf zwei andere mischten. Es klang so entsetzlich, daß Konrad stehenblieb und herumfuhr. Er sah den roten Gert aus der Felswand stürzen – und einen Lidschlag später auch Uscher und Ralf den Halt verlieren. Gert mußte voll in das Seil geprallt sein und riß jetzt seine Begleiter mit sich in den Abgrund. Die drei Körper wirbelten wie Puppen die Steilwand hinunter; ihre Todesschreie gellten über den See herüber, so daß Konrad, obwohl er schwitzte, entsetzt zu frösteln begann.

Ein paar Sekunden später schlugen die Leiber unten am Ufer auf, genau an der Stelle, wo auch Konrad heruntergekommen war. Es geschah in einem Wirbel schlagender Gliedmaßen, dann brachen die Schreie wie abgeschnitten ab, und Konrad konnte keine Bewegung mehr ausmachen.

Etwas trieb ihn dazu, Hals über Kopf zu flüchten, einfach wegzurennen aus diesem Tal, das durch den schrecklichen Unfall plötzlich verflucht schien. Aber dann besiegte etwas anderes Konrads Furcht. Es war ein Rest von Menschlichkeit, der ihn trieb, obwohl die Abgestürzten ihm nach dem Leben getrachtet hatten. Er konnte nicht anders; er mußte zurück.

Schwerfällig ging er, als kämpfe er sich jeden Schritt mühsam voran. Und er hatte den Hirschfänger gezogen, denn das kalte Eisen in seiner Faust erschien ihm als ein gutes Mittel gegen seine Angst.

Dann, als ihn nur noch wenige Meter von den Verunglückten trennten, erkannte er, daß er die Waffe nicht mehr brauchen würde. Von seinen drei Verfolgern konnte ihm keiner mehr gefährlich werden. Uscher und Ralf lebten nicht mehr. Der eine hatte den Hals gebrochen, so daß ihm das Gesicht wie bei einer weggeworfenen Marionette nach hinten gedreht worden war; der andere hatte sich beim Sturz den Schädel zerschmettert, und sein Kopf war nur noch blutiger Matsch.

Auch der Körper des roten Gert war entsetzlich zugerichtet, fast alle seine Gliedmaßen gebrochen. Doch in seinen Augen flackerte noch ein Rest Leben; er schien Konrad sogar zu erkennen, als dieser nun ganz herantrat und neben ihm niederkniete.

»Warum?« fragte Konrad. »Warum habt ihr mich so gejagt?«

Die Augen Gerts flackerten; er versuchte zu sprechen, brachte aber nur ein Gurgeln zustande.

Konrad stand auf, ging die paar Schritte bis zum Seeufer und schöpfte Wasser mit den hohlen Händen. Er brachte es dem Burgknecht und ließ es ihm über die zerschundenen Lippen in den Mund laufen. »Warum?« fragte er noch einmal. »Ich habe friedlich hier gelebt und keinem etwas Böses getan.«

»Denk an Stauff«, ächzte Gert. »Die Nacht ... den anderen erschlagen ...«

Da erst begriff Konrad, wen er vor sich liegen hatte. Kürzlich, in Weißenstein, hatte er sich das Gehirn deswegen zermartert, aber er hatte den Knecht damals nicht erkannt. Jetzt stand ihm die nächtliche Szene vom vorigen Sommer wieder deutlich vor Augen: das Hochzeitsfest, der betrunkene Mönch, die drei Reiter, die von der Burg gekommen waren.

»Es war Unrecht, was ihr damals getan habt«, sagte er. »Ich habe mich nur gewehrt. – Warum habt ihr mich dann immer noch nicht in Ruhe lassen können? Warum mußtet ihr mir bis hierher nachkommen?«

Gert stöhnte, seine Augen drohten zu brechen. Wieder lief

Konrad und brachte ihm frisches Wasser. Es belebte Gert noch einmal.

»Der Natternburger … hat Silber auf deinen Kopf … gesetzt«, brachte er mühsam heraus. »Und wir …«, sein Blick irrte zu Uschers und Ralfs Leichen, »… sind auch nur arme Teufel … gewesen. Verz …«

Gert hatte sein letztes Wort in diesem Leben, die Bitte um Vergebung, nicht mehr vollenden können. Mit einem Schlag waren seine Augen starr geworden und war sein Kopf zur Seite geknickt. Er war tot. Doch immerhin hatte sein Geständnis bewirkt, daß Konrad nun keinen Haß mehr gegen ihn und die beiden anderen fühlte.

»Arme Teufel«, murmelte er, »das wart ihr! Das Adelspack hatte euch genauso unter der Knute wie unsereinen, hab's bloß nicht gewußt bisher. Die haben bloß mit einer Handvoll Silber gewinkt, und ihr solltet dafür die Blutarbeit tun. Der Natternburger hätte sich hier den Hals brechen müssen, nicht ihr!«

Fast zärtlich legte er die Hand auf Gerts zerschlagenes Gesicht und drückte ihm die Augen zu. Eine Weile kniete er unschlüssig neben den drei Leichen. Dann stand er auf, nahm seinen Hirschfänger, den er weggelegt hatte, und begann direkt unter der Steilwand die Erde aufzugraben. Es dauerte lange, bis das Loch genügend tief war, damit er die drei Körper hineinlegen konnte. Er warf auch die zerbrochenen Waffen dazu, dann schloß er das Grab. Steine gab es genug hier; er wälzte so viele davon über den flachen Hügel, daß kein Raubtier die Ruhe der Toten würde stören können.

Zuletzt sprach er die paar einfachen Gebete, die er während seiner Jugend in Stauff gelernt hatte. »Denen da habe ich vergeben, Herrgott«, sagte er zum Schluß. »Aber der Natternburger selbst soll verflucht sein. Der hat ihren Tod auf seinem Gewissen.«

Er bekreuzigte sich, dann machte er sich auf den mühsamen Weg zurück nach Bärnreuth.

IX

Aus der Chronik des Eginhart Bärnreuther, Bauer auf Bärnreuth:
»Ist im frühen Hirgst des zweiten Jahres einbracht worden die erste Ernten auf Bärnreuth.
Und haben der Ahn Konrad und sein Weib Mariann im folgenden Winter viel Gesellschaft bekommen, vorher aber ein weiters Feld gereuthet.«

Ein warmer und reicher Sommer hatte bei den beiden Bauersleuten auf Bärnreuth allmählich die Erinnerung an die fürchterlichen Ereignisse bei der Arbersteilwand gemildert. Zerschlagen und aus mehreren Wunden blutend, war Konrad damals heimgekehrt und hatte noch tagelang gegrübelt und über den Haß unter den Menschen nachgesonnen. Dann aber hatten seine Jugend und die Erde auf Bärnreuth ihr Recht verlangt. Die Arbeit wartete nicht und ließ sich nicht durch bloßes Sinnieren tun, und so hatte der Bauer das Leben schließlich wieder kräftig angepackt.

Mariann hatte ihm dabei, auf ihre gerade und gute Art, wie schon so oft geholfen. Sie hatten über den anscheinend unversöhnlichen Haß des Natternburgers gesprochen und über die drei fehlgeleiteten Burgknechte, welche diesem Wahnsinn zum Opfer gefallen waren.

»Wir müssen fürchten, daß uns der Natternburger andere Häscher auf den Hals hetzt«, hatte Konrad einmal gesagt. Doch Mariann hatte ihn darauf hingewiesen, daß Gert und seine Begleiter für die Welt draußen ja spurlos verschollen waren, und hatte dann gemeint: »Wenn aber wieder einmal welche in den Wald kommen sollten, um uns zu hetzen, dann wird uns der Herrgott schon beistehen. Er hat's schließlich auch damals getan, als er dich entkommen ließ, die anderen aber alle den Tod gefunden haben. – Der Herrgott will, daß wir auf Bärnreuth siedeln, aber dazu müssen wir auch die Hände rühren!«

Und die Hände hatten sie gerührt in den Monaten seither. Wieder hing reichlich Fleisch im Rauchfang oder lagerte in der Höhle; sie hatten aus Pflanzenfasern Netze geflochten, um an die fetten Karpfen und Forellen im Weiher zu kommen, und hatten schöne Beute gemacht. Das Feld, auf dem der Roggen gesät war, hatten sie vom Unkraut freigehalten und an trockenen Tagen mit Wasser, das sie aus dem Weiher heranschleppten, genetzt. Im Wald hatten sie Holz geschlagen und neben dem Haus eine gedrungene Scheuer errichtet, welche später ihre erste Ernte aufnehmen konnte. Etwas abseits dieser beiden Gebäude stand nun auch ein Backofen, aus groben Steinen aufgeschichtet und mit Lehm verschmiert, der rötlich glänzte, weil Konrad ihn mehrmals mit einem Riesenfeuer ausgebrannt und dadurch gehärtet hatte. Von weither hatten sie Beerensträucher geholt und sie in einem kleinen Garten neben dem Haus eingepflanzt, dazu Sauerampfer und andere wildwachsende Kräuter, mit denen sie ihren Speisezettel bereichern konnten. Ein niedriger Zaun, der aus Stämmchen und geflochtenen Ruten bestand, schützte diesen Hausgarten vor Wildverbiß.

Dies alles war das Ergebnis ihres sommerlichen Fleißes, doch ihre wichtigste Ernte sollte erst noch eingebracht werden: das erste Korn, das kräftig auf Bärnreuth heranwuchs.

Eines Tages, kurz nach der Augustmitte, als Konrad gerade Holz hackte, brachte Mariann ihm einen prächtigen Strauß von eben erblühten Kornblumen und Rittersporn. »Schau, was ich habe«, rief sie fröhlich. »Im Donautal drunten waren diese Blumen zwar zeitiger dran, aber jetzt leuchten sie auch hier überall am Feldrain und zeigen an, daß wir bald mit der Ernte beginnen können.«

»Ja, Kornblumen und Rittersporn blühen, wenn das Korn reif wird«, bestätigte Konrad. »Du hättest mir kein schöneres Geschenk bringen können, Mariann.«

»Wir wollen die Blüten drinnen auf den Tisch stellen, das macht gleich die ganze Hütte sonniger«, rief sie mit glänzenden Augen. »Und es erinnert uns schon jetzt immer daran, daß wir bald Brot haben werden.«

»Eine Woche noch«, bestimmte Konrad, »dann werden wir mit der Ernte anfangen.«

»Dann sieh aber auch zu, daß wir das nötige Werkzeug dazu haben«, mahnte Mariann ihren Mann.

Konrad sorgte dafür, während die Roggenähren immer gelber und schwerer wurden. Mit dem stumpfen Ende des Beils bearbeitete er so lange seinen Hirschfänger, bis er die vordem gerade Klinge zu einem sichelförmigen Messer gebogen hatte, mit dem sich später der Roggen so schneiden ließ, wie es sich gehörte. Er besaß nun zwar eine Waffe weniger und dachte daran, daß er damals leicht die Schwerter von Gert, Ralf und Uscher hätte mitnehmen können, ja, daß er sie auch jetzt noch aus dem Grab an der Arbersteilwand holen konnte. Aber er schob diesen Gedanken rasch wieder beiseite. Denn die Sichel erschien ihm viel wichtiger als eine Waffe, und die Totenruhe der Verunglückten wollte er um keinen Preis mehr stören. Doch später einmal, so nahm er sich vor, sollten neue Werkzeuge auf den Hof: eine Pflugschar und auch Sensen, denn mit dem krummgehauenen Hirschfänger und ihrem hölzernen Hakenpflug konnten sie zwar ihr kleines Feld bearbeiten, wenn aber erst mehr gerodet war, würde es damit nicht mehr gehen.

Am letzten Tag vor der Ernte verfertigte Konrad auch noch einen Dreschflegel, indem er aus einem harten Eichenklotz den Kolben schnitzte und diesen mit Riemen aus zähem Leder an einem ungefähr meterlangen Stab festmachte.

Und dann kam der Morgen herauf, der festlichste, seit die beiden jungen Leute auf Bärnreuth heimisch geworden waren.

Schon mit dem ersten Tageslicht waren sie draußen auf dem Feld, wo sich die Roggenähren ob ihrer Schwere schon leicht neigten. Es kam ihnen wie ein Wunder vor, als sie über den wogenden See der Halme blickten. Unglaublich war es, wieviel Frucht aus dem Inhalt des Sacks entsprossen war, den Konrad im Frühjahr von Weißenstein heraufgeschleppt hatte.

»Wir werden einen acht- oder gar neunfachen Ertrag bekommen«, sagte er stolz zu Mariann. »Hier oben am Berg hätte ich das kaum für möglich gehalten. Die Erde muß von Gott gesegnet sein.«

»Sie freut sich, weil sie anstatt des wilden Gestrüpps nun Korn tragen darf«, erwiderte Mariann leise und dankbar. Konrad lächelte sie an, dann kniete er nieder, raffte das erste Bündel Halme im linken Arm zusammen und schlug mit der umgeformten Sichel zu. Die grob zurechtgehämmerte Klinge schnitt gut, der Buschen seufzte und fiel. Mariann übernahm ihn, während Konrad den nächsten zusammenfaßte, und so arbeiteten sie sich in die erste Furche hinein, Arm um Arm voll Korn bergend; es schien überhaupt kein Ende mehr nehmen zu wollen.

Drei volle Tage schafften sie, bis sie das Feld endlich abgeerntet hatten. Sie achteten nicht darauf, daß ihre Rückenmuskeln schmerzten und ihre Hände bald wie Feuer brannten; sie sahen nur den Segen, der ihnen jetzt zufiel, und sie dachten daran, wieviel Brot daraus entstehen würde, selbst dann noch, wenn sie das Doppelte des diesjährigen Saatguts für das nächste Frühjahr zurückbehielten.

Dann, am Abend des dritten Tages, schnitten und bargen sie die letzten Büschel. Nur das allerletzte ließ Konrad stehen und flocht es lachend zu einem strohigen Zopf. »Das ist für die Vögel«, sagte er. »Sie sollen auch etwas von unserem Glück haben.« Und dann trugen sie die Ernte des letzten Tages zu dem anderen Vorrat in die Scheune.

Eine Woche lang erholten sie sich von der Anstrengung des Erntens und ließen die geschnittenen Halme trocknen. Ganz untätig waren sie in dieser Zeit aber auch nicht, denn sie stellten nun eine Menge Tontöpfe und einige hölzerne Kästen her, um darin später das Korn aufbewahren zu können.

Gegen Ende des Monats August begannen sie mit dem Dreschen. Konrad hatte dafür in der Scheune extra einen Bretterboden hergerichtet, und dort ließ er nun stundenlang den Dreschflegel niederfallen. Das Stroh knisterte und barst unter den Schlägen, die Spelzen flogen und kitzelten in der Nase, Staub hing in dichten Schwaden über der kleinen Tenne. Es war wiederum eine harte Arbeit, aber das ausgedroschene Korn begann sich zu häufen, und Mariann konnte es, nochmals gereinigt, mit vollen Händen in die vorbereiteten Behälter schaufeln.

Wiederum verging eine Woche, und dann war auch diese Arbeit getan. Das Korn schimmerte nun dunkelgelb in den Tonkrügen und Kästen; zehn Traglasten für ebensoviele kräftige Männer, und daneben häuften sich zu vielen Dutzenden die Bündel von Stroh, die sie nun als warme Füllung für ihre Bettstatt verwenden oder mit denen sie das Dach der Hütte neu decken konnten. Wenn es schon Tiere auf dem Hof gegeben hätte, dann würde das restliche Stroh auch noch als Streu für den ganzen Winter ausgereicht haben.

»Wir haben es geschafft! Wir haben unsere erste Ernte auf Bärnreuth eingebracht«, sagte Mariann am Abend dieses Tages glücklich. Sie saßen sich im Haus an ihrem rohgezimmerten Tisch gegenüber und mahlten das so heiß ersehnte Mehl.

»Ja, aber wir haben noch Stunden zu tun, bis es für die erste Füllung des Backofens reicht«, erwiderte Konrad und wies auf die beiden kläglichen Reibschalen, mit denen sie hantierten. Sie hatten sich draußen bei der Bärenhöhle zwei gemuldete Granitsteine gesucht und dazu zwei Fäustlinge, die ungefähr in die Rundungen paßten. Damit zerquetschten und zerrieben sie jetzt die Roggenkörner.

»Eines Tages wird vielleicht eine richtige Mühle am Bach stehen«, gab Mariann zurück, der in diesen erfüllten Stunden überhaupt nichts mehr unmöglich schien. »Mit einem großen Mahlwerk könnten wir die ganze Ernte in ein paar Stunden schaffen.«

»Seien wir froh, daß es vorerst mit den Steinen da auch geht«, sagte Konrad lachend. »Sonst würden wir überhaupt kein Brot bekommen.« Aber insgeheim ließ ihn Marianns Idee, eine Mühle zu errichten, nicht mehr los. Er würde wohl eines Tages wirklich eine bauen müssen, auch wenn das noch Jahre dauern konnte. Aber wenn sie erst einmal mehrere Felder unter dem Pflug hatten, dann würden sie sich mit den Reibsteinen nicht mehr helfen können. Doch auch in der nächsten Zeit war viel zu tun. Sie befanden sich jetzt in den ersten Tagen des September und hatten sich vorgenommen, bis zum Ende des Herbstes das zweite Feld zu roden. Wenn sie im nächsten Jahr auch dort ernten konnten, dann würde der Hof schon mehr Menschen als nur sie beide ernähren können ...

Konrad rieb schweigend weiter den Roggen, aber seine Gedanken flogen jetzt. Gut ein Jahr waren Mariann und er nun schon Mann und Frau; sie liebten sich, und irgendwann – vielleicht schon recht bald – würde Mariann mit einem Kind schwanger gehen. Dann würden sie mehr Getreide brauchen. Und es sollte ja nicht bei einem Kind bleiben. Bärnreuth brauchte einmal Erben und Arbeitskräfte ...

Konrad lächelte still vor sich hin und nahm sich vor, schon in den nächsten Tagen wieder mit dem Roden anzufangen. Die Arbeit würde ebenso hart werden wie im vergangenen Jahr, aber das störte ihn nicht. Er freute sich sogar darauf. Denn er hatte eine Vision, in der er sah, wie das ganze Tal von wogendem Getreide bedeckt war und wie eine ganze große Familie von Bärnreuthern auf den Ackerbreiten arbeitete ...

Stunden mahlten sie im Licht der Kienspäne noch weiter, und immer noch hing Konrad seinen Gedanken nach. Mariann brachte ihn endlich in die Wirklichkeit zurück. »Ich denke, das reicht jetzt«, sagte sie. »Wir haben bestimmt zehn Pfund Mehl und können daraus so viele Brotlaibe formen, daß sie den Backofen füllen. Gleich morgen will ich den Teig ansetzen.«

»Dazu brauchen wir aber einen Trog«, warf Konrad ein. »Daran haben wir bis jetzt gar nicht gedacht.«

»Ich schon«, antwortete Mariann lächelnd. »Drüben bei der Scheune liegt noch ein kräftiger Balken, gut so stark wie eines Mannes Leib. Daraus kannst du mir mit dem Beil einen Trog hauen. In ein paar Stunden kannst du das leicht schaffen.«

»Sollst sie bekommen, deine Backmulde«, versprach Konrad. »Aber jetzt bin ich rechtschaffen müde. Das Mahlen der Körner war anstrengender als das Roden des Feldes, auf dem sie gewachsen sind. – Komm ins Bett, Mariann, denn heute haben wir wirklich ein gutes Tagwerk geschafft.«

Am Mittag darauf war der Backtrog fertig, und Mariann konnte den Brotteig aus Roggenmehl, Wasser und Hefe darin anrühren. Sie ließen das Gemisch über Nacht gären, und am nächsten Morgen war der Teig so stark aufgequollen, daß er den Trog vollständig füllte. Mit bebenden Nüstern sogen sie den würzigen, sauren Geruch ein, als sie, einen nach dem anderen, zwölf große Laibe formten. Dann kam der Augenblick, in dem sie ihr erstes Brot auf Bärnreuth in den selbstgemauerten Backofen schoben.

Konrad hatte bereits kräftig vorgeheizt und verschmierte die Ofenöffnung nun mit Lehm. Ein paar Stunden später schlug er die Kruste wieder ab, und ein herrlicher Duft nach frischem Brot drang aus dem Ofen. Die Laibe waren goldbraun gebacken; ein Schatz, wie sie sich in diesem Augenblick auf der ganzen Welt keinen größeren vorstellen konnten.

An diesem Tag feierten sie ihren Erntedank mit dem ersten Brot, das sie nach mehr als einem Jahr auf dem Tisch hatten. Mit seinem Taschenmesser schnitt Konrad drei Kreuze in die Kruste, und dann schwelgten sie nach Herzenslust. Sie verlangten an diesem Tag nach nichts anderem; sie wollten nichts als das Brot aus ihrer ersten eigenen Ernte schmecken.

Mariann schichtete die restlichen Laibe wie Ziegel an einer luftigen Stelle des Hauses auf. »Das wird jetzt für viele Wochen ausreichen«, sagte sie.

»Ja«, fügte Konrad kauend hinzu, »und wenn das alle ist, dann haben wir genügend Korn, um neues zu backen. Der Herrgott hat es gut gemeint mit uns, Weib. Er hat uns Brot gegeben, auch wenn wir hart drum haben kämpfen müssen. Aber jetzt brauchen wir uns bis zum nächsten Jahr keine Sorgen mehr zu machen.«

Wenige Tage später ergab sich für Konrad und Mariann sogar die Gelegenheit, ihr Brot mit einem Gast zu teilen. Es war Slavata, der von seiner jährlichen Wanderung zu den Salzbergen nach Böhmen zurückkehrte und bei dieser Gelegenheit das Tal von Bärnreuth besuchte.

Diesmal kam er, am späten Nachmittag, gleich mit drei Mauleseln aus dem Wald, und bei dem Imbiß, den ihm die freudestrahlende Mariann rasch zubereitet hatte, erzählte er: »Ist ein reiches Jahr gewesen – für euch und für mich. Ihr habt eine Ernte einbringen können, und bei mir sind die Geschäfte so gut gegangen wie noch nie.«

»Ich habe mich schon gewundert, weil du heuer mit drei Packtieren gekommen bist – und alle sind schwer beladen«, warf Konrad ein.

»Daran ist das bessere böhmische Glas schuld, das sie neuerdings in meiner Heimat herstellen«, erklärte, verschmitzt lächelnd, Slavata. »Die Glasmeister haben ein wundersames Gemenge entdeckt, das die Ware rot wie Blut aus dem Schmelzofen kommen läßt. Ich habe in Prag drei Dutzend solcher Gefäße eintauschen können und sie mit nach Süden genommen. Die reichen Ritter und Bürger jenseits der Donau haben sich nur so darum gerissen. Von dem Erlös konnte ich mir die beiden neuen Maulesel kaufen und so viel Salz, wie sie schleppen können. Außerdem habe ich in Regensburg noch einen Posten guter Schwerter und Messer aus Amberger Eisen erstehen können.

Auch eine Sense ist dabei, die ist aber nicht für den Handel gedacht, sondern soll euch gehören, denn ich habe letztes Jahr gesehen, daß ihr kein solches Werkzeug besitzt.«

»Das ist wahr«, bestätigte Mariann. »Konrad hat seinen Hirschfänger für die Ernte umgeschmiedet. Aber solch ein reiches Geschenk können wir trotzdem nicht von dir annehmen!«

»Ihr könnt schon, denn ihr habt mir damals auch geholfen, als ich verletzt war«, erwiderte der Böhme. Er ging zu seinen Packen, die er inzwischen abgeladen hatte, und holte das Sensenblatt heraus. Es war breit und so scharf, daß man ein Haar damit hätte spalten können. Konrad nahm es in die Hand und strich bewundernd über das blitzende Werkzeug. »Es ist ein Meisterwerk«, sagte er.

»Ja, die Schmiede im bayerischen Nordgau verstehen ihr Handwerk«, bekräftigte Slavata. »Ihr Eisen geht in das ganze Reich und hat jetzt sogar euer abgelegenes Bärnreuth erreicht. Ich wünsche euch, daß ihr damit auch im nächsten Jahr wieder eine gute Ernte einbringt!«

»Wenn der Herrgott sie uns vergönnt«, sagte Konrad, »soll es schon geschehen. Wir wollen noch diesen Herbst ein zweites Feld roden. Saatgut haben wir jetzt genug, auch wenn's uns beinahe ans Leben gegangen wäre, nachdem ich es im Frühjahr auf Weißenstein besorgt hatte.« Und er erzählte Slavata die Geschichte mit den drei Burgknechten, die damals auf seine Spur geraten und dann am Arbersee so grausam umgekommen waren.

Der Händler wurde sehr ernst, als er das hörte. »Ich bin ja über Weißenstein gekommen«, sagte er, »und man kann sich dort immer noch nicht erklären, wo der rote Gert, Ralf und Uscher geblieben sind. Der Vogt des Degenbergers meinte, sie hätten sich nach Böhmen abgesetzt, um dort einem neuen Herrn für besseren Lohn zu dienen. Die einfachen Bauern aber sagten mir, der Teufel hätte die drei Knechte geholt, weil sie den Erwein auf dem Gewissen gehabt hätten ...«

»Erwein? Was ist mit ihm?« fragte Konrad erschrocken, und Mariann starrte mit weit aufgerissenen Augen auf den Händler.

»Der Viertelhübner ist seit Monaten tot«, erklärte Slavata betreten. »Freilich, ihr konntet's nicht wissen, kommt ja nie von Bärnreuth weg. – Der rote Gert und seine Spießgesellen haben ihn in der Folterkammer der Burg umgebracht. Dem Vogt haben sie dann erzählt, er sei ein Aufrührer gewesen. Der Burgherr hat's geglaubt und ist der Sache nicht weiter nachgegangen. Aber die Bauern zu Weißenstein meinen es anders. Die lassen nichts auf den Toten kommen und glauben, daß er aus einem ganz anderen Grund gemordet worden ist.«

»Sie haben ihn gefoltert, weil er mir geholfen hat«, murmelte Konrad fassungslos. »Der rote Gert hat uns damals zusammen auf dem Feld gesehen.« Er knirschte mit den Zähnen. »Wenn die Schurken nicht schon tot wären, müßte ich sie suchen und erschlagen. – Mein Gott, der arme Erwein! Er hat dafür büßen müssen, daß er Mitleid mit Mariann und mir gezeigt hat. – Was ist denn aus seinem Weib und seinen Kindern geworden?«

»Die leben jetzt bei Erweins Schwager, dem Köhler, im Vorwald«, sagte Slavata. »Der Weißensteiner Vogt hat sie ziehen lassen. Vielleicht hat ihn das Gewissen doch mehr gedrückt, als er offen zugeben wollte.«

»Es ist meine Schuld«, flüsterte Konrad. »Wäre ich damals nicht zu Erwein gegangen ...«

»Jetzt redest du aber Unsinn«, wies ihn Slavata zurecht. »Dich trifft überhaupt keine Schuld. Was kannst du dafür, daß ihr hier arm wart und um jeden Preis Saatkorn brauchtet? Gar nichts! – Sag dir vielmehr, daß du den Tod Erweins gerächt hast, und das ist ein großes Verdienst. Du hast die drei Mörder zwar nicht selbst getötet, aber umgekommen sind sie doch, weil du sie in die Steilwand gelockt hast. Jetzt werden sie keinen armen Bauern mehr umbringen können.«

»Wenn ich gewußt hätte, wie schuldig sie waren, dann hätte ich sie nicht begraben«, sagte Konrad mit steinernem Gesicht. »Von den Raubtieren hätte ich ihre Kadaver fressen lassen!«

»Nein, es war auch recht, daß du sie unter die Erde gebracht hast«, besänftigte der Böhme ihn noch einmal. »Über den Tod hinaus soll es keine Rache und keinen Haß geben! Und jetzt gräme dich nicht so sehr wegen dieser Geschichte. Die wirklich Schuldigen sind die Herren auf den Burgen, die zulassen, daß der Bauer kein Recht hat und von den Adelsknechten betrogen und geschunden werden darf. Aber ich sage dir, die Macht der Blutsauger ist schon im Schwinden. Die Städte kommen mächtig hoch jetzt, und die Bürger dort wissen die Ritter schon in ihre Schranken zu weisen. Die machen Gesetze, die auch für den armen Mann gelten, und wenn es ein Raubritter gar zu arg treibt, und sie erwischen ihn, dann landet er im Turm und muß selbst einmal auskosten, was er zuvor anderen angetan hat.«

Der Händler nickte leise, als sähe er eine ganz neue Zeit heraufkommen, dann setzte er noch hinzu: »Vielleicht werden sich einmal sogar die Bauern von dem Joch der Herren freimachen. Ihr hier, auf Bärnreuth, seid ein Beispiel dafür. Habt euch auch nicht mehr alles gefallen lassen und seid jetzt frei auf eigenem Land. Daran mußt du denken, Konrad, und dafür sorgen, daß ihr Bärnreuth weiter hochbringt. Kann vielleicht noch einmal eine Zuflucht für andere werden, die auf freier Scholle leben wollen. Auf dem rechten Weg seid ihr! Mich freut's, daß ihr diesen Herbst wieder reuthen wollt. – Und jetzt gebt mir noch einen Kanten von eurem trefflichen Brot. Ich will es genießen, in der Hoffnung, daß die Welt durch Leute wie euch einmal besser wird ...«

Slavatas Worte hatten Konrad viel zum Nachdenken gegeben; er blieb den ganzen Abend über schweigsam und in sich gekehrt. Als aber der Böhme noch ein paar Tage blieb, da fand sich Konrad allmählich mit dem grausamen Tod Erweins ab und sah ein, daß sich nichts mehr rückgängig machen ließ. Trotzdem veränderte er sich. Bärnreuth zu erhalten und weiter aufzubauen, erschien ihm jetzt wichtiger denn je. Slavata hatte ihm durch den Schmerz, den er ihm bereitet hatte, einen Weg gewiesen. Als der Händler am vierten Tag weiterzog, nachdem er den Bärnreuthern noch einen Sack Salz gegen ein Bündel Felle getauscht hatte, da konnte es Konrad kaum mehr erwarten, mit der Rodung des zweiten Feldes zu beginnen. Denn es kam ihm vor, als würde er mit jedem Baum, den er schlug, den Blutsaugern auf ihren Burgen ein Stück von ihrer bösen Macht entreißen. Er nämlich brauchte nicht andere Menschen zu schinden, um zu Brot zu kommen. Er konnte es, wie Gott es gewollt hatte, aus eigener Kraft der Erde abringen.

Dieses Wissen trieb ihn und Mariann an, und sie kamen auf dem neuen Feld bedeutend schneller voran als im Jahr zuvor. Freilich war es auch jetzt wieder eine solch harte Arbeit, daß sie jeden Abend todmüde auf ihr Lager sanken, daß ihnen das Kreuz schmerzte, als wolle es brechen, und ihre Hände sich erneut mit Schwielen und Blasen bedeckten. Als aber der November das Tal immer öfter mit seinen Nebelschwaden verhüllte, da hatten sie es geschafft. Das neue Feld war ebenso groß wie das alte, und sie würden, wenn kein Unglück geschah, im nächsten Jahr eine doppelte Ernte einbringen können.

Freilich würden sie das Brot auch brauchen können, denn allmählich wurden es mehr Menschen, die auf Bärnreuth davon zehrten. Slavata war hiergewesen und wollte im nächsten Frühjahr wiederkommen, und gegen Ende des Novembers tauchte auch der alte Wildranner wieder auf, der sich acht Monate lang irgendwo in den Wäldern herumgetrieben hatte. Diesmal kam er aber nicht allein, sondern in seiner Begleitung befand sich ein seltsam aussehendes Weib, das Mariann beim ersten Kennenlernen fast Angst einjagte. Denn eine Frau wie diese mit solch glutschwarzen Augen und pechsträhnigen Haaren hatte sie noch nie zuvor gesehen. Auch ihr schwarzes Kleid, das an den Ärmeln und am Saum feuerrot verbrämt war, nahm sich so seltsam aus, daß Mariann sogar befürchtete, der Veit habe ihnen da eine Zwielichtige gebracht.

Doch dann, als sie alle vier um den Tisch saßen und sich eine Brotzeit schmecken ließen, begann der Wildranner zu erzählen, und zuletzt schämte sich Mariann ihrer Vorurteile der Fremden gegenüber.

»Bin diesen Sommer weit ins Böhmische hineingeraten«, sagte der Wildranner, »und dabei auch in die Gegend von Taus gekommen. Wollt' ein paar Felle im Dorf verkaufen. Wie ich aber den Anger erreicht habe, da waren die Dörper gerade dabei, Huzza zu steinigen.« Er wies mit einem Kopfnicken auf seine etwa fünfzigjährige Begleiterin. Auf dem Gesicht der Schwarzhaarigen wurde der Schrecken von damals erneut lebendig; sie umklammerte ängstlich Veits Arm.

»Ist ja gut«, tröstete er sie. »Hier sind wir bei braven Leuten. Aber deine Geschichte müssen sie hören, damit sie besser verstehen können, warum ich dich mitgebracht habe.«

Und er erzählte weiter: »Es war fast schon um Huzza geschehen, aber ich hatte blitzschnell einen Pfeil auf der Bogensehne und schoß den Burschen, der sich am grausamsten aufführte, ins Bein. Da wichen die anderen für einen Augenblick zurück, und ich konnte zusammen mit Huzza in den Wald fliehen, wo wir die Tauser Narren dann leicht abschüttelten.

Beim ersten Nachtlager sagte mir Huzza, wie es zu dem Unglück gekommen war. Sie ist eine Doma, eine böhmische Zigeunerin, die aber von ihrem herumwandernden Volk ausgestoßen wurde, als eine neue Königin zur Macht kam, der sie einst den Liebhaber abspenstig gemacht hatte.

Der Mann war zwar längst tot, aber die Königin trachtete immer noch nach Rache, und so mußte Huzza nun allein auf sich gestellt wandern.

Erschreckt nicht, wenn ich euch sage, daß Huzza die Gabe

der Zukunftsschau besitzt; sie hat sich in ihrer Sippe seit Generationen vererbt ...«

Die Doma bestätigte Veits Worte durch heftiges Kopfnicken und blickte dann stolz auf Konrad und Mariann.

»Ja, nicht einem jeden ist diese Fähigkeit gegeben«, fuhr der Wildranner fort, »aber sie kann auch Unglück bringen, wie Huzza zu Taus am eigenen Leib erfahren mußte. Als sie nämlich ins Dorf kam, um ein paar Stücke selbstgewebtes Leinen zu verkaufen, da kam es auf einmal über sie, und sie hatte eine Vision. Sie sah ...«

»Halt ein! Das muß ich mit meinen eigenen Worten sagen«, rief da Huzza mit fremdartigem Akzent. »Denn ihr werdet auf mich hören und werdet mich nicht für etwas büßen lassen, was ich auch nicht ändern kann.

Ich hab's genau gesehen, wie ich nach Taus hineingekommen bin, daß einmal eine furchtbare Schlacht dort toben wird zwischen Bayern und Böhmen, weil sie sich über ihren Gott nicht einig werden können.«

Die Augen der Doma schienen plötzlich Funken zu sprühen, sie sprang auf, reckte eine zitternde Hand gegen die Stubendecke und sprach wie in Trance weiter: »Ein Kelch, eine Geißel und ein Schwert streiten. Ich sehe fast alle bayerischen Ritter fallen, und die Böhmen hauen den Rössern die Beine mit Sicheln durch. Entkommt fast keiner aus der Schlacht, und Taus brennt ab bis auf die Grundmauern ...«

Es schüttelte Huzza bei diesen Worten, als erlitte sie einen Krampf, dann sank sie auf ihrem Hocker zusammen.

»Mein Gott, was redet sie denn da?« fragte Mariann ängstlich. »Sag ihr, sie soll aufhören, Veit! Ich fürcht' mich schier zu Tode!«

»Nicht fürchten«, sagte an des Wildranners Stelle die Doma mit schwacher Stimme. »Erlebst es nicht mehr, und deine Kinder und Kindeskinder auch nicht. Aber in der vierten Generation passiert es, wenn die Menschen nicht lernen, daß es viele Namen für einen Gott gibt ...«

»Sie ist verwirrt«, unterbrach Veit die Zigeunerin. »Kein Wunder, denn was sie in Taus erlebt hat, das hätte keiner so leicht verkraftet. Als sie ihre Vision hatte und davon sprach, daß der Ort abbrennen würde, da meinten die Dörper, eine Hexe sei unter sie gefahren und wolle ihnen das Unglück an den Hals wünschen. Und anstatt darüber nachzudenken, daß die Kriege stets von der Schlechtigkeit und Dummheit der Menschen kommen, wollten sie die unschuldige Frau steinigen. Ich bin froh, daß ich Huzza gerade noch habe retten können.«

»Ja, sie kann doch nichts dafür, wenn sie das zweite Gesicht hat«, stimmte Konrad zu. »Ich habe schon öfter davon gehört. Soll auch anderswo noch Menschen geben, die unter dieser Gabe leiden. Es ist nicht ihre Schuld, und sie sind nicht schlechter als du oder ich.«

Da nahm sich auch Mariann wieder zusammen und fragte Huzza freundlich: »Und danach bist du mit dem Veit zusammengeblieben, gell? Hast recht gehabt. Schließlich hat er dir das Leben gerettet.«

»Der Veit hat in den Wäldern gejagt, und ich habe ihm den Lagerplatz saubergehalten und das Essen zubereitet«, bestätigte die Doma. »Er ist ein guter Jäger, der Wildranner, aber jetzt, im Winter, wollte er zu euch und sagte mir, daß vielleicht auch ich auf Bärnreuth bleiben kann.«

»Natürlich bleibt ihr«, stimmte Konrad zu. »Wir haben genügend Brot für uns alle, und der Veit kann das eine oder andere Stück Wildbret zum Haushalt beisteuern. Es gibt auch sonst einiges zu tun, wobei wir eure Hilfe gut brauchen können.«

»Dann werde ich mit Huzza wieder in die Bärenhöhle einziehen«, sagte der Wildranner zufrieden. »Vergelt's Gott, daß ihr uns aufnehmen wollt!«

»Ach was«, winkte Mariann ab, »du gehörst doch sowieso

schon zu Bärnreuth, und Huzza ist vor Gott dein Weib, also soll sie auch ihren Platz hier haben.« Sie wandte sich an Konrad und fügte glücklich hinzu: »Siehst du, jetzt wird aus Bärnreuth allmählich wirklich ein richtiger Hof. Davon hätten wir vor eineinhalb Jahren noch nicht einmal zu träumen gewagt ...«

So kam es, daß in diesem Winter gleich vier Menschen in dem abgeschiedenen Arbertal lebten. Der Wildranner hatte die Höhle ja schon im letzten Winter wohnlich gemacht, doch nun war außerdem eine Frau dort oben, und das bekamen die Bärnreuther auch bald zu spüren. Die Höhle wurde im Lauf der Monate noch schöner eingerichtet und erhielt sogar einen hölzernen Vorbau, der dann wie ein Schwalbennest an der Felswand klebte. Es gab also nun eine zweite Hausstätte auf Bärnreuth, in der sich Huzza überraschend schnell einlebte und unter dem Einfluß ihrer späten Liebe zu Veit allmählich auch die fürchterlichen Erlebnisse vergaß, die sie in Taus gehabt hatte. Mariann verlor bald ihre letzte Scheu vor der böhmischen Zigeunerin und deren ungewöhnlichen Gaben, und wenn sich die beiden Männer im Urwald auf der Jagd befanden, dann saßen die Frauen oft in der Höhle oder unten im Bauernhaus beisammen, und Mariann konnte von der Älteren dabei vieles lernen.

Es sollte sich aber noch ein weiterer Gast auf Bärnreuth einfinden, und das geschah im Februar, zu Beginn dieses Monats, als der Winter am härtesten war.

Die vier Bärnreuther hielten sich an diesem Tag im Blockhaus auf; selbst für Veit und Konrad war es heute zu kalt, um auf die Jagd zu gehen. Plötzlich zuckte Huzza zusammen wie ein scheues Tier, starrte die anderen fremd an und flüsterte dann: »Steht eine Hütte am Südhang des Berges. Die habt ihr gebaut, gleich, wie ihr ins Arberland gekommen seid, Konrad und Mariann. Dort liegt jetzt einer, der wird's nicht überleben, wenn ihr ihm nicht helft! Schnell muß es gehen!«

Mariann und Konrad starrten sich betroffen an. Es stimmte

ja! Sie hatten damals eine kleine Hütte errichtet, als sie den Arber erreicht hatten, aber sie kaum einen Tag lang bewohnt. Mit Huzza freilich hatten sie nie darüber gesprochen, ja, sie hatten die Hütte selbst schon fast vergessen gehabt. Und nun sprach die Zigeunerin plötzlich davon, als wäre sie damals selbst dabeigewesen. Und wollte gar noch wissen, daß dort ein Mensch liegen und Hilfe brauchen sollte.

»Jetzt redest du aber wirklich irr!« murmelte Konrad.

Doch der Wildranner, der sein Weib besser kannte, brachte ihn durch eine entschiedene Geste zum Schweigen.

»Komm! Mach dich fertig!« befahl er dem Bärnreuther. »Ich glaube daran, daß es so ist, wie Huzza sagt.«

Da gab Konrad nach. Die beiden Männer warfen sich Pelze über und griffen nach ihren Waffen. Dann ging es im weitausholenden, federnden Jägerschritt nach Süden, wo das fast vergessene Gebäude lag.

In dem tiefen Schnee brauchten sie mehr als drei Stunden, bis sie das kleine Tal erreicht hatten. Kein Leben schien sich dort zu regen. Bewegungslos standen die Bäume mit ihrer dicken weißen Last da. Aber dann entdeckten Veit und Konrad einen Geier, der hoch über dem Tal kreiste, und er tat es genau an der Stelle, wo Konrad und Mariann einst die Hütte errichtet hatten.

Sie liefen näher und sahen plötzlich auch die Fußspuren, die von Süden her in das Tal führten. Sie endeten bei der Hütte, welche eigentlich nur noch ein halb zusammengebrochener Haufen aus Ästen und Zweigen war, ein wulstiger Hügel im frostglitzernden Schnee. Als sie ganz heran waren, vernahmen sie ein schwaches Stöhnen.

Der Wildranner kniete nieder und riß ein paar überschneite Äste beiseite. Dann erblickten sie gleichzeitig den Mann, der sich wie ein waidwundes Tier hier verkrochen hatte. Er hatte sich unter die Zweige und Äste gewühlt, als könnten sie die Wärme bei ihm halten, hatte sie wie eine imaginäre Zudecke über sich gezogen. Sein Gesicht war nicht zu erkennen, denn es wurde, ebenso wie der restliche Körper, von dem groben, braunen Stoff einer Kutte verhüllt. Nur ein Stöhnen, so schwach wie von einem Kind, drang darunter hervor.

»Es ist ein Mönch«, murmelte Konrad fassungslos.

»Das ist jetzt egal«, gab der Wildranner zurück. »Los, der Mann stirbt uns, wenn wir ihn nicht schnell ins Warme bekommen!« Er riß sich seinen Pelz vom Oberkörper und wickelte ihn um die nackten Beine des Halberfrorenen.

Dann packten sie beide an und zerrten den Mönch aus der zusammengefallenen Hütte, wonach der Wildranner ihn sich mit einem einzigen Schwung auf die Schulter warf. »Wir tragen ihn abwechselnd. Wenn ich nicht mehr kann, löst du mich ab«, keuchte er und lief auch schon los. Es ging so schnell, daß Konrad nur einen flüchtigen Blick auf das Gesicht des Mönches tun konnte, und auch da sah er nicht viel mehr als ein Paar flehende Augen und einen eisverkrusteten Bart. Dann fiel die Kapuze nach vorne, und das Gesicht des Geschorenen war wieder unsichtbar.

Trotzdem hatte Konrad das Gefühl, diesen Mönch früher schon einmal gesehen zu haben.

Er hätte gerne ein paar Fragen an ihn gestellt, während sie nun zurück nach Bärnreuth liefen und alle paar hundert Schritte ihre menschliche Traglast wechselten. Doch das war nicht möglich, denn der Geschorene war jetzt offensichtlich in Ohnmacht gefallen; er stöhnte nicht einmal mehr. Fast fürchteten sie schon, ihn gar nicht mehr lebend nach Bärnreuth schaffen zu können, doch ab und zu bewegte der Mönch doch noch krampfhaft einen Arm oder ein Bein, und das spornte sie dann wieder an.

Sie legten den Rückweg schneller als den Herweg zurück, denn sie konnten in ihrer eigenen, bereits ausgetretenen Spur laufen, aber als sie Bärnreuth endlich wieder erreichten, da waren sie beide so erschöpft wie noch nie in ihrem Leben. Sie torkelten in das Blockhaus, und Konrad, der den Mönch zuletzt getragen hatte, ließ den Körper auf den Fußboden vor dem Herdfeuer gleiten. »Er braucht's warm!« keuchte er, dann ließ er sich selbst auf das Bett fallen, wo der Wildranner bereits lag.

Die Männer waren zu nichts mehr fähig; die beiden Frauen mußten sich des Halbtoten annehmen. »Bring Schnee herein!« befahl Huzza der Bäuerin. »Wir müssen ihn von Kopf bis Fuß damit abreiben, sonst bekommt er den Frostbrand.«

Mariann rannte nach draußen, während Huzza dem Mönch ohne weitere Umstände die Kutte vom abgemagerten Körper zog. Der Bedauernswerte kam selbst darüber nicht zu sich, seine Augen blieben geschlossen, nur der Reif und das Eis in seinem Bart begannen allmählich abzutauen.

Mariann kam mit einem Holzschaff voll Schnee zurück und stellte es neben dem Mönch nieder. Da er die Kapuze jetzt nicht mehr trug, konnte sie dabei erstmals sein Gesicht sehen – und stieß ganz überrascht hervor: »Den kenne ich! Konrad! Das ist ja der Pfaffe, der uns in Stauff getraut hat!«

Da wußte auch Konrad, warum ihm der Mann so bekannt vorgekommen war. »Da hat der Teufel die Hand im Spiel«, flüsterte er. »Der Bockskerl hat bei unserer Hochzeit am meisten von allen gesoffen und dann noch geplärrt, daß wir den Herren und Rittern die Füße lecken müßten, wenn sie's verlangten. Und ausgerechnet den mußten wir vor dem Erfrieren retten!«

»Darüber kannst du mit ihm ein andermal streiten«, wies ihn Huzza scharf zurecht. »Wenn er überhaupt mit dem Leben davonkommt.« Dann packte sie zwei Hände voll Schnee, befahl Mariann, das gleiche zu tun, und begann die Glieder des Mettener Mönchs heftig abzureiben. Mariann war immer noch so verdattert, daß sie der Doma widerspruchslos gehorchte, und auch Konrad sagte kein Wort mehr.

Die Einreibung brachte den Mönch schneller ins Leben zurück, als sie alle gedacht hatten – Huzza vielleicht ausgenommen. Es dauerte keine halbe Stunde, da schlug der Mettener die

Augen auf, starrte die Zigeunerin an – und begann vor Schmerzen zu schreien.

»Ja, brüll du nur«, sagte Huzza ungerührt. »Kannst froh sein um die Schmerzen, denn sie bedeuten, daß dir die Glieder noch nicht abgefroren sind und daß das Blut wieder zu kreisen beginnt.« Dann wandte sie sich Mariann zu und befahl: »Jetzt brühe ihm eine heiße Suppe auf und tu' viel Fett hinein. Wahrscheinlich hat er seit Tagen nichts mehr in den Magen bekommen.«

Mariann gehorchte wortlos, während das Geschrei des Mönches allmählich in ein Wimmern überging, um endlich ganz abzubrechen. Gleichzeitig schien ihm der Verstand zurückzukehren, er blickte sich erstaunt in der Stube um, griff nach seiner Kutte und bedeckte damit seine Blöße, um zuletzt mit schwacher Stimme zu fragen: »Wo bin ich hier?«

»Bei Menschen, die dir's gut meinen«, gab Huzza knapp zurück. »Fragen kannst du auch später. Jetzt trinkst du erst einmal diese Brühe.« Sie nahm Mariann den Topf aus der Hand und führte ihn dem Mönch an die Lippen. Er schmeckte, schluckte und trank dann gierig die heiße Flüssigkeit hinunter. Die Nahrung belebte ihn so sehr, daß er sich zu sitzender Stellung aufrichtete, noch einmal die Gesichter um sich herum der Reihe nach musterte und schließlich zu Mariann sagte: »Dich kenne ich doch von irgendwo her! Dich – und auch den jungen Mann dort auf der Bank. Wo war das nur, wo wir uns gesehen haben?«

»Auf unserer Hochzeit«, antwortete Konrad schroff. »Du hast uns im Sommer vorletztes Jahr in Stauff zusammengegeben.« Er warf einen Blick auf Huzza, aber diesmal verwehrte sie ihm das Weiterreden nicht. »Warst schlimm besoffen damals«, fuhr Konrad fort. »Und bist uns deswegen nicht beigesprungen, wie es deine Pflicht gewesen wäre, als die Natternburger Knechte mein Weib verschleppen wollten …«

»Ihr seid das!« unterbrach ihn da der Mönch schreiend und

schlug sich die Hände vor das jetzt gar nicht mehr feiste Gesicht. »Gott vergebe mir! An euch habe ich mich auch versündigt! Genau wie an so vielen anderen, denen ich kein Priester gewesen bin, sondern bloß ein fetter Wanstgötz! Aber ich hab's bitter bereut, daß ich so mit euch und anderen umgegangen bin, und bitte euch um Verzeihung.«

»Das sind ja ganz andere Töne, als wir sie bei der Hochzeit aus deinem Mund hörten«, sagte Konrad versöhnlicher. »Wie bist du überhaupt hierher gekommen, Bruder ... hm, deinen Klosternamen habe ich vergessen, braucht dich nicht zu wundern.«

»Sebastian«, erwiderte der Mönch. »So habe ich jedenfalls im Kloster zu Metten geheißen, nach dem Heiligen, den die Römer vor tausend Jahren mit Pfeilen durchbohrt haben. Aber seit ich ein Einsiedler geworden bin, nenne ich mich nur noch Josef. Denn so wurde ich getauft ...«

»Ein Einsiedler?« unterbrach ihn Mariann. »Das hätte ich wirklich nicht von dir erwartet. Hast du dich deswegen in unserer alten Hütte verkrochen?«

»Die gehört also euch«, sagte Josef bescheiden. »Ich weiß nicht, wie ich euch das jemals vergelten soll. Auch, daß ihr mich vor dem Erfrieren gerettet habt!«

»Der Hütte hat's bestimmt nicht geschadet, daß du dich drinnen verschloffen hast«, mischte sich Konrad wieder ein. »Und daß wir dich gerettet haben, das war Christenpflicht. Bedanken kannst du dich bei der Böhmin da. Die hat's genau gespürt, daß sich draußen im Wald einer in Not befand. Aber jetzt mußt du uns schon erzählen, wieso du auf einmal zum Einsiedler geworden bist.«

Der Mönch drückte bewegt Huzzas Hände und machte dann ein Kreuzzeichen über sie, was sie als Doma etwas widerwillig, doch schweigend duldete. Er schien ihre Abwehr aber nicht zu bemerken, sondern setzte sich bequemer zurecht und berichtete: »Ich habe ein Sündenleben geführt im Kloster zu Metten, jahraus, jahrein, aber ich war ja nicht der einzige dort und deswegen bin ich's lange nicht gewahr geworden. Aber dann, im letzten Sommer, habe ich plötzlich eine Erleuchtung gehabt. Ein Fischer kam ins Kloster und brachte ein paar windige Weißfische, die er für den Abt gefangen hatte. Er entschuldigte sich, daß es keine Barben waren, aber es sei schlecht gegangen auf der Fischweide an diesem Tag, und der Abt möge halt in Gottes Namen auch mit der minderen Beute vorliebnehmen.

Der Abt aber, Gott verzeih ihm, war schlecht aufgelegt an diesem Morgen, er hatte die halbe Nacht mit einem Prälaten aus Windberg gezecht, und er riß dem Fischer den Korb aus der Hand und schlug ihm damit ins Gesicht. Der Leibeigene nahm's untertänig hin, zuckte nicht einmal, sondern stand bloß da, als gebühre es ihm nicht anders. Und plötzlich hatte ich meine Vision!

Vor meinen Augen wurde der verängstigte Fischer zu unserem Herrn Jesus – und der Abt zu jenem römischen Centurio Longinus, der dem Erlöser die Seite mit der Lanze durchbohrte.

Und ich begriff plötzlich, daß man kein Christ ist, nur weil man mit Chrisam gesalbt wurde und das Vaterunser lateinisch herunterleiern kann. Und ich begriff auch, daß sich ein Mönch nichts gegenüber seinen Mitmenschen herausnehmen soll und daß er auch nicht von der Arbeit anderer zehren darf. Diese Sünden, die ich jahrelang begangen hatte, standen mir plötzlich so deutlich vor Augen, als seien sie gerade eben passiert.

Die Reue traf mich fürchterlich, wie ein Peitschenhieb. Aber das war gut so, denn dadurch wurde ich fähig, die erste christliche Tat meines Lebens zu begehen, indem ich nämlich den Abt von seinem Opfer fortstieß, die verstreuten Fische aufsammelte, sie dem Leibeigenen zurückgab, ihn an der Hand nahm und ihn hinwegführte, wie meinen eigenen Bruder. Vorher aber drohte ich dem Abt noch ewige Verdammnis an, wenn er den guten Mann noch einmal angreifen würde. Er scheint es sich auch zu Herzen genommen zu haben, denn der Fischer blieb ganz unbehelligt, so lange ich in seiner Hütte bei ihm weilte.«

»Was, du hast bei ihm gehaust? Als Mönch?« fragte Veit erstaunt. »Es geschehen wirklich noch Zeichen und Wunder!«

»Ich mußte doch ein anständiges Handwerk erlernen, um mich selbst fortbringen zu können«, antwortete Josef bescheiden. »Und der Fischer hat mir gezeigt, wie man Aale und Barben fängt. – Zuletzt ging ich freilich fort, denn mir war immer klarer geworden, daß ich in Zukunft als Einsiedler leben wollte, um wieder zu meinem Herrgott zu finden.«

»Und da bist du in den Urwald geraten, obwohl du es doch gut bei deinem Fischer hattest«, stellte Konrad fest. »Es müssen dann harte Zeiten für dich gekommen sein, nach dem Zustand zu urteilen, in dem wir dich heute gefunden haben.«

»Im Herbst war es eher schön im Forst«, wandte der entlaufene Mönch ein. »Ich holte mir Forellen und andere Beute aus den Bächen und Weihern, und besonders die Krebse habe ich in dieser Zeit sehr genossen. Beeren und Pilze gab es ebenfalls im Überfluß, so daß ich nie Not zu leiden brauchte. Ich genoß mein Leben als Eremit und wanderte im Lauf der Zeit immer tiefer in das Waldgebirge hinein.

Als aber der Winter kam, da war es aus mit der schönen Zeit. Jetzt wurde Schmalhans jeden Tag Küchenmeister bei mir, und ich magerte ab, daß es nur so eine Art hatte. Zuletzt hatte ich gar nichts mehr zu beißen und irrte nur noch herum wie ein hungriger Wolf. Der Teufel versuchte mich und gaukelte mir immer wieder vor, daß ich doch nur ins Kloster zurückkehren müßte, um wieder vor vollen Töpfen sitzen zu können. Ich blieb jedoch standhaft und kaute Rinden und Tannenzweige. Das muß aber doch nicht die richtige Nahrung für einen Menschen sein, denn zuletzt wurde ich fürchterlich wirr im Kopf, fror entsetzlich und hatte keine Ahnung mehr, wo ich mich überhaupt befand. Irgendwann entdeckte ich die alte Hütte und kroch hinein. Wahrscheinlich wollte ich dort sterben – ich weiß es nicht mehr. Hier bei euch bin ich dann wieder zu mir gekommen, und dafür möchte ich euch noch einmal ein aufrichtiges Vergeltsgott sagen!«

»Ist schon recht«, erwiderte Konrad, der nicht recht wußte, ob er über die Geschichte des Mönches lachen oder betroffen sein sollte. »Jetzt bleibst du den Rest des Winters erst einmal auf Bärnreuth. Sollst unser Gast sein, und wenn du dich nützlich machen willst hier, dann wird es uns freuen.«

»Ich werde mit euch arbeiten und für euch beten«, antwortete Josef schlicht. »Aber erlaubt mir, daß ich im Frühjahr wieder zu der alten Hütte zurückkehre.«

»Was willst du denn dort anfangen?« fragte Mariann entgeistert.

»Ich glaube, die Hütte ist der rechte Ort für meine Einsiedelei«, sagte der Mönch. »Schließlich habe ich dort beinahe mein Leben verloren – und durch deinen Mann und den Alten da neu gewonnen, und deswegen ist es nur billig, daß ich an diesem Platz unseren Schöpfer lobe. Ich werde zuerst ein Kreuz zimmern und es in dem Tal aufstellen, und dann werde ich mir die Hütte selbst ein wenig herrichten, wenn ihr es erlaubt. Ganz bescheiden natürlich nur, aber einen oder zwei neue Balken wird es wohl schon brauchen.«

»Wir werden dir dabei helfen«, versprach der Wildranner, welcher die Absichten des bekehrten Mönchs recht gut zu begreifen schien. »Und wenn hier auf Bärnreuth einmal ein Seelsorger nötig ist, dann wirst du ja wohl zur Stelle sein.«

»Jederzeit! Ihr braucht mich nur zu rufen«, versicherte der ehemalige Frater Sebastian. »Lebt ihr vier eigentlich allein hier, oder gibt es noch andere Menschen auf diesem Berg, die meine Seelsorge brauchen könnten?«

»Wir vier sind deine ganze Gemeinde«, antwortete Konrad, »wobei ich nicht einmal sicher bin, ob Huzza überhaupt getauft ist.« Er grinste die Zigeunerin augenzwinkernd an.

»Weiß es selber nicht«, warf Huzza kurz ein.

»Unserem Herrgott wird es schon bekannt sein«, sagte der zukünftige Eremit still, »und das allein zählt. Eines aber weiß ich ganz bestimmt: Daß sie mich nämlich wie durch ein Wunder ins Leben zurückgeholt hat, und dafür bin ich ihr sehr dankbar. Denn das hat vielleicht überhaupt nur eine Zigeunerin schaffen können, während es einem Christenmenschen gar nicht möglich gewesen wäre. Du scheinst ein kluges Weib zu sein – Huzza.«

»Das ist sie«, bestätigte der Wildranner schmunzelnd. »Und eine Seele von Mensch dazu, sonst hätte ich mich nicht mit ihr zusammengetan. Aber du gefällst mir auch ganz gut, Bruder Josef, nachdem ich deine Geschichte gehört habe. Geschieht ja nicht so oft, daß einer das fette Klosterleben hinten läßt, um seinen Herrgott zu suchen, und es gehört auch etwas dazu, frühere Missetaten zu bereuen. Und nachdem du nun bekehrt bist, werden wir wohl auch gut mit dir auskommen. Oder was meinst du?«

»Amen!« sagte der Mönch fromm und griff dankbar nach dem nächsten Topf Fleischbrühe, den Mariann ihm reichte.

X

Aus der Chronik des Eginhart Bärnreuther, Bauer auf Bärnreuth:
»Hat der Ahn Konrad einen Pürschgang than, ist auf einen Wild-eber gestoßen und bös zu Fall kummen.
Mußt sich die Nacht in einer Felsspalten verschliefen, ist aber am Morgen aufstanden als ein reicher Mann.«

Wieder war das Frühjahr auf Bärnreuth eingekehrt. Der Arber hatte seinen Eispanzer abgeworfen, Teich und Bach waren wieder frei, und die Menschen, die sich den harten Winter über hatten ducken müssen, lebten sichtlich auf. Schon im frühen März ackerten sie dieses Jahr; es ging ihnen viel leichter von der Hand als letzthin, denn nun waren es drei Männer, die sich abwechselnd vor den Pflug spannen konnten, während die Frauen sich überhaupt nicht mehr auf den Feldern zu schinden brauchten.

Konrad konnte ihnen gar nicht sagen, wie froh er um die Hilfe von Veit und Josef war. Aber das verlangten sie auch nicht. Stillschweigend war der Wildranner in diesem Frühjahr auf Bärnreuth geblieben und hatte nur einmal etwas davon gemurmelt, daß er vielleicht doch schon ein wenig zu alt sei, um ein weiteres Jahr im Wald herumzustreifen, und daß er allmählich gut daran täte, seßhaft zu werden. Freilich vermuteten Konrad und Mariann, daß eher Huzza an seinem Entschluß schuld war, denn die Doma hatte ihm das Leben so behaglich eingerichtet, wie er es seit vielen Jahren nicht mehr gekannt hatte.

Auch der ehemalige Mönch hatte vorerst noch auf Bärnreuth ausgeharrt und schien es nicht allzu eilig zu haben, sich seine Klause einzurichten. Er war freilich schon ein paarmal drüben im Südtal gewesen und hatte ein paar Reparaturen an der alten Hütte durchgeführt, doch schon nach wenigen Tagen war er immer wieder auf dem Waldbauernhof aufgetaucht, um lieber dort mit Hand anzulegen.

»Ich denke, daß ihr mich hier nötiger habt, als wenn ich in meiner Eremitage sitzen würde«, hatte er kürzlich zu Konrad gesagt, und dem Bärnreuther war das nur recht gewesen. Denn Josef hatte sich zu einem recht brauchbaren Gesellen entwikkelt, dem man den Mönch nur noch an der zerschlissenen Kutte ansah, und sie alle kamen prächtig mit ihm aus. Das Predigen freilich konnte er nicht lassen.

Auch jetzt, während er den Pflug zog, den Konrad lenkte, dozierte er: »Ob's wirklich in Gottes Schöpfungsplan begründet liegt, daß der Mensch wie ein Tier schuften soll, weiß ich nicht. Ich sage dir aber, mein Sohn, daß wir uns viel leichter täten, wenn es auf Bärnreuth ein paar Ochsen gäbe!«

Konrad hielt den Pflug an, denn sie waren ohnehin am Ende der Furche angelangt. Dann antwortete er lachend: »Es dürften sogar ein paar Stiere sein, nicht nur Ochsen. Aber woher sollen wir denn die hier mitten im Urwald nehmen? Du hast fromme Wünsche, Bruder Josef, doch wie es steht, werden wir uns schon selbst abrackern müssen. Immerhin können wir tauschen. Nimm du jetzt den Sterz, dann spanne ich mich vor.«

»Das habe ich nicht damit sagen wollen – eine Furche oder zwei gehen schon noch«, erwiderte der Eremit und zog wieder an.

Sie pflügten das Feld zu Ende, und als sie ihr Tagwerk geschafft hatten, da waren sie zu müde, um sich noch groß zu unterhalten. Aber selbst dann noch, als Konrad neben Mariann im Bett lag, gingen ihm die Worte des Mönchs nicht aus dem Kopf. Sicher, Josef hatte nur im Scherz von den Ochsen gesprochen, die man auf Bärnreuth so gut brauchen könnte, und Konrad hatte im Scherz erwidert. Aber doch – so abwegig war es nicht, was der Eremit gesagt hatte.

Konrad erinnerte sich an seinen vorjährigen Gang nach Weißenstein. Dort hatten sie wirklich mit Zugtieren gepflügt, und er hatte sehen können, wie leicht damit die Arbeit gewesen war. Und auch in Stauff hatten die Bauern Ochsen oder Stiere besessen. Doch die Tiere hatten dem Ritter gehört, der hatte sie auf seinem Meierhof gezüchtet oder draußen im reichen Gäu gekauft; von den Bauern selbst hatte keiner ein Großtier im Stall stehen gehabt. Keiner hätte sich das leisten können, um so weniger also er selbst auf seiner dürftigen Waldkate. Konrad lächelte bitter im Dunkel der Hütte, dann drehte er sich um und verbarg seinen Kopf an Marianns warmem Rücken. Sie würden wohl nie zu einem Paar Zugochsen kommen – das war das letzte, was er dachte, ehe er einschlief …

Die Tage vergingen. Beide Felder lagen nun mit aufgeworfenen, fett glänzenden Schollen da. Dann kam die Zeit der Aussaat, und wieder schritt Konrad über sein Land und brachte den kostbaren Samen in die harrende Erde. Er war glücklich darüber, wußte er doch, daß sie auch im folgenden Jahr Brot haben würden. Doch als die Arbeit getan war und das Leben auf Bärnreuth für Wochen ruhiger wurde, da packte ihn die Unrast.

Vielleicht lag es auch daran, daß es wieder einsamer geworden war auf Bärnreuth. Der Eremit hatte sich nach der Aussaat endgültig in seine Klause zurückgezogen, um dort in stiller Meditation seine früheren Sünden zu bereuen – und sich vielleicht auch ein wenig von den Anstrengungen der Bauernarbeit zu erholen. Josef kam nur noch gelegentlich auf den Hof, um ein paar Fische zu bringen, die er eifrig fing, und sich dafür das eine oder andere Stück Werkzeug auszuleihen, denn er war darangegangen, neben seiner Hütte eine kleine Holzkapelle zu errichten.

Der Wildranner war zwar in der Höhle wohnen geblieben, so wie er es gesagt hatte, aber jetzt im Frühjahr mußte er wieder hinaus in den Wald. Ihn lockten die vielen Spuren von Schalen- und Schwarzwild, so daß er oft einen oder zwei Tage unterwegs war. Huzza gluckte dann viel mit Mariann zusammen; die beiden Frauen hatten sich eng befreundet. Konrad aber war dann allein, und sicher war das schuld, daß er sich jetzt so unruhig fühlte.

Er wollte Mariann nicht damit belästigen und auch nicht mehr Aufmerksamkeit von ihr verlangen, denn es freute ihn ja, daß sie nach fast zwei Jahren, die sie allein mit ihm hatte verbringen müssen, endlich weibliche Gesellschaft gefunden hatte.

Auch Konrad begann also durch den Wald zu laufen, und eines Tages hatte er eine Idee. Wenn ich fleißig jage und einen gehörigen Packen Felle zusammenbringe, dachte er, dann müßte ich doch einen Ochsen dafür eintauschen können. Und mit einem Ochsen könnte man sogar darangehen, ein weiteres Feld zu roden. Alles wäre leichter: das Ausreißen der Baumstümpfe und später auch das Pflügen. Ja, ich werde es versuchen.

Er sagte Mariann und den anderen nichts von seinen Plänen. Seiner Frau erzählte er nur, daß es ihn in den Wald ziehe, und daß sie frisches Fleisch gut gebrauchen könnten. »Geh nur«, erwiderte Mariann. »Bis zur Ernte haben wir sowieso nicht viel zu tun, und ich freue mich, wenn ich wieder einmal räuchern kann. Ich habe neulich schon ein Stück Geselchtes von Huzza borgen müssen, denn der Wildranner ist ein viel fleißigerer Jäger als du.«

»Das soll sich ändern«, versprach Konrad lachend, denn jetzt war ihm auf einmal viel wohler, und schon am nächsten Morgen ging auch er mit Bogen und Saufeder fort.

Er wußte, daß Veit an diesem Tag im Süden, in der Nähe von Josefs Klause, jagen wollte, und deswegen wandte er sich selbst nach Norden. Gegen Mittag kam er in die Gegend, wo sich vor einem Jahr das Drama mit den drei Burgknechten abgespielt hatte. Konrad hatte Fährten von Reh- und Schwarzwild gefunden, war aber bis jetzt noch auf kein Tier gestoßen. Die Arbersteilwand war nun schon ziemlich nahe; wild und schroff ragte sie über den Baumkronen auf. Den See konnte Konrad von seinem Standort aus nicht sehen; er würde aber hinkommen, wenn er in der eingeschlagenen Richtung weiterging. Konrad spürte jedoch gar kein Verlangen danach, sondern pirschte noch ein Stück weiter nach Norden, wo der Berg wieder flacher, das Gelände aber felsiger wurde.

Er hatte diesen Teil des Waldes noch nie betreten; wahrscheinlich überhaupt kein Mensch vor ihm. Er witterte förmlich den guten Jagdgrund hier, und als er noch ein Stück tiefer eingedrungen war, da vernahm er plötzlich das Grunzen einer Bache. Der Kittel einer Wildsau kann schon Geld einbringen, dachte er. Und das Fleisch ist auch gut.

Er richtete einen Pfeil her und schlich dem Geräusch nach. Wenig später erblickte er seine Beute. Die Bache lag inmitten eines kleinen Morasts, der sich unterhalb eines mächtigen, mit Latschen bewachsenen Granitfindlings ausbreitete. Sie suhlte sich gerade und hatte deswegen kaum ein Gespür für die Gefahren der Umwelt. Flanken und Bauch des sich wälzenden Tiers glänzten vor Schlamm; immer wieder stieß die Wildsau gierig die Schnauze in den Morast.

Konrad lehnte den Jagdspieß an den nächsten Baum und legte den Pfeil auf die Bogensehne. Gleich darauf flitzte das Geschoß über den Sumpf und bohrte sich spitz in das Blatt der Bache. Sie quiekte erschrocken auf, bäumte sich hoch und blieb mit ausschlegelnden Läufen liegen.

Konrad stieß, alle gebotene Vorsicht des Jägers vergessend, einen Freudenschrei aus, packte den Spieß und rannte in den Sumpf, um der Bache den Fangstoß zu geben, sofern das überhaupt noch nötig war. Das Tier zuckte nur noch ganz schwach, als er es erreichte. Trotzdem schlitzte er ihm mit dem scharfen Spießblatt die Halsschlagader auf, schleuderte dann die Waffe auf festes Land zurück und machte sich daran, die Bache selbst aus dem Sumpf zu bergen.

Konrad hatte den blutigen Kadaver aber noch keine zwei Meter weit geschleift, als plötzlich seitlich von ihm ein urweltlicher

Wutlaut ertönte und ein riesiger Keiler hinter dem Granitfindling hervorbrach. Gelb und handlang schimmerten die gebogenen Hauer im aufgerissenen Maul, als der Keiler den Jäger annahm.

Es ging so schnell, daß Konrad kaum den Kadaver der Bache fahren lassen und sich zur Flucht wenden konnte. Waffen besaß er keine. Er hatte Pfeil und Bogen am Ufer des Sumpfes liegenlassen und dann auch den Jagdspieß dorthin geschleudert. Die einzige Chance, die ihm jetzt blieb, war, die Saufeder noch vor dem angreifenden Keiler zu erreichen.

Der Eber war schon auf wenige Sprünge heran, als Konrad die Saufeder packte. Er brachte sie in Anschlag und fuhr blitzschnell herum. Dabei verfing sich sein rechter Fuß unter einer Luftwurzel. Konrad spürte einen stechenden Schmerz im Knöchel, konnte aber nicht darauf achten, sondern fing den Keiler im letzten Augenblick ab. Das Spießblatt bohrte sich tief in die Kehle des Ebers; es drang bis zur Parierstange ein. Der Stoß war tödlich, der Anprall des wütenden Keilers aber so wuchtig, daß er Konrad trotzdem noch über den Haufen warf. Dabei schoß ein zweiter Schmerz durch seinen Fuß, der so stark war, daß der Jäger für einen Augenblick die Besinnung verlor.

Als Konrad wieder zu sich kam, lag er halb unter dem toten Keiler, dessen Hauer nur eine Handspanne von seinem Gesicht entfernt waren. Es stank fürchterlich aus dem Rachen des Ebers, so daß Konrad um ein Haar die Besinnung erneut verloren hätte.

Aber der Schmerz in seinem Fuß hielt ihn wach. Er zwängte sich unter dem mächtigen Kadaver hervor, wobei er die Saufeder als Halt benutzte. Endlich hatte er es geschafft. Als er sich aber aufrichten wollte, da knickte ihm der rechte Fuß ein. Konrad schrie vor Schmerz und brach erneut zusammen, diesmal neben dem erlegten Keiler.

Kalter Schweiß stand auf seiner Stirn; er fühlte würgende Übelkeit aufsteigen. Er biß die Zähne zusammen und kämpfte dagegen an. Der Anfall verging, und Konrad machte sich daran, seinen Fuß zu untersuchen.

Als er mühsam den ledernen Stiefel abgezogen hatte, sah er, daß der Knöchel stark angeschwollen war. Das Fleisch war blaurot verfärbt und fühlte sich schwammig an. Der Fuß selbst hing schief im Gelenk.

Konrad verbiß sich die Schmerzen und drückte, bis er den Knöchel unter der Schwellung ertasten konnte. Früher, in Stauff, hatte er einmal gesehen, wie die Wehfrau einen verstauchten Fuß wieder eingerenkt hatte, und nun nahm er diese Prozedur an sich selbst vor. Er schrie gellend, als der ausgerenkte Knochen zurück in die Pfanne glitt, dann verlor er zum zweitenmal das Bewußtsein.

Als er diesmal wieder zu sich kam, war die Sonne über den Baumwipfeln ein gutes Stück weitergewandert, und über den Kadavern des Keilers und der Bache standen dichte Fliegenschwärme. Es war später Nachmittag geworden.

Konrad erschrak. Selbst wenn er unverletzt gewesen wäre, hätte er für den Heimweg nach Bärnreuth einen halben Tag gebraucht. Er konnte also unmöglich mehr vor Einbruch der Dunkelheit dort ankommen. Das bedeutete, daß er die Nacht hier im gefährlichen Urwald verbringen mußte. Vielleicht sogar noch eine zweite, ehe er es kriechend oder humpelnd bis nach Hause geschafft hätte.

Seine Lippen waren verkniffen, zwischen seinen Augen stand eine tiefe Falte eingekerbt. Aber er gab nicht auf. Er angelte sich den Jagdspieß und löste das Blatt mühsam aus der verkrusteten Halswunde des Keilers. Als der Spieß frei war, benutzte er ihn als Stab und richtete sich daran auf. Vorsichtig versuchte er seinen verwundeten Fuß, aber er konnte noch immer kaum damit auftreten. Bei der geringsten Belastung schoß der Schmerz erneut durch seinen Körper.

Außerdem quälte ihn brennender Durst. Das Verlangen nach

Wasser wurde so stark, daß er vorerst alles andere darüber vergaß. Er kroch zurück zum Sumpf, an dessen Rand es einige Tümpel gab, und trank lange. Sein Kopf wurde klarer; es wurde ihm bewußt, daß er einen Unterschlupf für die Nacht brauchte.

Kriechend erreichte er wieder den Jagdspieß, den er liegengelassen hatte, und zum zweitenmal zog er sich an dem geriemten Schaft in die Höhe. Dann schaute er sich um. Seitlich von ihm lag der Sumpf mit dem riesigen Granitfindling und dem Kadaver der Bache in der Mitte. Gegen Nordwesten, wo die Arbersteilwand lag, stieg das Gelände an. Er würde den Hang nicht überwinden können. Im Süden war das Land fast flach; es senkte sich nur noch ganz leicht. Er musterte es genauer. Die Humusschicht schien dünn zu sein, denn es gab nur vereinzelte Bäume dort. Dafür ragten an vielen Stellen große Felsen aus dem Boden. Schräg auf einen war eine alte Buche gestürzt und bildete über dem Stein eine Art Dach. Konrad entschloß sich, darunter die Nacht zu verbringen.

Er besaß eine Lederflasche, die ihm Veit einmal geschenkt hatte, und füllte sie aus dem Tümpel, aus dem er soeben getrunken hatte. Dann schnitt er ein Stück Fleisch aus dem Hals des Keilers, denn wenn er nicht aß, dann würde die Schwäche ihn um so schneller übermannen.

Bis er – auf die Saufeder gestützt oder über schwierigere Wegstellen kriechend – die gestürzte Buche und den Felsen erreicht hatte, war fast eine halbe Stunde vergangen, obwohl er nur ungefähr zweihundert Meter hatte zurücklegen müssen. Er kroch unter den Baumstamm und bis nahe an den Felsen heran.

Dann sah er, daß der Stein gespalten war, gut eineinhalb Meter breit und zweimal so hoch. Der Schlupf war von draußen nicht zu erkennen gewesen, aber nun beglückwünschte sich Konrad zu seinem Spürsinn. Der Felsspalt würde ihm den denkbar besten Schutz gegen wilde Tiere und die Nachtkälte bieten.

Wenn es ihm gelang, am Eingang ein Feuer zu entfachen, dann würde er es hier beinahe komfortabel haben.

Er schob Pfeile und Bogen, die Wasserflasche und das Fleisch in den Felsspalt, lehnte sich hart vor dem Eingang gegen den Stein und benutzte die Saufeder mit ihrem scharfen Blatt dazu, möglichst viele trockene Äste und Zweige von der toten Buche abzuschlagen. Nach einer weiteren halben Stunde hatte er einen Haufen zusammengebracht, der gut für die Nacht ausreichen würde. Er schob das Holz in den Spalt, um es später bequem bei der Hand zu haben, dann kroch er selbst nach.

Der Wildranner hatte schon im vergangenen Jahr Stahl und Feuerstein nach Bärnreuth gebracht, und auch jetzt führte Konrad diese wertvollen Utensilien mit sich. Er legte eine Feuerstelle direkt am Zugang zu der Spalte an, wo der Felsen eine ungefähr halbmeterhohe Einbuchtung bildete. Dann schlug er den Funken und brachte das Holz mit Hilfe von Zunder aus der abgestorbenen Buche zum Brennen. Die Mulde im Stein eignete sich hervorragend dafür. Ein leichter, stetiger Wind drückte die Flamme gegen den Fels, so daß auch dieser stark erhitzt wurde. Auf diese Weise hatte es Konrad fast so warm, als würde er neben einem Kachelofen sitzen.

Er fühlte sich bedeutend besser, als das Feuer brannte. Auch sein Fuß schmerzte nicht mehr so schlimm wie vor ein paar Stunden – und er hatte Hunger.

Konrad nahm einen seiner Pfeile aus dem Köcher und spießte damit das Fleischstück auf. Dann hielt er es zwischen Feuer und Felswand, wo sich die Hitze so stark staute, daß der Stein bereits zu knistern begann.

In unglaublich kurzer Zeit, es war noch nicht einmal ganz Nacht, war das Fleisch gar. Konrad aß heißhungrig das ganze, etwa zwei Pfund schwere Stück auf. Danach fühlte er sich schläfrig. Er legte nochmals einen guten Armvoll Holz nach, und weil der Wind jetzt etwas aufgefrischt hatte, aber immer noch stetig aus einer Richtung kam, schlug die Flamme nun fast brüllend in die Felsmulde. Behagliche Wärme verbreitete sich in der Spalte, Konrad streckte sich aus und döste ein.

Die Nacht verging mit Perioden von Halbschlaf und Zeiten, in denen er das Feuer schürte und nachlegte. Konrad wagte es nicht, den Brand erlöschen zu lassen, denn wenn ihn in seinem Zustand ein Raubtier überfiel, dann würde er so gut wie wehrlos sein. Kurz vor Morgengrauen fachte er das Feuer sogar noch einmal besonders stark an, denn dies war die gefährlichste Zeit im Urwald.

Doch es zeigte sich weder ein Bär noch ein Wolf in der Nähe von Konrads Unterschlupf, und als die Sonne im Osten zwischen den Bäumen hindurchlugte, da wußte Konrad, daß er jetzt nichts mehr zu befürchten hatte. Er mußte nur noch den Heimweg hinter sich bringen. Aber er fühlte sich bedeutend besser als am Vortag. Die Fleischmahlzeit hatte ihm seine Kräfte zurückgegeben, und als er nun den Knöchel untersuchte, da bemerkte er, daß auch die Schwellung schon beträchtlich zurückgegangen war.

Konrad wollte sich unverzüglich auf den Weg machen. Er mußte nur noch das Feuer löschen, damit kein Waldbrand entstehen konnte. Mit Hilfe des Spießes warf er die glimmenden Äste auseinander, dann schaute er sich nach einem losen Stein um, mit dessen Hilfe er die Glut ausdrücken konnte. Dabei fiel sein Blick gegen die Felsmulde, in die das Feuer die ganze Nacht hineingefaucht hatte – und plötzlich erstarrte er.

Denn wo am Abend zuvor bloß taubes Gestein gewesen war, glänzte es jetzt auf seltsame Weise metallisch. Weißliche Runsen und tropfenförmige Gebilde schienen wie durch ein Wunder aus dem Felsen herausgewachsen zu sein und hingen nun wie zauberische Früchte da. Dazwischen gab es auch Ruß in Flocken, aber an den metallischen Gebilden selbst hatte er sich offenbar nicht festsetzen können.

Konrad ängstigte sich. Alte Sagen fielen ihm ein, in denen davon erzählt wurde, wie der Teufel arglose Menschen in Berge und Höhlen gelockt und ihnen dort drinnen prächtige Schätze vorgegaukelt hatte. Wenn sie aber danach gegriffen hatten, dann waren das Gold und das Silber unter dem Hohngelächter des Leibhaftigen urplötzlich wieder verschwunden. Dann erinnerte sich Konrad an den Schmied von Stauff, der einmal gesagt hatte, daß im Inneren der Erde ein uraltes Zwergenvolk hause und unglaubliche Schätze gehortet habe. In früheren Zeiten hätten diese Elfen den Menschen oft geholfen und auch ihr Gold mit ihnen geteilt, doch dann sei es einmal zu einem schrecklichen Frevel gegenüber den Zwergen gekommen, und seither müßten sich die Menschen vor ihnen hüten, auch wenn sie immer noch mit ihren Schätzen lockten.

Das alles schoß Konrad beim Anblick des Glänzens in der Felsmuldung durch den Kopf, und er war schon versucht zu fliehen, so schnell er konnte.

Doch dann siegte sein gesunder Menschenverstand, und er sagte sich, daß er ja die ganze Nacht ungefährdet in der Felsspalte verbracht habe, und daß es wahrscheinlich doch eine natürliche Bewandtnis mit den Runsen und Tropfen haben mußte.

Er überwand sich und streckte die Hand aus, um die seltsamen Gebilde zögernd zu berühren. Kaum hatte er aber einen der Tropfen mit der Fingerspitze angetippt, da zog er die Hand mit einem Schmerzensschrei zurück, denn er hatte sich verbrannt. Das Metall war glühend heiß, und nun begriff Konrad, daß es durch das Feuer während der Nacht aus der Felswand herausgeschmolzen worden war. Er schüttete den Rest Wasser aus seiner Lederflasche darüber, hörte ein schwaches Zischen und sah Dampf aufwölken. Dann rieb er mit dem Ärmel – und plötzlich funkelte es an dem Stein wie Silber.

Ein irrsinniger Gedanke schoß Konrad durch den Kopf. War es am Ende wirklich Silber, das er da entdeckt hatte? Hatte das

Feuer etwa eine verborgene Ader im Fels zum Schmelzen gebracht? Hier, im herrenlosen Urwald, in dem alles demjenigen gehörte, der sich hineinwagte.

Es schwindelte Konrad, als ihm bewußt wurde, was das bedeuten konnte. Aber andererseits hatte er noch nie Silber gesehen; er kannte es nur vom Hörensagen. Es hatte keines in Stauff gegeben – und noch weniger auf Bärnreuth.

Vielleicht kannte sich der Wildranner aus, überlegte Konrad. Der war weiter in der Welt herumgekommen als er. Konrad zog sein Messer und löste einige der glänzenden Tropfen aus der Felsmulde. Innerhalb kurzer Zeit waren sie so weit abgekühlt, daß er sie in die Hand nehmen konnte. Sie wogen schwer – etwa wie der bleierne Armbrustbolzen, den er in Stauff einmal besessen hatte. Konrad unterdrückte seine begreifliche Unruhe und wickelte die Metalltropfen in das Stück Fell, das er am Abend zuvor von seinem Wildschweinbraten abgelöst hatte. Dann verstaute er das Päckchen sorgfältig hinter seinem Gürtel, ehe er seine übrigen Habseligkeiten aufsammelte, um sich für den Heimweg bereitzumachen.

Nachdem er aus der Felsspalte gekrochen war, zögerte er kurz. Dann raffte er das übriggebliebene Brennholz zusammen und tarnte damit sorgfältig die Muldung am Höhleneingang. Es war zwar äußerst unwahrscheinlich, daß ein anderer Mensch sich hierher verirren würde, aber jetzt, nachdem er zumindest vermuten konnte, was er entdeckt hatte, wollte Konrad ganz sichergehen.

Dann, als er die ersten Schritte tat, wußte er, was ihn auf seinem langen Heimweg erwarten würde. Er brauchte zwar nicht mehr zu kriechen und konnte den verletzten Fuß wieder leicht belasten, aber er benötigte dennoch den Jagdspieß als Stütze, um einigermaßen vorwärts zu kommen. Jeder gestürzte Baumstamm wurde ihm dabei zum Hindernis, und als er die erste Viertelmeile zurückgelegt hatte, da hatte Konrad vor Anstrengung schon fast wieder vergessen, was er im Gürtel trug.

Das in das Schweinsfell gehüllte Päckchen fiel ihm erst wieder ein, als er in der Abenddämmerung den Talboden von Bärnreuth erreichte. Er kam am Südende aus dem Urwald heraus und sah die Siedlung ein Stück weiter oben liegen. Als er den Rauch aus dem Kamin kräuseln sah, wurde ihm fast schwindlig vor Hunger, denn er hatte den ganzen Tag nichts weiter zu sich genommen als gelegentlich einen Schluck Wasser. Jetzt brachte er nicht mehr die Kraft auf, das letzte Wegstück bis zum Haus zurückzulegen. Er ließ sich auf einen Stein sinken und rief.

Gleich darauf sah er droben den Wildranner aus dem Haus kommen, gefolgt von Mariann und Huzza. Er winkte ihnen, und sie rannten alle drei zu ihm.

»Mein Gott! Was ist passiert?« rief Mariann und packte seinen Arm. »Wo bist du bloß die Nacht über gewesen?«

»Laß ihn!« Veit hatte mit einem Blick Konrads Verletzung erkannt und schob ihm nun den Arm unter die Achsel. »Er kann uns alles nachher erzählen. Jetzt bringen wir ihn erst einmal ins Haus. Nimm seine Waffen, Huzza!«

Ein paar Minuten später lag Konrad ausgestreckt auf der Bettstatt, und die Doma hatte bereits Kräuter herausgesucht, mit denen sie seinen Knöchel nun behandelte. Mariann brachte ihm einen Napf Suppe, die eben fertig geworden war, aber dann mußte Konrad wirklich erzählen.

»Der Fuß ist in ein paar Tagen wieder in Ordnung«, sagte er zuletzt. »Aber da ist noch etwas anderes.« Er zog den Fellbeutel aus seinem Gürtel, gab ihn dem Wildranner und erklärte: »Das da habe ich an der Unfallstelle durch Zufall aus dem Felsen geschmolzen. Schau es dir einmal an und sag mir, was du davon hältst.«

Neugierig beugten sich Mariann und Huzza über Veits Schulter, als dieser das Päckchen öffnete. Als der alte Jäger die Metalltropfen erblickte, pfiff er leise durch die Zähne. Aber er äußerte sich nicht, sondern nahm sie nur einzeln in die Hand, wog sie mit gerunzelter Stirn, ja, er prüfte sie sogar mit den Zähnen und leckte schließlich daran. Endlich schüttete er die Körner wieder zusammen, gab den Beutel Mariann und sagte: »Kannst deinem Herrgott danken, Frau! Was dein Mann da heimgebracht hat, das hat ungefähr den Gegenwert eines Kalbes.«

Mariann starrte auf die Tropfen und brachte kein Wort hervor.

Auch Konrad schien sich jetzt schwer mit dem Reden zu tun. »Ist es also, ist es also wirklich ..?« stammelte er schließlich.

»Silber!« antwortete der Wildranner und nickte bekräftigend. »Da gibt's gar keinen Zweifel. Ich habe es früher schon in Bodenmais gesehen, wo sie tief im Berg danach graben, und hab' mir damals gut gemerkt, wie es sich anfühlt und auf der Zunge schmeckt. – Du bist auf eine Schatzader gestoßen, Konrad, und wenn du es richtig anfängst, dann wird es bald noch weiter aufwärtsgehen mit dem Hof hier.«

»Du meinst, daß wir wirklich Kälber, Ochsen und andere Haustiere damit kaufen können?« warf Mariann atemlos ein.

»Werkzeuge und Kleider dazu«, bekräftigte der Wildranner, »vorausgesetzt, es gibt noch mehr dort, wo Konrad es gefunden hat. Aber das kann er ja leicht nachprüfen. In ein paar Tagen ist er wieder auf den Beinen, kann zurückgehen und ein neues Feuer entfachen.«

»Warum redest du immer bloß von mir?« mischte sich da Konrad ein. »Wir beide werden zusammen gehen und unter uns aufteilen, was wir finden, wenn es in der Felsspalte wirklich noch mehr davon gibt.«

»Du hast es gefunden«, gab Veit zu bedenken. »Es ist dein. Ich werde dir gerne beim Schürfen helfen, aber ich will dich nicht berauben.«

Konrad schüttelte beinahe wütend den Kopf, aber es war Mariann, die das erlösende Wort sprach: »Wildranner, wir haben damals auch nicht lange mit dir gerechtet, als du uns gegen die Wölfe beigestanden hast, sondern deine Hilfe gerne angenommen. Und wir haben es euch auch nie richtig vergelten können, daß ihr uns hier auf dem Hof geholfen habt. Deswegen haben Huzza und du ebenso ein Recht auf das Silber wie Konrad und ich. Also streitet nicht lange herum, sondern holt so viel aus dem Felsen, wie ihr könnt, dann werden wir alle zusammen genug bekommen.«

Da gab sich der Wildranner geschlagen und meinte bloß noch: »Dann soll aber auch für unseren Einsiedler etwas abfallen. Vielleicht möchte er gerne ein silbernes Kreuz für seine Kapelle haben, die er jetzt so schön aufgerichtet hat. Was denkst du, Konrad: Sollen wir ihn mitnehmen, wenn wir den Felsen ausschmelzen?«

»Ich glaube, daß gut drei Männer dort arbeiten können«, stimmte der Bärnreuther zu. »Ich möchte den Josef wirklich gerne dabeihaben, denn er war es, der als erster davon gesprochen hat, daß wir uns hier Vieh anschaffen sollten. Ich habe ihn damals ausgelacht, aber nun sieht es durch Gottes Gnade ganz so aus, als hätte der Eremit damals mehr gewußt als ich. Am besten holst du ihn gleich morgen herüber, Veit, damit wir sofort aufbrechen können, wenn ich wieder laufen kann.«

Damit war alles entschieden, aber ihr Lager suchten sie in dieser Nacht noch lange nicht auf. Im Gegenteil: Ihre Unterhaltung wurde immer angeregter und lauter, und sie schmiedeten immer neue Pläne, was sie aus Bärnreuth alles machen wollten, wenn sie erst das Silber in Händen hätten. Sie entschlossen sich, so viel Vieh anzuschaffen, wie sie im Tal halten konnten, vor allen Dingen Rinder, um neue Felder roden und später auch pflügen zu können. Veit und Huzza sollten sich dann eine eigene Hofstelle unterhalb der Höhle errichten, und später einmal wollten sie sogar Schachten – als Viehweiden genutzte Waldlichtungen – weiter oben am Berg schlagen, wo die Rinder den Sommer über gutes Futter finden könnten.

So aufgeregt waren sie alle vier, daß sie immer noch redeten und sich gegenseitig ins Wort fielen, als es draußen schon zu dämmern begann. Erst da wurden sie müde und suchten ihr Lager auf, um anschließend bis weit in den neuen Tag hinein zu schlafen.

Gegen Mittag lief Veit aber zur Klause des Einsiedlers hinüber und kam am Abend mit dem freudestrahlenden Mönch zurück. Josef brachte sogar einen Lederschlauch voll Wein mit, den er kürzlich bei einem Abstecher nach Weißenstein besorgt hatte, und so feierten sie in dieser zweiten Nacht noch ausgelassener als in der ersten. Als Konrad dem Eremiten erklärte, daß er aus dem Silber ein Kreuz für seine Kapelle bekommen solle, da konnte sich Josef vor frommer Freude kaum wieder fassen. »Ich werde überhaupt nicht schlafen, wenn wir erst bei dem Felsen sind«, erklärte er. »Tag und Nacht werde ich das Feuer in Gang halten, damit mein Kreuz auch wirklich ansehnlich wird!«

Ehe sie allerdings zu dem Felsenriß aufbrechen konnten, mußten sie sich noch einige Tage gedulden. Denn so lange brauchte Konrads Knöchel, um nach der Verrenkung einigermaßen zu verheilen. Eine knappe Woche aber, nachdem der junge Bauer völlig erschöpft aus dem Urwald zurückgekehrt war, fühlte er sich wieder kräftig genug, um den Marsch zu wagen, und sagte deshalb am Abend zum Wildranner und dem Mönch: »Morgen in aller Frühe gehen wir los.«

Sie wußten sofort, was der Bärnreuther meinte, doch während Veit lediglich ruhig nickte, schlug der Einsiedler dem Bauern auf die Schulter und rief: »Endlich sind meine Gebete erhört worden! Tag und Nacht habe ich den Herrgott angefleht, daß er deinen Fuß schnell wieder zusammenwachsen läßt, damit wir endlich zu der Silberader aufbrechen können.«

»Wenn es um den Gewinn geht, dann werden die Pfaffen allemal fleißig«, murmelte Huzza, doch niemand beachtete sie.

»Bist du denn sicher, daß du den Weg schon schaffen kannst?« fragte Mariann besorgt ihren Mann.

»Ganz sicher«, beruhigte Konrad sie. »Um so mehr, als ich weiß, daß du mit Huzza gut auf Bärnreuth achten wirst.«

»Das tun wir«, versprachen die beiden Frauen gleichzeitig.

Kaum daß am nächsten Morgen die ersten Sonnenstrahlen in das Bärnreuther Tal fingerten, zogen der Bauer, der Jäger und der Mönch los. Sie trugen Beile auf den Schultern, Konrad und der Wildranner dazu ihre Bogen, während Josef einen Sack mit Brot und Geräuchertem über die Kutte gehängt hatte. Im Gänsemarsch und schweigend gingen die Schatzsucher dahin, und die beiden Frauen schauten ihnen lange nach, bis der Wald auf der anderen Seite des Tals die drei Männer verschluckte.

»Komm ins Haus«, sagte Huzza endlich. »In ein paar Tagen sind sie wieder zurück, und wir wollen inzwischen hier die Hände rühren.«

Die Bäuerin nickte und befolgte die Anordnung der Älteren ohne Widerrede. Sie trat über die Schwelle.

Die Böhmin aber blieb noch einen Moment draußen stehen, und jetzt sah sie auf einmal sehr nachdenklich aus. Denn schon seit Tagen hatte sie etwas geahnt, eben aber hatte sie die Veränderungen an Marianns Mund- und Augenwinkeln ganz deutlich sehen können. Mit dem Wissen ihres Volkes, dessen Weiber seit Menschengedenken allein zu gebären pflegten, nickte sie, dann murmelte sie kaum hörbar zu sich selbst: »In sieben Monden wird es so weit sein – Konrad wird das Silber noch für anderes als nur die Ochsen brauchen ...«

»Kommst du, Huzza?« erklang von drinnen Marianns Stimme.

»Ja, mein Täubchen«, rief die Böhmin zärtlich und huschte über die Schwelle zu der Schwangeren.

XI

Aus der Chronik des Eginhart Bärnreuther, Bauer auf Bärnreuth:
»Sind im nächsten Hirgst der Ahn und der Jager über das Gebirg hinüber ins Bohemische.
Haben dortselbst Vieh erhandelt von einem alten Kumpanen. Sind unter viel Fährnissen wieder heimkummen.«

Im Norden, wo Konrad den Wildeber erstochen und dabei fast selbst das Leben verloren hatte, stand nun ein einfaches Waldlager. Als der Bärnreuther, der Wildranner und der Mönch hier angelangt waren, da hatten sie zunächst die bereits von Geiern zerfetzten und von Schmeißfliegen umsummten Kadaver der Wildschweine beseitigt, damit sie sich nicht etwa noch die Pest holten, wie der vernünftige Mönch meinte, aber dann hatten sie sich mit Feuereifer an die Arbeit am Silberfelsen gemacht. Hart neben der Spalte im Granit war ein anspruchsloser Unterschlupf aus Zweigen und Tannenreisern entstanden, nach Süden hin offen, in dem sie die wenigen Stunden, welche sie sich dazu gönnten, rasten konnten. Den Baum, der über den Felsen gestürzt war, und von dem schon Konrad damals ein Erkleckliches an Ästen abgehauen hatte, hatten sie ganz beiseite geschafft und aus dem Stamm eine Menge von gutem Brennholz gewonnen. Das harzige Holz stapelte sich nun neben der Felsspalte, und drinnen prasselte jetzt ein ganz anderes Feuer, als Konrad es nach seinem Unfall zuwege gebracht hatte.

Veit, der sich mit solchen Dingen auskannte, hatte gleich nach der Ankunft und nachdem die Schweine verscharrt waren, den breiten Riß im Granit untersucht; mit bebenden Nüstern schien er das Gestein schier schmecken zu wollen. Er hatte schnell die Stelle gefunden, wo Konrad das erste Silber ausgeschmolzen hatte; und wo der Stein jetzt speckig vom Ruß glänzte, da hatte der Wildranner die geheimnisvolle Fährte aufgenommen und war dabei immer tiefer in den Spalt eingedrungen.

Mit dem stumpfen Ende seines Beils hatte er da und dort einen Fladen oder Zacken von der Grottenwand abgeschlagen, hatte an einer Stelle auch einmal verbissen in die Tiefe gearbeitet, und dann hatte er gemeint, daß die Ader jetzt so frei liege, wie es irgend möglich sei, und sie hatten das Feuer aus harzigen Kloben angefacht.

Seit mehr als zwei Tagen und Nächten brannte es nun, ununterbrochen, denn wenigstens einer der drei Männer wachte ständig neben der brausenden Flamme. Sie sprachen nicht viel, denn es war wie ein Wunder, dem Berg die glänzenden Tropfen zu entlocken, aber sie schufteten wie die Tiere, schürten das Feuer, schleppten Holz heran und zerkleinerten es, und nur im Wechsel legte sich jeweils einer von ihnen unter den einfachen Windfang, um ein paar Stunden Schlaf zu bekommen.

Der Platz an der Bergflanke veränderte sich zusehends. Der Boden aus Nadeln und altem Laub war zertreten und zerwühlt. Überall hingen Flocken von glänzendem Ruß an den Pflanzen; wo Holz geschlagen worden war, schimmerten die Schnittflächen der umgehauenen Bäume anklagend. Schon längst hatte sich kein Tier mehr in der Nähe gezeigt, selbst die Geier waren in ruhigere Reviere geflohen, und nur die Fliegen summten noch aufgeregt über dem vergewaltigten Hang. Aus der Granitspalte aber quoll ohne Unterlaß der beißende Rauch und klebte sich zäh an den Berg. Er rötete die Augen der drei Männer, bis sie ununterbrochen tränten, er setzte sich in ihren Kleidern fest und ließ die Luft bitter schmecken. Doch keiner von ihnen achtete darauf; verbissen arbeiteten sie fünf Tage und sechs Nächte durch.

Als aber dann der sechste Morgen kam, hörte der Wildranner auf, den Scheiterhaufen in der Granitspalte zu schüren; er ließ das Feuer in sich zusammenfallen und ging mit schweren Schritten zu seinen beiden Gefährten.

»Soll ich dich ablösen?« fragte der Mönch, welcher immer noch neues Holz zerkliebte, während Konrad unruhig unter dem Windschirm schlief.

»Nein«, antwortete Veit. Seine versengten Lippen formten die Wörter nur schwer. »Die Ader ist erschöpft, jedenfalls so weit, wie wir mit dem Feuer an sie herankommen konnten. Weiter drinnen im Berg mag sie sich wohl fortsetzen, aber uns sind jetzt Grenzen gesetzt. Wir müssen aufhören.«

Konrad war bei dem Wortwechsel erwacht und saß jetzt fröstelnd da. »Ich hab' geträumt, daß wir uns immer weiter und weiter in den Berg hineinbrennen müßten«, murmelte er. »Immer weiter, bis in alle Ewigkeit. Bin froh, daß es nicht wahr ist, daß es jetzt ein Ende hat.« Er richtete sich auf und atmete tief ein. »Was meinst du, wieviel haben wir?« fragte er den Wildranner.

»Wir müssen abwarten, bis das Feuer erloschen ist, und dann die Asche untersuchen«, erwiderte Veit. »Aber es wird ausreichen. Wird nicht wenig sein.«

Konrad nickte. Seine Augäpfel glänzten seltsam hell in der Rußschicht, die sein ganzes Gesicht bedeckte. »Ich will Essen machen«, sagte er. »Ruht ihr euch aus.« Er tappte zum Proviantsack, der jetzt fast leer war, und öffnete ihn. Der Mönch und Veit sanken erschöpft neben dem Windfang auf den zerstörten Waldboden.

Stunden später, als Asche und Schlacke in der Felsspalte ausgekühlt waren, erledigten sie zu dritt den letzten Arbeitsgang. In den kniehohen Überresten des Feuers, das viele Tage lang gebrannt hatte, suchten sie nach dem Silber. Sie waren überpudert von weißer Holzkohle, aber am Abend dieses Tages hatten sie – jedenfalls nach menschlichem Ermessen – alles Edelmetall aus der Asche gescharrt, das sie aus dem Felsen geschmolzen hatten. Es waren unförmige, bizarr geronnene Klumpen, flache Platten, die sich durch ihr Gewicht an den Felsboden geschmiegt hatten, aber auch Tropfen von vollendeter Form, so wie sie ganz am Ende des Schmelzens noch aus dem Stein gekommen waren.

Sie packten ihren Schatz in den jetzt leeren Proviantsack, und als Konrad ihn anheben wollte, da mußte er sich anstrengen.

»Nun«, lachte der Wildranner. »Ist das genug?«

»Genug für uns alle«, gab Konrad zurück. »Mehr, als ich mir je hätte träumen lassen. Bruder Josef wird ein Kreuz für seine Kapelle bekommen, so lang wie seine Elle!«

»Der Herrgott sei gelobt und gepriesen!« sagte der Einsiedler strahlend. »Jetzt bin ich reicher als der Mettener Abt, dem ich vor einem Jahr entsprang.«

»Das glaubst du doch wohl selber nicht«, verwies ihn der Wildranner. »Der Kirchenfürst verwahrt das Silber sicherlich truhenweise in seinem Keller. – Doch auch wir können alle miteinander zufrieden sein und brauchen unseren Schatz jetzt bloß noch zurück nach Bärnreuth zu tragen.«

»Aber im Herbst, nach der Ernte, gehe ich mit meinem Anteil nach Böhmen«, kündigte Konrad an. »Jetzt endlich kann ich alles für den Hof kaufen, was wir so dringend benötigen.«

»Wirst nicht alles Silber dafür ausgeben müssen«, erwiderte Veit. »Und wirst auch nicht allein zu gehen brauchen. Wir beide nehmen uns jeder einen guten Beutel voll aus unserem Schatz, dann gehen wir gemeinsam. Im Bärnreuther Tal soll jetzt ein zweiter Hof entstehen, nachdem wir solches Glück gehabt haben.«

Konrad hätte gar nicht sagen können, wie froh er über diese Worte des Jägers war. Er schwieg, aber er griff nach Veits Hand und drückte sie kräftig.

In aller Frühe des nächsten Tages brachen sie auf und erreichten Bärnreuth gegen Mittag. Mariann und Huzza hatten schon seit Tagen immer wieder sehnsüchtig zum Waldrand hinübergeschaut; jetzt liefen sie den drei Männern neugierig rufend entgegen.

»Ist es gelungen? Habt ihr das Silber?« wollte Mariann außer Atem wissen, als sie ihren Mann erreichte und ihn umschlang.

»Da – in Veits Sack«, antwortete der Bärnreuther lachend. »Wir haben uns beim Tragen abgewechselt und trotzdem ganz schön geschwitzt. Mariann, es ist mehr, als wir uns je erträumt hätten! Wir sind reich und brauchen uns keine Sorgen mehr um die Zukunft unseres Hofes zu machen. Nun wird es uns hier an nichts mehr mangeln. Noch Generationen nach uns können von diesem Silber zehren …«

Er verstand nicht, warum Mariann bei diesen Worten errötete und sich noch enger an ihn preßte. Er schrieb es einfach ihrer übergroßen Freude zu.

In dieser Nacht jedoch, nachdem das Silber brüderlich aufgeteilt worden war und das Paar sich allein zur Ruhe gelegt hatte, da teilte Mariann ihrem Mann das Geheimnis mit. »Huzza hat's mir auf den Kopf zugesagt, nachdem ihr fort gewesen seid«, flüsterte sie. »An meinen Augen und an den Mundwinkeln hat's die Böhmin gesehen, daß ich ein Kind erwarte. Ich hab's ja selbst schon geahnt, aber ganz sicher war ich doch …«

»Du meinst …« Konrads Stimme klang fassungslos; er hatte Mariann mit beiden Händen an den Schultern gepackt.

»Ja, wir werden ein Kind haben«, bestätigte die junge Frau. »Einen Erben für Bärnreuth vielleicht. Im Herbst wird es soweit sein, meint Huzza. Der Herrgott hat uns das Silber gerade zur rechten Zeit geschenkt. Konrad, du mußt …« Mariann konnte den Satz nicht vollenden, denn jetzt küßte ihr Mann sie so, wie sie es noch nie von ihm erfahren hatte. Als er sich dann aber von ihr löste, sagte er, und es klang wie ein Schwur: »Wenn das Kind da ist, dann sollen auch die Rinder im Stall von Bärnreuth stehen. Das Kleine soll es nicht schlechter haben als Jesus bei seiner Geburt zu Nazareth.«

Dann nahm er Mariann erneut in die Arme, denn jetzt glaubte

er ganz genau zu wissen, warum er gerade in diesen Tagen die Silberader im Gefels entdeckt hatte …

Allmählich rundete sich das Jahr und mit ihm Marianns Leib. Es wurde ein heißer, fruchtbarer Sommer, und das Korn stand üppig auf den beiden Feldern, die bis jetzt gerodet waren. Als sie Ende August, nachdem sie eine Rinderstallung erbaut hatten, mit der Ernte begannen, da ging Mariann bereits schwerfällig, und Konrad mußte ihr untersagen, sich noch nach den Garben zu bücken. Es war Josef, der wiederum einsprang. Er kam von seiner Kapelle herüber, in der längst das von ihm selbst gehämmerte silberne Kreuz hing, und arbeitete so fleißig auf den Feldern wie der Bärnreuther selbst oder der zähe Veit.

Sie brauchten zwei Wochen, bis sie die Ernte eingebracht hatten, und noch einmal so lange, um sie zu dreschen. Aber dann besaßen sie einen Vorrat, der für wenigstens zwei Jahre ausreichen würde, selbst dann, wenn sie nicht besonders sparsam waren und genügend Saatgetreide abrechneten.

»Der Herrgott hat es wiederum sehr gut mit euch Bärnreuthern gemeint«, sagte der Mönch, als sie am Abend des letzten Dreschtages in der Hofstube beisammensaßen.

»Es wäre uns allen recht, wenn du ein Dankgebet sprechen wolltest«, antwortete Konrad.

»Das ist nur billig«, pflichtete ihm Josef bei, um anschließend in einfachen, aber um so ergreifenderen Worten für den Segen zu danken.

»Du wirst diesen Winter auch nicht darben müssen«, sagte Konrad, als der Mönch mit einem Kreuzzeichen geendet hatte. »Dein Brot sollst du reichlich von Bärnreuth bekommen. Hast es dir durch dein Gebet und dein kräftiges Zupacken bei der Ernte redlich verdient.«

»Deo gratias«, antwortete Josef, um gleich darauf zu weltlicheren Dingen zu kommen. »Die Ernte ist herinnen«, sagte er nämlich, »und nun wirst du wohl nach Böhmen wandern, um auch das Fleisch auf das Brot zu gewinnen, oder? Jedenfalls hast du im Frühling, am Silberberg, davon gesprochen.«

Konrad nickte. »Ich will die Rinder auf Bärnreuth haben, noch ehe unser Kind zur Welt kommt«, bestätigte er. »Veit und ich werden über das Gebirge hinüber nach Böhmen gehen. Aber es wäre gut, wenn in der Zwischenzeit ein Mann bei Mariann und Huzza bliebe.«

»Nachdem es hier keinen anderen mehr gibt, denkst du wohl dabei an mich, nicht wahr?« antwortete der Einsiedler lächelnd. »Natürlich tue ich euch den kleinen Gefallen. Um so mehr, als es mir auf Bärnreuth immer wieder besser gefällt als in meiner einsamen Klause. Wann wollt ihr denn aufbrechen?«

Der Wildranner und Konrad blickten sich an. »In zwei Tagen«, antwortete der Bauer.

»Dann lohnt es sich gar nicht mehr, daß ich in meine Einsiedelei zurückkehre«, meinte der Mönch, und damit war die Sache abgesprochen.

In der Nacht vor dem Aufbruch wurde Mariann ängstlich. »Wie wollt ihr denn überhaupt durch den Urwald nach Böhmen hinüberkommen?« fragte sie mit gepreßter Stimme. »Wahrscheinlich ist vor euch noch nie einer diesen Weg gegangen!«

»Aber ja, denk doch nur an Slavata«, versuchte Konrad seine Frau zu beruhigen. »Der wandert jedes Jahr von Böhmen in den Süden und zurück. Außerdem kennt Veit jeden Weg und Steg hinüber und herüber. Glaub mir nur, in zwei, drei Wochen sind wir schon wieder zurück, und dann lachst du nur noch über die Angst, die dich jetzt befallen hat.«

Mariann nahm sich zusammen und nickte. Trotzdem verstand Konrad sie recht gut. Er hatte soeben den Zuversichtlichen gespielt, aber in Wirklichkeit fürchtete er sich selbst vor dem Abenteuer, das morgen in aller Frühe beginnen sollte.

Das durfte er allerdings Mariann auf keinen Fall merken lassen. Sie würde es ohnehin nicht leicht haben, wenn sie den Hof wochenlang nur mit Huzzas und Josefs Hilfe bewirtschaften mußte. Außerdem war sie jetzt schon hochschwanger, und auch deswegen mußte Konrad sich zusammennehmen. »Du brauchst dich nicht zu ängstigen«, beschwor er erneut sein Weib. »Mit dem Silber, das wir haben, wird es ganz leicht sein, die Rinder in Böhmen zu kaufen und nach Bärnreuth zu bringen.«

Noch einmal nickte Mariann tapfer und drückte Konrads Hand. Dann schlief sie ein, ihren schweren Leib mit beiden Unterarmen wie unbewußt schützend.

Am nächsten Tag brachen der Wildranner und der Bärnreuther mit dem ersten Licht auf. Es war jetzt Ende September, und der Herbst kündigte sich mit wehenden Nebelschwaden, feuchter Luft und kaltem Wind bereits unmißverständlich an. Schon gleich, als Konrad und Veit am nördlichen Talende den Wald erreichten, da wußte der Bauer, daß der Weg beileibe nicht so leicht werden würde, wie er Mariann weisgemacht hatte.

Die frostige Luft stach ihnen in die Lungen, als sie sich ihren Weg an der Arberflanke entlang suchten. Auf den Zweigen lag bereits Rauhreif und schmolz nur zögernd im diffusen Licht einer Sonne, die sich nicht mehr so recht zeigen wollte und sich ständig hinter jagenden Wolken verbarg. Immerhin waren aber die Staunzen und Fliegen des Sommers verschwunden und konnten die Wanderer nicht mehr bis aufs Blut quälen, so, wie sie das noch zur Zeit des Silberbrennens getan hatten.

Als sie nach Stunden den Stock des Arbers umrundet hatten, kauerte sich der Wildranner mit von der Kälte gerötetem Gesicht auf einen grauen Findling nieder, verschnaufte, schnaubte sich mit den Fingern die rinnende Nase und sagte dann zu seinem Begleiter: »Ich denke, daß wir uns jetzt ein Stück nach Sonnenaufgang halten. Dann müßten wir eigentlich auf den Saumweg treffen, der über das Gebirge führt.«

»Bist du ihn denn schon einmal gegangen?« wollte Konrad wissen.

Der Wildranner verneinte. »Hier bin ich noch nie über das kalte Gebirge gestiegen. Ist nie mein Revier gewesen. Wenn ich früher nach Böhmen gegangen bin, dann weiter im Westen, beim Osser. Hab' mich dort drüben immer wohler gefühlt, denn an den Osserhängen leben freie Bauern seit alters her, und deswegen ist auch die Jagd dort leichter für einen wie mich. – Aber für uns wäre es ein zu großer Umweg gewesen, jetzt erst zum Osser hinüberzuwandern und dann das Gebirge zu kreuzen. Es bleibt uns nichts anderes übrig, wir müssen den Saumpfad suchen, den die Händler benutzen – und in bösen Zeiten auch die Heere, die hinüber und herüber ziehen, wenn's der Teufel so will.«

»Glaubst du gar, daß wir einem solchen Heerbann begegnen könnten?« fragte Konrad ängstlich und dachte an den Natternburger, dessen Rache ja immer noch über seinem Haupt schwebte.

»Jetzt, im Herbst, ziehen die Ritter nicht mehr in den Krieg«, beruhigte ihn der Wildranner. »Aber komm weiter! Die Tage sind nicht mehr so lang, und bis zum Abend möchte ich den Weg der Säumer gefunden haben.«

So drangen sie also mit den leichten Schritten der Waldläufer nach Osten vor, während der Nebel wieder stärker wurde und der Tag allmählich verblaßte. Das Land senkte sich ein wenig, aber dadurch wurde der Dunst nur um so dichter, und mehr als einmal zuckte Konrad erschrocken zurück, weil er meinte, daß sich ein Erlenstrauch plötzlich in einen Troll verwandelt habe oder ein Felsen sich unvermittelt zu einem prankenflegelnden Bären auswüchse. Doch stets stellte sich dann alles nur als Blendwerk aus Nebel und sinkendem Tageslicht heraus, und weil der Wildranner unverdrossen voranging, tat Konrad es ihm mit zusammengebissenen Zähnen nach.

Es war schon fast ganz dunkel, und sie befanden sich jetzt in einem schmalen Tal, als Veit innehielt und mit dem rehledernen

Stiefel gegen etwas auf der Erde tippte, das Konrad nur schwer erkennen konnte.

»Dung von Maultieren«, sagte der Wildranner erklärend. »Ist schon hart und riecht nicht mehr, aber den Saumpfad könnte er uns gar nicht besser bezeichnen. Wir lagern hier, haben es gerade noch geschafft ...«

Sie errichteten einen notdürftigen Windschutz, verschloffen sich unter dem niedrigen Schirm aus Zweigen und kauten schweigend ihr Abendbrot aus Rauchfleisch und einem harten Roggenkanten. Dann streckten sich die beiden Männer aus, drängten sich gegen die Kälte möglichst eng aneinander und waren im nächsten Moment auch schon eingeschlafen. Von Sonnenaufgang bis -untergang waren sie unterwegs gewesen.

Am nächsten Morgen lastete der Nebel noch dichter als am Tag zuvor über dem engen Tal; die ganze Welt schien unwirklich und fremd geworden. Oft sahen der Wildranner und Konrad den Erdboden gar nicht, doch der Jäger schien mit seinen Füßen zu spüren, wo vor ihnen andere gegangen waren, und so folgten sie unverdrossen dem schmalen Saumpfad, der sie immer weiter nach Norden brachte. Erst am späten Vormittag löste sich der Dunst auf; augenblicklich wurde das Wandern zu einem bloßen Vergnügen.

Scheinbar endlos breitete sich der Wald nach allen Seiten hin aus und glühte im vollen, farbenprächtigen Schmuck des Herbstes. Nachdem die Sonne den Nebel überwunden hatte, strahlte sie nun aus einem makellos reinen Himmel, der freilich nicht mehr die schwere Bläue des Sommers zeigte, sondern leicht rauchig wirkte wie klare Kinderaugen, in denen dennoch ein Schatten Erstaunen liegt.

Die Luft war so frisch und würzig, daß die beiden Wanderer beinahe benommen davon wurden. Sie schritten jetzt schneller aus, als während der ganzen Zeit zuvor, und suchten sich bester Laune ihren Weg durch den herrlichen Herbstmittag und die unendlich zarten Fäden der Flugspinnen, die sich ihnen immer wieder wie ein geträumter Hauch über Gesichter und Hände legten.

Doch das Wunder dauerte nur wenige Stunden, dann verblaßte fast schlagartig der Himmel, und nun lastete wieder stumpfes Grau über Konrad und dem Wildranner. Auch der Nebel kam zurück, schien aus der Erde und den Baumstämmen zu quellen und reichte ihnen bald wieder bis zu den Schenkeln, so daß Konrads Schritte erneut unsicher wurden. Wieder war es der Wildranner, der den Pfad zu erahnen schien, den sie nehmen mußten, und er führte seinen Gefährten aus dem Tal hinaus und wieder hinauf auf die Berge, wo sie nun ein harscher Wind und eine empfindliche Kälte unvermittelt ansprangen.

»Das ist der böhmische Wind«, sagte der Wildranner in das Rauschen und Wühlen hinein. »Er kommt von Osten und er ist es, der dieses Gebirge zuzeiten so unwirtlich macht. In dieser Nacht müssen wir uns um ein gutes Schutzwerk sorgen.«

So häuften sie wenig später ganze Bündel von Fichtenästen auf, die sie von den Bäumen geschlagen hatten, bis das Gestrüpp wie eine Mauer zwischen ihnen und dem Ostwind lag, und dann krochen sie in eine Mulde darunter, die sie halb in den weichen Waldboden gegraben hatten. Bei Sonnenuntergang wurde der Nebel noch dichter und waberte um den Schlupf, in dem sie sich verkrochen hatten, so daß sie nur noch wenige Meter weit sehen konnten. Es war etwas Angstvolles und Bedrängendes in diesem grauen Wogen und Schweben. Zwar hatte Konrad Ähnliches auch schon auf Bärnreuth erlebt, doch dort gab es Mariann und die Herdflamme, während sie hier kein Feuer brennen konnten, ohne ihren Windschutz zu zerstören. Und Veit konnte ihm nicht die Geborgenheit vermitteln, die Konrad in solchen Nächten stets in Marianns Gegenwart gespürt hatte.

Doch etwas anderes konnte der Wildranner tun: Er konnte Konrads Träume schüren, und auch das gab dem jungen Bauern schließlich die notwendige innere Kraft, um den alles auslöschenden Nebel zu ertragen.

»Wenn wir erst die Rinder haben, auf dem Rückweg, können wir uns bei solchem Wetter zwischen ihren dampfenden Leibern lagern«, sagte der Wildranner, an einem Stück Rauchfleisch fieselnd. »Du glaubst gar nicht, wie dich so ein Stier oder eine Kuh wärmen können. Und die Tiere wissen es, wenn du sie brauchst. Ein Stier kann noch so wild sein – wenn ein Mensch Schutz bei ihm sucht, dann wird er sanft wie ein Lamm.«

»Ich stell' mir vor, wie es ist, wenn wir die Tiere erst auf Bärnreuth haben«, antwortete Konrad. »Ein Hof ist eigentlich gar nichts ohne sie. Aber wenn du am Morgen in den Stall kommst, und es duftet so warm nach den schweren Leibern, das ist so, daß ich keine Worte dafür finden kann.«

»Ich versteh' dich schon«, sagte der Wildranner. »Das ist Heimat und Geborgenheit. Und dafür lohnt sich's, daß man eine Nacht wie diese erträgt.«

»Ja, es lohnt sich«, bestätigte Konrad, und plötzlich erschien ihm der böhmische Wind gar nicht mehr so beißend und feindlich. Denn es war ihm wieder klar geworden, daß sie sich ja nicht ziellos von dem Heulen treiben und hetzen ließen, sondern daß sie eine Aufgabe zu erfüllen hatten, und dieser Gedanke machte ihn ruhig, und er schlief ein. Der Wind aber tobte die ganze Nacht mit unverminderter Wut.

Er ließ auch am nächsten Tag nicht nach und nicht am übernächsten, und die beiden Wanderer überschritten, verbissen vorwärtsdrängend, das böhmische Gebirge. Sie folgten dabei stets dem oft kaum kenntlichen Saumpfad, der von zahllosen Händlergenerationen und ihren Tragtieren ausgetreten worden war.

Am Abend des vierten Tages senkte sich das Gelände nach Norden hin ab, und die beiden erblickten eine fruchtbare Ebene, die von einem stark mäandrierenden Fluß durchströmt wurde. Der Nebel hing immer noch in den Bergen, doch der Talboden lag frei da; selbst jetzt, wo der Tag sich neigte, und nur entlang den Ufern schwebte es wie ein Saum hellgrauer Schleier. In der Ferne konnten der Wildranner und Konrad eine Ansiedlung erkennen; einen Kirchturm, der stumpf und gedrungen in den Abendhimmel kratzte, um ihn herum, geduckt, zwei oder drei Dutzend Gehöfte. Rauch stieg aus den Kaminen auf, wurde aber vom Ostwind gleich wieder auf den Talboden gedrückt.

»Das muß Sušice sein«, sagte Veit. »Ich habe von diesem Marktflecken schon erzählen hören. Wir übernachten hier am Berghang und können bis morgen um die Mittagszeit dort sein.«

Noch einmal richteten sie sich einen Unterschlupf aus abgeschlagenen Fichtenästen her, verkrochen sich zitternd vor dem allgegenwärtigen Wind und wühlten sich am anderen Morgen steifgefroren wieder ins Freie. Doch daran hatten sie sich inzwischen längst gewöhnt; sie kauten Rauchfleisch und Brot im Gehen und wurden auf diese Weise innerhalb von Minuten warm. Nur wenige Stunden später erreichten sie den Marktflecken.

Die Menschen schienen gerade ihr Mittagsmahl einzunehmen, denn niemand zeigte sich zwischen den geduckten Gehöften mit den niedrig gewölbten Toreinfahrten. Nur ein paar Hunde fuhren kläffend heran, als der Wildranner und Konrad die schmale Öffnung des Hags passierten, der, aus Knüppeln und Dornengestrüpp geflochten, den gesamten Flecken umgab. Der Wildranner versetzte dem ersten der heranrasenden Köter einen derben Tritt, daraufhin zog sich die ganze Meute jaulend zurück. Die beiden Männer schritten zum Marktplatz, der sich vor der gedrungenen Wehrkirche erstreckte. Immer noch zeigte sich keiner der böhmischen Bewohner von Sušice.

»Seltsam«, sagte Konrad. »Bei uns daheim laufen die Menschen sofort zusammen, wenn sich ein Fremder zeigt.«

»Das hier sind Slawen«, erwiderte Veit. »Sie sind vorsichtiger als die Leute deines Schlags, denn sie haben ein härteres Leben.

Huzza war auch so. Sie brauchte eine Weile, ehe sie dir und Mariann vertraute. – Aber schau, dort drüben ist so etwas wie eine Herberge. Dort wollen wir unser Glück versuchen.«

Die Herberge stand, nur durch eine schmale Gasse von ihm getrennt, hart neben dem Glockenturm der Kirche. Die kleinen, tunnelartigen Fenster sahen abweisend aus. Vor dem Haus gab es einen steinernen Wassertrog, der nur zur Hälfte gefüllt war, und daneben eine hölzerne Stange auf zwei Pfosten, an der ein paar derbe Eisenringe befestigt waren. Ein einzelnes Maultier war dort angebunden und legte die Ohren flach an den klobigen Schädel, als die beiden Wanderer sich näherten.

Konrad stutzte, denn das Tier kam ihm irgendwie bekannt vor, aber Veit zog ihn schon mit sich in den dunklen Hausgang der Herberge. Gleich darauf befanden sie sich in einem gewölbten Raum, in dem ein gewaltiges Herdfeuer brannte und zusätzlich an den Wänden ein paar Kienfackeln blakten. In der Mitte der Gaststube lag auf hölzernen Schragen eine schwere Tischplatte aus Eiche. Ein angeschnittener Laib dunkles Brot lag darauf, daneben stand ein Tonkrug, der offensichtlich Bier enthielt. Ein altes Weib mit einem Kopftuch, dessen Zipfel bis auf die Schulterblätter hingen, stellte soeben eine Schüssel mit dampfenden Knödeln vor den einzigen Gast hin, der am Tisch hockte. Der Böhme wandte den Kopf, um die Schüssel besser sehen zu können. Im selben Moment gewahrte er die Neuankömmlinge, seine Augen bohrten sich in die von Konrad – und dann sprang er mit einem Schrei auf, stürzte auf den Bärnreuther zu und umschlang ihn mit beiden Armen.

»Slavata!« rief Konrad fassungslos. »Das ist eine Freude! Der erste Mensch, den wir in Böhmen treffen, ist ausgerechnet unser guter alter Freund!«

»Setzt euch zu mir«, erwiderte Slavata, »wir müssen feiern.« Er gab Konrad frei, aber nur, um zuerst ihn, dann auch Veit auf die Bank zu drücken. »Wein!« befahl er dann dem alten Weib, das dem Auftritt mit neugierigen Blicken gefolgt war. »Von der besten Sorte«, fügte er hinzu.

Dann wandte er sich wieder an Konrad und den Wildranner: »Ich habe diesen Herbst nicht nach Bärnreuth kommen können, weil meine Handelsfahrt mich zu weit nach Süden abgebracht hat. Aber gedacht habe ich an euch, als ich aus dem Gebirge zurückkehrte. Gesehnt habe ich mich nach euch, das müßt ihr mir glauben, und jetzt meine ich fast, ihr habt meine Sehnsucht gespürt, weil ihr selbst nach Böhmen gekommen seid. Oder gibt's einen vernünftigeren Grund dafür?«

»Wir wollen Rinder kaufen – und auch etliches Kleinvieh«, gab Konrad zur Antwort. »Aber ich kann's immer noch nicht fassen, daß wir gerade dich hier treffen, in Sušice. Vielleicht kannst du dem Wildranner und mir sogar behilflich sein bei unseren Geschäften.«

»Und ob ich euch helfen werde – das ist mir eine Ehrensache!« Slavata unterbrach sich, denn die Alte war zurückgekehrt und stellte einen Krug Wein nebst drei Bechern auf den Tisch. Slavata goß das funkelnde Naß in die fremdartig geformten Humpen, stieß mit seinen beiden Tischgenossen an und wurde neugierig: »Daß du dich zum Rinderhandel nicht hinunter ins Donautal wagen darfst, weiß ich ja, Konrad. Ist schon recht so, daß ihr lieber nach Böhmen gekommen seid. Aber was ist geschehen, daß ihr euch plötzlich Vieh leisten könnt? Ihr seid doch bettelarm, seit ich euch kenne.«

»Das hat sich mit Gottes Hilfe geändert«, mischte sich Veit ein. »Konrad hat am Arber eine Silberader entdeckt, und wir haben sie zusammen ausgebeutet. Jetzt haben wir genug, um eine kleine Herde über die Grenze zu bringen, und auf Bärnreuth liegt auch noch ein Teil des Schatzes.«

»Beim heiligen Wenzel – das sind Neuigkeiten«, versetzte Slavata. »Da soll also aus eurem Einödhof jetzt wohl gar ein wohlhabendes Gut werden?«

»Ganz so unbescheiden sind wir nicht«, antwortete Konrad. »Aber den Stall wollen wir uns füllen, vor allen Dingen auch, weil es bald Nachwuchs auf Bärnreuth geben wird.« Er hatte es sich einfach nicht verkneifen können, dem alten Freund das mitzuteilen, was ihn trotz des Silbers am allermeisten bewegte. Und bei Slavata kam er damit auch nicht an den Unrechten.

»Donnerwetter, so wird deine kleine Mariann also Mutter!« rief er freudestrahlend aus. »Ich gönn's euch, Konrad, ich gönne es euch von Herzen. Wann soll es denn soweit sein, daß der Hof einen Erben bekommt?«

»Schon in wenigen Wochen – deswegen eilt es auch mit den Rindern, die wir nach drüben bringen wollen«, erwiderte Konrad. »Ich hab' der Mariann versprochen, daß sie im Stall stehen, wenn das Kind kommt.«

»Das werden sie auch! Vertraut darin nur dem alten Slavata«, versicherte der Böhme. »Ihr sollt die besten Rinder haben, die es in sechs Meilen Umkreis um Sušice gibt. Ja, ihr habt sogar unverschämtes Glück, denn erst gestern habe ich selbst eine Herde hergetrieben. Ich wollte sie eigentlich hinauf in die Berge bringen, nach Kašperské Horý, denn dort wird das Fleisch im Winter oft knapp, aber nun könnt ihr die Tiere haben, wenn ihr sie wollt, denn nach Kašperské Horý kann ich mit einer neuen Herde auch ein paar Tage später gehen.«

»Jetzt siehst du, daß sich der harte Weg gelohnt hat«, sagte der Wildranner zu Konrad. Und zu Slavata gewandt: »Wo hast du denn die Tiere stehen? Am liebsten würden wir sie gleich einmal in Augenschein nehmen.«

»Das ist leicht«, erwiderte der Böhme. »Ich habe die Rinder in einer Hürde hinter dem Gasthaus. Aber bevor ich sie euch zeige, wollen wir noch diesen Krug leeren. Und eßt auch, sonst steigt euch der Wein zu schnell zu Kopf.« Er schenkte die Becher wieder voll und schob seinen Gästen Brot und Fleisch zu.

»Silber habt ihr also gefunden«, sagte er dabei. »Wirklich,

manchmal geschehen doch noch Zeichen und Wunder. Ich wüßte aber niemanden, der es besser brauchen könnte als ihr auf Bärnreuth. – Wie steht es denn sonst auf dem Waldbauernhof? Konntet ihr eine gute Ernte einbringen in diesem Jahr?«

»Genug für alle, die jetzt im Tal leben«, antwortete Konrad stolz. Und dann berichtete er seinem alten Freund alles, was sich während des Jahres am Arber zugetragen hatte. Slavata wiederum erzählte von seiner letzten Handelsfahrt nach dem Gebirge und sprach auch davon, daß die Wittelsbacher-Herzöge in Bayern jetzt immer mächtiger würden und eine Grafschaft und ein Rittergut nach dem anderen an sich brächten. »Ihre Machtgier kennt keine Grenzen«, sagte er, »aber sie verwalten ihr Land gut, und ich kann mit meinen Geschäften zufrieden sein.«

Dann war der Weinkrug leer, und die drei Männer gingen nach draußen, um nun die Rinder zu besichtigen, die Slavata ihnen verkaufen wollte.

Die Tiere standen in der Hürde hinter dem Gasthof, wegen des frischen Ostwindes hatten sie sich eng aneinandergedrängt. Es waren kräftige, schwarzscheckige Kühe und ein mächtiger Stier, gut im Fleisch stehend und mit wolligem Fell. Als die Männer herankamen, begannen die Kühe zu muhen, und der Stier senkte den gewaltigen Schädel und peitschte seine dunklen Flanken mit dem Schwanz.

»Mit dem werden wir wohl noch unsere Schwierigkeiten haben«, sagte Konrad, ein wenig eingeschüchtert angesichts dieser geballten urwüchsigen Kraft.

»Er wird euch folgen wie ein Lamm, wenn er erst einmal die Leitkette an seinem Nasenring spürt«, beruhigte Slavata seinen jungen Freund. »Und die Kühe laufen dann von selbst hinterher. Ich habe die Herde zwei Tage lang getrieben und war ganz allein dabei. Da werdet ihr auch keine Schwierigkeiten haben, sie über die Berge zu bringen.«

»Es sind schöne Tiere«, sagte Veit anerkennend. »Acht Kühe,

drei Färsen und der Stier. Zwölf insgesamt. Was willst du für sie haben, Slavata?«

»Zwei Pfund Silber«, antwortete der Böhme prompt. »Und das ist ein Preis, den ich nur euch mache. In Kašperské Horý hätte ich die Herde teurer verkauft. Aber von euch will ich nur so viel, daß ich bei dem Handel nichts zusetze.«

»Dann gilt das Geschäft«, sagte Veit zufrieden. »Schlag ein, Slavata! Das Silber bekommst du drinnen in der Wirtsstube.«

Auch Konrad war zufrieden, und so wurde der Handel gleich an Ort und Stelle per Handschlag besiegelt. »Ich hätte aber gerne auch noch ein paar Schweine und Federvieh«, sagte der Bärnreuther anschließend. »Könnten wir die vielleicht auch bekommen, Slavata?«

»Die kriegt ihr um billiges Geld von den Leuten hier in Sušice«, erwiderte der Händler. »Und auch einen zweirädrigen Karren dazu, mit dem sie sich leicht über die Berge schaffen lassen. Ihr könnt eine Kuh davorspannen und habt dann weiter kaum Mühe damit.«

»Es ist wirklich ein Glück, daß wir dich hier getroffen haben«, sagte Konrad, und Genugtuung leuchtete aus seinen Augen. »Aber jetzt wollen wir wieder in die Stube gehen, damit du dein Silber bekommst.«

Wenig später saßen sie erneut beim Wein an dem ungeschlachten Tisch und maßen das Silber für Slavata ab.

Nach und nach stellten sich auch andere Bauern aus Sušice ein, so daß der Wildranner und Konrad ohne Schwierigkeiten noch zwei Mutterschweine, jedes mit einem Wurf Ferkel, und dazu mehrere Körbe mit Hühnern und Enten erwerben konnten. Sie bezahlten auch dafür mit Silber, behielten aber zuletzt immer noch einen halben Beutel übrig, selbst als sie den Karren eingehandelt hatten, den Slavata ihnen empfohlen hatte.

Konrad schob dem Böhmen die Hälfte des restlichen Silbers zu und sagte: »Dafür bringst du uns im nächsten Jahr Salz,

Nähnadeln und andere Kleinigkeiten nach Bärnreuth. Und wenn es noch reicht, dann hätte ich gerne eines dieser herrlichen böhmischen Gläser als Geschenk für Mariann.«

»Das Silber wird ausreichen«, versprach Slavata. »Ich werde euch die Sachen im nächsten Jahr bringen, wenn ich aus dem Gebirge zurückkomme. Aber jetzt wollen wir unseren Handel richtig begießen. Ihr seid meine Gäste, und es soll aufgetragen werden, daß sich die Tischplatte biegt ...«

So geschah es dann auch. Konrad und der Wildranner feierten zusammen mit den Bauern von Sušice und dem Händler bis spät in die Nacht hinein. Als sie dann endlich ihr Strohlager auf dem Dachboden aufsuchten, waren sie beide nicht mehr nüchtern. Aber sie waren der Meinung, daß sie sich den lockeren Tag verdient hatten, nachdem der Handel so vorteilhaft für sie abgelaufen war. Und ehe Konrad mit brummendem Schädel einschlief, dachte er an Mariann und daran, was sie wohl sagen würde, wenn sie die Tiere heimbrächten, die Bärnreuth nun wirklich zu einem Bauernhof machen sollten.

Trotz des Gelages waren die beiden Bayern am nächsten Tag schon früh wieder auf den Beinen. Sie weckten Slavata, der nur sehr unwillig aus dem Stroh kroch, aßen zusammen eingesalzene Fische und gingen dann hinaus zur Hürde, um die kleine Herde marschfertig zu machen. Das dauerte seine Zeit. Einige Bauern aus Sušice, die mit ihnen gezecht hatten, gingen ihnen dabei zur Hand, und als der Vormittag halb um war, hatten sie den Karren mit den Schweinen und dem Federvieh beladen, eine der ruhigeren Kühe vorgespannt und die Leitkette am Nasenring des Stiers befestigt. Slavata legte noch Fleisch und Brot auf den Wagen, dazu einen Krug Wein, ehe er sich verabschiedete: »Wir haben einen schönen Handel getan und ihn wie Männer begossen. Jetzt wünsche ich euch, daß ihr gut über das Böhmergebirge heimkehrt, ohne daß euch Unbill widerfährt. Im nächsten Jahr werden wir ein Wiedersehen auf Bärnreuth feiern. Grüß Mariann von mir, Konrad, und euerm Kind gib das als Taufgeschenk.« Damit fischte er einen schweren Dukaten aus seiner Geldkatze und drückte ihn dem Bärnreuther in die Hand.

»Wenn du im nächsten Herbst in unser Tal kommst, dann werden wir dir zu Ehren eine Jungsau schlachten«, versprach Konrad. Noch einmal winkte er Slavata und den anderen Böhmen zu, dann packte er die Leitkette des Stiers und führte das Tier, das wild mit den Augen rollte, ihm aber willig folgte, aus der Hürde. Die Kühe trotteten, wie Slavata gesagt hatte, von selbst nach, und der Wildranner beschloß den Zug, indem er den Karren mit dem Kleinvieh lenkte. Immer noch pfiff harsch der Ostwind, aber jetzt war es ein leichteres Fortkommen als auf dem Herweg, denn die beiden Männer konnten sich nahe den Tierkörpern gegen die schlimmste Kälte schützen. Und so zogen sie gemächlich dahin und erreichten am Abend dieses Tages wieder den Fuß des Gebirges. Sie pflockten die Tiere auf einer kleinen Lichtung fest, lagerten sich in ihrer Mitte und schliefen die ganze Nacht durch, ohne auch nur einmal gestört zu werden.

Am nächsten Tag freilich wurde der Marsch härter, denn jetzt bewegten sie sich nicht mehr auf der Ebene, sondern mußten sich auf dem schmalen Saumpfad durch den Wald und über steile Hänge quälen. Sie brachten die Herde voran, so gut sie konnten, aber immer wieder wurde es nötig, eine zweite, ja manchmal sogar eine dritte Kuh vor den Karren zu spannen, um ihn über eine besonders schwierige Wegstrecke zu führen. Sie kamen längst nicht so schnell voran wie auf dem Herweg, drangen aber unaufhaltsam tiefer in das Waldgebirge ein. Manchmal irrten sie stundenlang durch dichten Nebel, und in den Nächten gab es solche Kälteeinbrüche, daß Konrad und der Wildranner sich zitternd an die warmen Tierleiber schmiegen mußten.

Das taten sie auch in der vierten Nacht, als sie den Kamm des Gebirges beinahe erreicht hatten. Wieder lagerten sie auf einer Lichtung, die vor Monaten oder gar Jahren ein Sturm in den

Wald gerissen haben mußte. Sie waren spät zur Ruhe gekommen, denn während der ersten Abendstunden hatte sich die Herde seltsam unruhig gezeigt. Jetzt mußte es schon nach Mitternacht sein, aber noch immer schliefen die beiden Männer nicht.

»Ich ahne es – da ist irgend etwas nicht geheuer in dieser Nacht«, flüsterte der Wildranner seinem jungen Freund zu. »Gerade so ist's mir, als ob etwas im Wald umginge, das es nicht gut mit uns meint.«

»Etwa gar ein Gespenst?« fragte Konrad erschrocken und mit unterdrückter Stimme.

Im Schein des verglimmenden Feuers sah er, wie der Wildranner die Schultern zuckte. »Hab' manche Nacht meines Lebens im Wald verbracht«, sagte der alte Jäger leise. »Und immer dann, wenn ich dieses Gefühl hatte, ist etwas Ungutes geschehen. Ich glaube, ich hole noch einmal einen Armvoll Holz, damit wir das Feuer höher aufschüren können.«

Aber dazu kam der Wildranner nicht mehr.

Denn am anderen Ende der Lichtung, wo sich eine Kuh mit einer Färse gelagert hatte, ertönte plötzlich ein Krachen im Unterholz, und gleich darauf brach knurrend ein unförmiger Schatten aus dem Wald. Die Männer hörten das erschrockene Aufbrüllen der Kuh.

»Ein Bär!« schrie der Wildranner, langte nach seinen Waffen und sprang auf, um dem Raubtier entgegenzulaufen. Konrad war einen Lidschlag lang vor Schreck wie gelähmt, packte aber dann ebenfalls seinen Bogen und die Pfeile. Doch er war noch nicht einmal auf den Beinen und der Wildranner noch keine drei Schritte entfernt, als die Männer neben sich ein urwütiges Schnauben vernahmen und im selben Augenblick den Stier an sich vorbei und zum Waldrand galoppieren sahen.

Das Tier war angepflockt gewesen, mußte sich aber losgerissen haben und griff jetzt mit urwelthafter Wut den Störenfried an. Konrad und der Wildranner rannten hinterher, so schnell sie konnten. Sie sahen fast nichts, denn das Feuer leuchtete bloß unzulänglich; nur als mächtiges Schattenspiel bekamen sie den Kampf mit, der sich drüben am Waldrand jetzt abspielte. Die Nacht erklang vom Fauchen des Bären und vom Brüllen des Stiers, dann drang ein fast menschlicher Schmerzenslaut über die Lichtung, und gleich darauf krachte und schmetterte es fürchterlich im Unterholz.

Als die beiden Männer herankamen, sahen sie, daß die Färse verletzt war. Im ungewissen Feuerschein glänzte schwarzes Blut an ihrer Flanke. Der Kuh fehlte augenscheinlich nichts, aber aus dem Wald drangen immer noch die Geräusche eines wütenden Kampfes.

»Der Stier! Ich gehe ihm nach!« schrie der Wildranner, lief aber zuerst zurück zum Feuer, um einen Brand an sich zu raffen, der ihm in der Dunkelheit leuchten sollte. Doch als er damit zu Konrad zurückkam, der mit gespanntem Bogen und zitternd am Rand der Lichtung lauerte, da brach es erneut schwer durch das Dickicht, und gleich darauf erschien mit glühenden Augen der Stier, senkte die Hörner, als er die Männer sah, wich dann aber aus, trabte zurück zu seiner Herde und begann sie, immer wieder herausfordernd brüllend, zu umkreisen.

Konrad und der Wildranner schleppten neues Brennholz heran, so viel sie nur tragen konnten, und schürten damit das Feuer wieder hoch, bis die ganze Lichtung von den Flammen beleuchtet war. Dann streiften sie sicherheitshalber noch einmal deren Rand ab, doch von dem Bären war keine Spur mehr zu entdecken. Sie trieben daraufhin die verletzte Färse zum Feuer, und der Wildranner untersuchte die Wunde an ihrer Flanke. »Gottseidank ging der Prankenhieb nicht tief«, sagte er endlich. »Gib mir den Weinkrug, ich will die Schmarre auswaschen.«

Das Tier beruhigte sich schnell, als es die Fürsorge seiner Hüter spürte, und schließlich stellte auch der Stier sein Traben um die Herde ein und kam, wenn auch immer noch wild mit den Augen rollend, zum Feuer. Mit einem raschen Griff packte Konrad ihn am Nasenring, dann begann er dankbar den muskulösen Nacken des Bullen zu tätscheln. »Bist ein guter Kerl! Hast vielleicht die ganze Herde gerettet«, sagte er.

»Und der Bär wird sich's dreimal überlegen, ehe er zurückkommt«, fügte der Wildranner hinzu. »Da schau – unser Stier muß ihm mächtig zugesetzt haben!« Er zerrte etwas vom rechten Horn des Bullen und zeigte es Konrad. Es war ein Fetzen Bärenfell, an dem auch noch eine Faustvoll Fleisch hing. Der Stier mußte es dem Bären mit einem wütenden Hornstoß aus dem Leib gerissen und ihn damit endgültig vertrieben haben. Und er mußte den Bären noch ein zweites Mal getroffen haben, denn sein linkes Horn war mit schwarzem Blut verschmiert.

»Das ist ein Stier, wie wir ihn auf Bärnreuth brauchen können«, sagte Konrad, von dem allmählich die Spannung wich. Der Bauer schlug kräftig auf den Halslappen des nun wieder ruhigen Tiers und setzte hinzu: »Er ist ein tapferer Kerl und hat sich in dieser Nacht einen Namen verdient. Bär soll er von jetzt an heißen – und weiterhin so gut auf die Herde aufpassen wie heute.« Konrad bückte sich, nahm ein Büschel vertrocknetes Gras auf und rieb damit die Hörner des Bullen sauber. Bär ließ es sich ruhig gefallen. Er schien mittlerweile ganz genau zu wissen, wer seine Freunde waren – und wer sein Feind.

In dieser Nacht bekamen Veit und Konrad keinen Schlaf mehr. Sie hielten lieber ihre Waffen griffbereit und umkreisten immer wieder einmal die Lichtung. Doch kein Raubzeug ließ sich mehr sehen, bis am Morgen der Nebel lichter wurde und sie wieder aufbrechen konnten.

Von da an hatten sie keine größeren Schwierigkeiten mehr zu überwinden. Zwar wurde das Wetter jetzt von Tag zu Tag kälter und unfreundlicher, der Nebel wich selbst während der Mittagsstunden kaum aus den Bergtälern, und immer wieder fegten

Regenschauer aus einem bleifarbenen Himmel herunter, doch die Herde ließ sich willig treiben, und Bär, der Stier, war jetzt schon so vertraut mit seinen neuen Herren geworden, daß Konrad oft ganz auf die Führungskette verzichten konnte und ihn allein mit der Hand lenkte, die er ihm auf seinen mächtigen Nacken legte.

Am siebten Tag wurde ihnen dann die Landschaft wieder vertrauter, denn jetzt konnten sie, wenn der Nebel einmal aufriß, bereits den Arbergipfel über den Wäldern erkennen. Sie bogen von dem alten Saumpfad ab und drangen in den nur ihnen bekannten Forst ein. Noch einmal rasteten sie, ganz in der Nähe des Silberfelsens, und am nächsten Tag, als eben die Sonne unterging, erreichten sie Bärnreuth.

Es war Huzza, die sie als erste entdeckte; unbeweglich wie ein Denkmal kauerte sie neben einem Strunk am Rande des Tals, und als die Karawane aus dem Wald kam, da zeigte sie sich gar nicht überrascht. Ruhig ging sie der Herde entgegen, nickte Konrad und ihrem Mann zu und betrachtete dann lange den Stier, der sie seinerseits neugierig und ohne jede Scheu beäugte.

»Ja, du kommst aus meiner Heimat«, sagte sie endlich. Sie legte dem Bullen die Hand auf die Nüstern, flüsterte ihm etwas ins Ohr, das keiner der anderen verstehen konnte, und führte Bär samt seiner Herde zum Stall, der schon während des Sommers vorbereitet worden war. Auch der Mönch kam hinzu und war des Lobes voll über die kräftigen Rinder, die sie ohne einen einzigen Verlust über das Gebirge gebracht hatten. Josef half mit, die Schweine und das Federvieh abzuladen, doch das tat er nur noch zusammen mit Veit und Huzza, denn Konrad hatte die anderen längst allein gelassen, weil ihn nun alles zu Mariann getrieben hatte.

Er fand sie im Haus, schwerfällig auf dem niedrigen Lager. Sie hatte nicht mehr aufstehen können, aber sie strahlte ihn an, und Konrad kniete neben dem Bett nieder, nahm ihre Hände und sagte: »Es ist alles gut abgelaufen. Wir haben elf Rinder, einen Stier, Schweine und Federvieh heimgebracht. Sogar ein wenig Silber ist uns noch geblieben. Wir haben Slavata getroffen, und der hat uns bei dem Handel großzügig geholfen. Ich soll dich von ihm grüßen. – Aber jetzt sag, wie steht es mit dir?«

»Huzza meint, daß das Kind bald kommt«, antwortete Mariann. »Schon in ein paar Tagen. Konrad, ich bin ja so froh, daß du rechtzeitig zurückgekehrt bist!«

»Ich hatte versprochen, daß die Rinder im Stall stehen, ehe unser Kind geboren wird«, antwortete der Bärnreuther. »Das Kleine kann jetzt auf einem richtigen Hof aufwachsen, nicht auf einer Kate, denn mehr war Bärnreuth bisher nicht.«

»Es ist trotzdem immer unsere Heimat gewesen«, sagte Mariann leise und zog Konrads Kopf sanft in die Mulde zwischen ihren Brüsten und ihrem hochgespannten Leib.

Fünf Tage später, als in der Nacht der Sturm so wild wie noch nie in diesem Jahr in den Baumwipfeln wühlte, wurde Konrad von einem gellenden Schrei aus dem Schlaf gerissen. Er sprang aus dem Bett, fachte das Herdfeuer zu heller Lohe an und sah, daß Mariann sich mit verzerrtem Gesicht auf dem Lager wand. Mit einem Sprung war er wieder bei ihr, schob ihr den Arm unter die bebenden Schultern und rief ihren Namen.

Sie öffnete die Augen, Schmerz stand in ihnen. »Das Kind ...« keuchte sie mit zitternden Lippen. Dann schrie sie wieder, und Konrad sah erschrocken, daß sich Feuchtigkeit auf dem Fell unter ihrem Leib ausbreitete.

»Huzza! Hol Huzza!« stöhnte Mariann.

Konrad rannte zur Tür, doch ehe er sie noch erreicht hatte, öffnete sie sich, und die Doma trat über die Schwelle. Sie mußte wirklich einen sechsten Sinn besitzen, weil sie genau in dem Augenblick auftauchte, in dem Mariann sie brauchte.

»Da!« Konrad deutete auf das Fell, über das immer noch Flüssigkeit rann.

»Es ist nichts«, murmelte die Zigeunerin beruhigend. »Nur das Fruchtwasser. Die Geburt beginnt.«

»Was kann ich tun?« fragte Konrad atemlos.

»Wärme Wasser«, wies Huzza ihn an. »Soviel du kannst. Und hol Holz herein. Das Feuer darf diese Nacht nicht erlöschen!«

Konrad lief zum Herd. Es wollte ihm schier das Herz brechen, als Mariann erneut gellend schrie. Aber er biß die Zähne zusammen und tat, was Huzza ihn geheißen hatte. Marianns Schreie wurden häufiger. Zuletzt war es ein einziges, verzweifeltes Wüten gegen den Schmerz, doch Huzza ermunterte die Kreißende nur noch, tat dabei mit kundigen Händen das Ihrige, und in den ersten Stunden des neuen Tages wurde Marianns Kind geboren.

Erschöpft fiel die Bärnreutherin auf das zerwühlte Lager zurück. Jetzt schrie sie nicht mehr. Das tat mit kräftigen Lungen der Sohn, den sie zur Welt gebracht hatte.

XII

Aus der Chronik des Eginhart Bärnreuther, Bauer auf Bärnreuth:
»Ist gut weitergangen auf Bärnreuth. Ist auch Nachricht kummen aus dem Unterland, allwo der Natternburger hat einen gräßlichen Tod gefunden.
Und sind der Ahn Konrad und sein Weib Mariann alt worden in des Herrgotts Frieden.«

Als sie die Weidefläche vor fünfzehn Jahren aus dem Bergwald geschlagen hatten, aus dem wilden Forst hoch über Bärnreuth, da hatte Konrad sie den Falkenschachten genannt, denn er und der Wildranner hatten im Wipfel einer riesigen Tanne einen Horst entdeckt. Empört waren die Greifvögel damals abgestrichen und nisteten nun direkt auf dem Arbergipfel. Der Falkenschachten aber gehörte jetzt den Rindern von Bärnreuth.

Wieder war es Herbst geworden, und der Nebel gab nur noch selten den Berg und seine Flanken frei. Eginrad, der vor sechzehn Jahren in einer Sturmnacht geborene Hoferbe, wußte, daß die Zeit zum Abtrieb gekommen war. Er pfiff dem Stier, einem Nachfahren des alten Bär, und durch den langen Weidesommer vollkommen mit seinem Hüter vertraut, kam der Bulle zur Hütte und führte auch die Herde heran. Gut zwei Dutzend Stück waren es, und sie stammten alle von den Kühen ab, die Konrad und Veit einst von Böhmen herübergebracht hatten.

Zufrieden musterte Eginrad seine Schützlinge. Kein einziges Tier hatte er während des Sommers verloren, obwohl es hier oben immer noch Bären gab und gelegentlich auch einen verirrten Wolf. Aber er hatte gut aufgepaßt und seinen Jagdspieß Tag und Nacht bei der Hand gehabt, deswegen war die Herde beisammengeblieben und hatten die Kälber alle kräftig heranwachsen können. Jetzt sollten sie den Winter über im Stall bleiben, bis er sie im nächsten Frühjahr wieder auftreiben würde.

Sorgfältig trat Eginrad das Feuer vor der niedrigen Hütte aus Holz und Erde aus, das wegen der Kälte und der Raubtiere die ganze Nacht über gebrannt hatte. Er steckte, was ihm an Lebensmitteln noch geblieben war – einen halben Laib Brot und einen Kanten Käse – zu sich, schulterte den Spieß, nahm das Leitseil des Bullen und führte das Tier zu der Schlucht, die sich hinunter ins Tal zog. Die Herde folgte, Wamme an Wamme, von selbst.

Fast ein halbes Jahr hatte Eginrad mit den Rindern auf dem Falkenschachten verbracht, und es war eine einsame Zeit gewesen. Nur drei- oder viermal waren andere Menschen heraufgekommen: Mariann, seine Mutter, um ihm Brot zu bringen, sein Vater, um eine Nacht in der Hütte zu bleiben und am anderen Tag hinüber zur Steilwand über dem See zu gehen, wo Konrad jedes Jahr im späten Frühjahr an einer bestimmten Stelle ein Gebet zu sprechen pflegte. Einmal war auch der alte Veit gekommen, anläßlich eines Pirschganges, denn immer noch war das Jägerblut in ihm lebendig, und nicht einmal Huzza konnte ihn zurückhalten, wenn es den Wildranner mit Bogen und Pfeil in den Wald zog.

Doch sonst war die Zeit äußerst einschichtig gewesen für Eginrad; er hatte lange Wochen nur die Tiere und den Wald zur Gesellschaft gehabt, um so mehr freute er sich jetzt auf die Rückkehr nach Bärnreuth.

Ungefähr vier Stunden dauerte der Abstieg, dann sah er die Gebäude der Siedlung unter sich liegen. Da war, inmitten des Tals, der Hof, der seinen Eltern gehörte, mit seinen Ackerbreiten rund um den Weiher. Höher im Tal lag das Anwesen von Veit und Huzza, dessen ältestes Gebäude sich seltsam an die Felswand mit der geheimnisvollen Höhle schmiegte. Und dazwischen stand eine Kapelle mit einer Hütte dabei, wo jetzt Josef, der ehemalige Mönch, hauste. Der hatte vor fünf oder sechs Jahren seine Einsiedelei aufgegeben und sich ebenfalls auf Bärnreuth angesiedelt, mit der Begründung, daß er dort mehr tun könne, als wenn er allein für sich lebe, und die Bärnreuther hatten ihn herzlich aufgenommen und ihm beim Bau von Hütte und Kapelle geholfen. Jetzt war Josef ihr einfacher Seelsorger, und sie konnten sich keinen besseren wünschen, denn er lehrte sie die Botschaft Jesu und sonst nichts.

Eginrad führte seine Herde das letzte Stück ins Tal hinunter und erreichte den Hof des Wildranners, dem die Hälfte der Tiere gehörte. Der Alte und Huzza erwarteten ihn bereits, denn dem Jäger entging nichts, was sich auf dem Berg bewegte, und nun halfen sie ihm, die Herde zu teilen und die Tiere in den Stall zu treiben.

»Hast gut gehütet«, sagte Veit, als es geschafft war. »Huzza und ich sind dir dankbar. Mußt die nächsten Tage einmal heraufkommen auf eine Brotzeit und einen Schluck böhmischen Wein. Aber jetzt wirst du wohl zu deinen Eltern wollen.«

»Kommt doch mit hinunter«, schlug Eginrad vor. »Dann können wir den Abtrieb alle zusammen feiern.«

Veit und Huzza ließen sich nicht lange bitten, warfen ihren Rindern noch Heu vor und gingen dann mit Eginrad und dem Rest der Herde. Unterwegs schloß sich ihnen auch der Mönch an, und so zogen sie auf dem alten Hof von Bärnreuth ein. Mariann und Konrad kamen ihnen über den Hofplatz entgegen, vor ihnen liefen Eginrads drei Geschwister, die zwölfjährige Maria, der zehnjährige Gelrad und das Nesthäkchen, die fünfjährige Mirl. Sie umringten den großen Bruder, und er mußte sie der Reihe nach herzlich begrüßen, doch dann kam seine Mutter auf ihn zu und nahm ihn, ungeachtet er schon fast ein Mann war, in die Arme.

Mariann war keine junge Frau mehr; man sah ihr die vier Kinder und die harte Arbeit auf dem Hof deutlich an, aber gebeugt war sie noch nicht, sie stand so fest im Leben wie eh und je. »Gut, daß du wieder zu Hause bist«, sagte sie zu ihrem Sohn; nicht mehr, aber Eginrad spürte trotzdem, wie sehr sie sich nach ihm gesehnt hatte.

Nun trat auch der Vater heran und drückte Eginrad kräftig die Hand. Dann zwinkerte er ihm zu und meinte: »Hast nicht nur die Herde gut heimgebracht, sondern auch Besuch. Das ist recht. Wir wollen den Abtrieb vom Schachten alle miteinander feiern.« Damit griff er nach dem Leitseil des Stiers und führte ihn und die Herde selbst in den Stall.

Wenig später saßen sie alle in der geräumigen Stube beisammen. Das Herdfeuer brannte, und auf dem Tisch standen die Schüsseln mit saurer Milch und Kleie, dunkle Kanten Brot lagen daneben. Sie langten kräftig zu, und allmählich kam auch ein lebhaftes Gespräch in Gang.

»Die Herde ist schön gewachsen, seit wir vor vielen Jahren die ersten Rinder aus Böhmen geholt haben«, sagte der Wildranner versonnen. »Und dabei hätte uns damals ums Haar der Petz eine Färse geschlagen.«

»Zwei Kälber von der hast du mit auf dem Schachten gehabt«, wandte sich Konrad an Eginrad. »Sind aber heute auch schon wieder gestandene Kühe.«

»Ja, es hat sich viel zum Guten gewendet auf Bärnreuth, seit ich zum erstenmal hierher gekommen bin«, warf der Mönch ein. »Ihr habt zu dieser Zeit kaum etwas zu beißen gehabt und mich trotzdem gerettet und einen ganzen Winter lang durchgefüttert. Habt alles redlich mit mir geteilt in diesem harten Jahr.«

»Gerade das hat uns Segen gebracht«, sagte Mariann. »Und wir würden's wieder tun, gell Konrad?«

Der Bauer nickte seinem Weib zu, dann stutzte er plötzlich. Denn von draußen drang ein Getrappel von Hufen herein, und dann rief jemand: »Heda, ist denn gar keiner zu Hause auf Bärnreuth?«

Mariann hatte die Stimme sofort erkannt. »Das ist der Slavata«, sagte sie aufgeregt. »Er ist von seiner jährlichen Handelsfahrt ins Gebirge zurück.«

Die Bärnreuther sprangen auf und drängten sich zur Tür. Als sie ins Freie kamen, band der böhmische Händler eben drei Maultiere am Zaun des Hausgartens fest. Jetzt wandte er sich um, lachte sie alle miteinander an und sagte: »Also seid ihr doch noch nicht ausgestorben in eurem abgelegenen Tal. Das freut mich. Salz hab' ich euch mitgebracht, dazu einen Schlauch Wein aus Tirol und andere Kleinigkeiten. Und einen Hunger dazu, daß ich einen ganzen Bären verschlingen könnte, wenn es hier noch welche gäbe.«

»Weiter droben am Berg kannst du schon noch den einen oder anderen finden«, antwortete Eginrad keck. »Brauchst bloß hinaufsteigen und einen jagen.«

»Das überlasse ich Jüngeren«, erwiderte Slavata und nickte Eginrad zu. »Hast wohl gar in diesem Sommer einen erlegt?«

»Einmal hätte es fast so ausgesehen«, antwortete Eginrad. »Aber so ist der Vater halt immer noch der einzige Bärenjäger auf diesem Berg.«

»Das sind alte Geschichten«, warf Konrad ein. »Doch jetzt komm ins Haus, Slavata. Wir sind gerade am Feiern und am Erzählen, und dabei hast du uns ehrlich gefehlt. Gehörst ja zum Hof wie der Veit, Huzza und der Mönch, denn du hast seine Anfänge gerade so miterlebt wie sie.«

»Darauf bin ich sehr stolz«, sagte Slavata und ging ohne weitere Umstände ins Haus, nachdem er den Packen mit seinen Mitbringseln vom Rücken eines der Maulesel genommen hatte. Mariann öffnete den Weinschlauch und schenkte den Inhalt in tönerne Becher, die sie zusammen mit Huzza angefertigt und gebrannt hatte. Slavata aber bekam das Glas aus böhmischem Rubin, das er selbst als Geschenk für Mariann im Jahr nach dem Viehhandel in Sušice nach Bärnreuth gebracht hatte. Der blutrote Pokal stellte den größten Reichtum auf dem Hof dar.

Nachdenklich betrachtete Slavata das schimmernde Glas und den roten Wein darin, dann sagte er: »Die Blutfarbe erinnert mich an eine Geschichte, die ich drunten im Donautal gehört habe, schon im Frühjahr, als ich nach Süden wanderte. Es ist eine Geschichte, die ganz besonders euch angeht, denn derjenige, den sie betrifft, hat euch einmal großes Leid zugefügt.« Er trank einen Schluck Wein und setzte hinzu: »Ja, euch meine ich, Konrad und Mariann, und den Ritter von der Natternburg.«

»Den Natternburger?« Eine Angst, die auch zwanzig Jahre nicht hatten verschütten können, malte sich plötzlich auf Marianns Gesicht. »Was ist mit ihm? Hat er am Ende wieder Häscher gegen uns ausgesandt?«

»Das wird er nie wieder tun – denn er ist tot«, antwortete Slavata.

Der Mönch schlug ein Kreuz und murmelte: »Gott sei seiner Seele gnädig – er kann's brauchen.«

»Wie ist das zugegangen?« fragte Konrad. »Er kann doch nur ein paar Jahre älter gewesen sein als ich, als er damals das Unglück über Mariann und mich brachte.«

»Ja, er hätte noch zwanzig oder dreißig Jahre leben können«, bestätigte Slavata. »Wenn er es nicht gar so satanisch getrieben hätte. Aber in den letzten Jahren kannte er überhaupt keine Hemmungen mehr. Kein Mensch war mehr sicher vor ihm und seinen Knechten, und ich selbst wagte mich mit meinen Waren stets nur noch nachts an seiner verfluchten Burg vorbei. Er hat die Händler und die Bauern geschunden, wo es nur ging, hat sie ausgeraubt, in den Hungerturm geworfen und die Bedauernswerten dort elend verschmachten lassen. Und weil es ihm nicht mehr genügte, wie der Teufel auf seinem eigenen Land zu hausen, ist er dann auch noch darauf verfallen, immer größere Raubzüge zu unternehmen, im Donaugäu und auch die Isar hinauf. Aber das hat ihm schließlich das Genick gebrochen.«

»Er hat's gewiß nicht anders verdient«, murmelte der alte Wildranner grimmig.

»Das sagen die Leute überall«, stimmte ihm Slavata zu, »und es ist ein Aufatmen durch das ganze Flachland gegangen, wie er endlich tot war.«

»Wie ist es denn geschehen?« wollte Eginrad ungeduldig wissen, der die Geschichte von der Hochzeitsnacht seiner Eltern sehr wohl kannte.

Der böhmische Händler nahm noch einmal einen Schluck aus dem rubinroten Glas, dann antwortete er: »Ihr wißt ja alle, daß die Isar herunter reichbeladene Flöße mit Salz und Wein zu fahren pflegen. Natürlich schaffen sie den weiten Weg nicht an einem Tag und müssen deswegen während der Nacht immer wieder am Ufer anlegen. Einer dieser Plätze liegt unterhalb der Herzogsstadt Landaw, wo es eine geschützte Bucht gibt, die für diesen Zweck besonders gut geeignet ist. Und diese Bucht suchte sich der Natternburger für einen gemeinen Überfall aus.

Um die Stunde der Mitternacht, als in der Stadt längst alles schlief und nur auf dem Salzfloß noch zwei Knechte wachten, da schlich sich der Natternburger mit einem halben Dutzend Reisiger heran und überfiel das Fahrzeug in der Bucht. Den einen Schiffsknecht erschlug er mit eigener Hand, der andere blieb für tot liegen, und das alles war so schnell gegangen, daß man in der Stadt Landaw überhaupt nichts davon bemerkt hatte. Der Natternburger bestieg also mit fünfen seiner Spießgesellen das Floß, während er den sechsten mit den ledigen Rössern zurück nach seinem Raubnest schickte. Dann brachte er selbst mit seinen Leuten das Floß in die Strömung und steuerte es flußabwärts, um es später in Höhe seiner Burg zu entladen und die Beute von dort aus in Sicherheit zu bringen. Die beiden Schiffsknechte ließ man am Ufer liegen.

Doch der eine lebte noch, kam zu sich und rief um Hilfe. Da gab der Torwächter zu Landaw Alarm. Die Bürger kamen aus dem Stadttor, und der Verwundete erzählte ihnen, daß es der Natternburger gewesen war, der die Untat verübt hatte, denn er kannte den Ritter und hatte schon früher einmal auf ungute Weise mit ihm zu tun gehabt.

Nachdem er den vom Teufel besessenen Unhold beim Namen genannt hatte, starb der Floßknecht. Doch die Bürger wußten genug, und da der Natternburger nicht zum erstenmal in ihrer Gegend gewütet hatte wie ein Wilder, sannen sie darauf, wie sie ihm ein für allemal das mörderische Handwerk legen könnten. Dabei traf es sich gut, daß sich gerade eine Schar Reisiger des Herzogs in der Stadt befand. Es waren ungefähr dreißig Mann, und aus diesen und einem Teil der Bürger bildete der Kastellan des herzoglichen Schlosses einen kriegsstarken Heerbann, mit dem er gleich am nächsten Morgen isarabwärts ritt.«

Die Kehle war Slavata trocken geworden, und er mußte sich erneut mit einem Schluck Wein aus dem blutroten Glas stärken, ehe er fortfahren konnte. Aus den Gesichtern aller anderen am Tisch sprach jetzt höchste Spannung.

»Die Landawer brauchten nur vier Stunden«, berichtete Slavata weiter, »bis sie die Gegend der Natternburg erreicht hatten, und sie hatten großes Glück dabei, denn sie trafen den Raubritter an, wie er gerade die gestohlene Floßladung mit beschlagnahmten Fuhrwerken auf seine Burg bringen wollte. Das geschah ganz in der Nähe des Dorfes Stauff.«

»Nicht möglich!« unterbrach Konrad den Erzähler. »Dann war es ja gerade dort, wo der Ritter Mariann und mir solches Unrecht zufügte!«

»Gottes Wege sind oft unbegreiflich«, sagte leise der Mönch. »Aber laßt uns hören, was Slavata weiter zu vermelden weiß.«

»Die Landawer trafen also den Raubritter mit nur wenigen Mann Bedeckung an«, fuhr der Händler fort, »und als sie ihn sofort attackierten, da rührten die Bauern, die er gezwungen hatte, ihm mit den Fuhrwerken zu Diensten zu sein, keinen Finger für ihn. Nur die fünf Reisigen, die der Natternburger bei sich hatte, fochten, doch sie waren im Handumdrehen niedergemacht und der Ritter selbst ebenso schnell verwundet.

Wie der Teufel es aber wollte, gelang dem Ritter die Flucht, indem er einen Landawer vom Pferd riß und sich selbst des guten Tiers bemächtigte. Trotz seiner Verwundung kam er noch bis auf seine Burg. Aber ihm hart auf den Fersen, drangen der Landawer Kastellan und zwei Dutzend von dessen Kämpen auch dort ein, und es kam im Burghof zu einem zweiten Kampf, in dem der Natternburger endlich unterlag. Die meisten seiner Leute wurden erschlagen oder flohen, der Natternburger selbst blieb, auf den Tod verwundet, zu Füßen des Bergfrieds liegen.

Damit gab sich aber der Kastellan nicht zufrieden, sondern befahl, den Raubritter wegen seiner Missetaten an seinem eigenen Galgen aufzuhängen, und auf diese Weise hauchte der Natternburger schließlich sein schandbares Leben aus.

Die Landawer forderten nun, daß man die Teufelsburg bis auf die Grundmauern niederbrennen solle. Dem widersetzte sich aber der Kastellan als ein Gefolgsmann des Herzogs von Bayern und nahm statt dessen die Natternburg samt all ihren Gründen in Besitz für seinen Herrn. Und jetzt regiert dort«, schloß Slavata, »ein Ritter des Bayernherzogs mit gerechter Hand, und ihr, Konrad und Mariann, braucht nie wieder Angst vor den Nachstellungen des Natternburgers zu haben.«

»Das ist die schönste Nachricht, seit Konrad damals mit der Kunde von seinem Silberfund nach Bärnreuth kam«, seufzte Mariann. »Ich kann es kaum glauben, daß wir uns nie wieder fürchten müssen. Ja, jetzt können wir sogar einmal nach Stauff gehen und unsere Eltern wiedersehen!«

»Sie leben noch, und ich soll euch von ihnen grüßen«, sagte Slavata.

Mariann antwortete nicht, aber ihre Augen wurden feucht, und sie umklammerte fest Konrads Arm.

»Wir danken dir für deine Geschichte!« sagte statt dessen der

Bärnreuther zu seinem böhmischen Freund. »Uns ist jetzt eine Last vom Herzen, die wir fast zwanzig Jahre haben tragen müssen. Ich habe immer gemeint, daß ich vielleicht noch einmal mit den Bütteln des Natternburgers würde kämpfen müssen, so wie damals über der Steilwand am See.«

»Ich wäre dir schon beigestanden, Vater!« rief Eginrad mit heller Stimme und blitzenden Augen. Dann setzte er ruhiger hinzu: »Freilich, so wie's jetzt gekommen ist, ist's schon besser.«

»Ja, jetzt wird niemand mehr den Frieden hier auf Bärnreuth stören«, meinte der Mönch. »Wir Alten können in Ruhe leben, und die Jungen können heranwachsen und später einmal ihr Erbe in diesem Tal antreten, als freie Bauern, nur sich selbst und dem Herrgott Rechenschaft schuldig.«

»Darauf wollen wir noch einmal trinken«, sagte der Wildranner und füllte die Becher mit Wein.

Schweigend stießen die Erwachsenen miteinander an, vollkommen verschiedene Menschen und doch einig in ihrer Freundschaft zueinander und in ihrer Liebe zu dem einsamen Waldtal von Bärnreuth.

Am Abend dieses denkwürdigen Tages gingen Konrad und Mariann über die abgeernteten Felder, langsam und zufrieden wie nach getaner Arbeit. Die Erde federte weich unter ihren Schritten, und der Nebel, der im Sonnenuntergang leuchtete, umgab sie wie ein zauberisches Gespinst. Als sie beim Weiher angekommen waren, blieben sie stehen. Sie hielten sich an den Händen wie damals, als sie eben Mann und Frau geworden waren, dann wandten sie sich um und blickten das Tal hinauf.

Ein Windstoß kam vom Arber herunter und riß für einen Moment den Nebelvorhang auf. Sie sahen den Hof, die Felswand und den ragenden Berg darüber mit seinem dunklen Waldpelz. Das alles sahen sie und dachten in diesem Augenblick beide das gleiche, doch Mariann sprach es aus.

»Unser Tal«, sagte sie. »Unsere Heimat.«